Paul Fenzl
Regensburg und überall

Paul Fenzl

Satirische
Kurzgeschichten

Eine Sammlung hintergründiger, satirischer, bissiger und dennoch überaus humorvoller Geschichten aus der Feder des Krimiautors Paul Fenzl. Philosophisch anmutend, beschreibt der Autor Alltägliches, verpackt geschickt scheinbar Banales.

SüdOst Verlag

Bibliografische Information der Deutschen Nationalbibliothek

Die Deutsche Nationalbibliothek verzeichnet diese Publikation in der Deutschen Nationalbibliografie; detaillierte bibliografische Daten sind im Internet über http://dnb.dnb.de abrufbar.
ISBN 978-3-86646-720-0

*Gewidmet meiner
lieben Frau Virginia*

*Die Geschichten wurden zum Teil in Anlehnung an eigene Erlebnisse erzählt.
Vorkommende Namen sind frei erfunden.*

1. Auflage 2015
ISBN 978-3-86646-720-0

© SüdOst-Verlag in der H. Gietl Verlag & Publikationsservice GmbH, Regenstauf
www.gietl-verlag.de

Alle Rechte vorbehalten.

Titelbild: Matterhorn: © vogelsp, fotolia.com

Inhalt

Wurstkuchl	7
Einkauf	15
Dasselbe nochmal	31
Blick über den Tellerrand	60
Wecken	70
Abwrackprämie	83
Gutscheinsystem	90
Tagträumer	105
Berufswahl	117
Das Alter	129
USB-Stick	140
Sommerhitze	149
Waschtag	151
Ersatzdienst	162

Wurstkuchl

Eigentlich wollten wir ja einen unserer Gutscheine auf den Kopf hauen, die Edeltraud und ich. Du weißt schon, einen vom Cityschlemmen! Meine Edeltraud ist da ja eine wahre Meisterin der Geschwindigkeit beim Steigern. Wenn bei den guten Lokalen nach drei Minuten von den 50 zur Versteigerung freigegebenen Gutscheinen auch der letzte weg ist, dann gehört davon bestimmt einer der Edeltraud. Ich hab da keine Chance!

»Du bist einfach zu langsam, Ludwig!«, stellt die Edeltraud fest. »Überlass das Steigern lieber mir!«

Da hat sie ohne Zweifel recht, weil bis ich allein schon mal unsere Kontonummer eingetippt habe, die ich natürlich nie auswendig weiß, mich mindestens einmal vertippe und neu beginnen muss, da sind drei Minuten um wie nix. Da kann ich dann bloß noch lesen: ›Leider Ausverkauft!‹ Komme mir dann jedes Mal vor wie am Glückshafen auf der Dult. Da kaufe ich ein Los nach dem anderen, nur um immer wieder den selben Satz lesen zu dürfen: ›Leider nichts!‹

Aber dann haben wir uns doch anders entschieden, weil uns heute nicht nach ›Jakobsmuschel auf irgendwas‹ der Sinn stand. Die Edeltraud meinte: »Weißt du was, ich möchte heute eine Bratwurstsemmel von der Wurstkuchl!«

»Genau!«, stimmte ich sofort zu. »Darauf habe ich auch einen Gusto! Aber weißt du was? Wir haben doch Zeit! Heute setzen wir uns einmal hin und essen vom Teller, mit Sauerkraut und einer frischen Halben!«

»Überredet!«, meinte die Edeltraud, die heute nicht mit dem Fahren dran war und sich insgeheim schon auf die zweite Halbe freute.

Der Weg vom Parkplatz am Domplatz zur Wurstkuchl an der Donau ist nicht weit. Die Spätsommersonne hatte die Stadt bis zum Abend hin aufgeheizt und erlaubte es allen Besuchern, noch vor den Straßencafés im Freien zu verweilen und das unvergleichlich schöne Altstadtpanorama zu genießen. Wir fühlten uns wie im Urlaub. Die Wurstkuchl war noch nicht in Sichtweite, als uns schon der verführerische rauchige Duft gegrillter

Bratwürste entgegenstrich. Noch wenige Schritte bis zur Steinernen Brücke und schon war sie erreicht, die ›*Historische Wurstküche*‹ oder kurz die Wurstkuchl, wie sie jedermann hier nennt.

Es mangelte nicht an einer Sitzgelegenheit unter der zur Donau hin vorgezogenen Markise, weil in einer halben Stunde Feierabend sein würde und keine weiteren Würste mehr auf den Rost gelegt werden würden. Für uns sollten noch genügend vorhanden sein. Kaum hatten wir uns gesetzt, die Edeltraud mit Blick auf die Steinerne Brücke und ich mit Blick auf die Edeltraud und ein japanisches Ehepaar, da kam auch schon die Gisela, die freundlichste und hübscheste Bedienung, die weit und breit an der Donau in Regensburg zu finden ist.

»Jetzt wird bestellt! Flirten kann das junge Glück nachher wieder!«, meinte die Gisela, weil ich mit der Edeltraud Händchen haltend so da gesessen bin.

»Wir sind schon 25 Jahre verheiratet!«, lächelte ich

»Schön!«, sagte die Gisela und hatte dabei ganz strahlende Augen, als würde sie unser Glück mitgenießen. »Dann ist das natürlich was anderes! Was darf ich Euch bringen?«

»6 auf Kraut und ein Bier!«, bestellte die Edeltraud.

»Für mich auch, bitte!«, fügte ich auf ihren fragenden Blick hinzu.

»Das lobe ich mir!«, bestätigte die Gisela und verschwand in Richtung Wurstkuchl, um unsere Bestellung ans Personal drinnen weiterzugeben.

Wir hatten uns gerade darüber unterhalten, dass wir hier ja auf wirklich historischem Grund sitzen und schon vor 1000 Jahren, als die Steinerne Brücke gebaut worden ist, von dieser Wurstkuchl die Bauarbeiter verpflegt worden sind, da brachte die Gisela vorab schon mal das frische Bier vom Fass.

Ich weiß nicht, ob es Einbildung war oder nicht, aber der erste Schluck schmeckte mir so gut, besser als der beste Champagner. Der Schaum klebte mir noch auf der Oberlippe, als ich das Glas absetzte und dabei überrascht feststellen musste, dass es schon zur Hälfte leer war. Unvorstellbar, wenn ich daran denke, dass so ein Schluck dem Hans, das ist der Freund von der

Freundin meiner Edeltraud, fürs ganze Mittagessen reicht, weil der quasi immer nur einen Esslöffel voll auf einmal trinkt. Aber da schmeckt das beste Bier nicht mehr, wenn es erst einmal eine halbe Stunde bei 25°C rumgestanden hat und inzwischen lauwarm geworden ist. Na ja, hab' noch nie ein Bier lauwarm werden lassen! Weiß drum auch gar nicht wirklich, wie das schmeckt. Dass der Freund von der Freundin meiner Edeltraud nicht aus Bayern kommt, das muss ich ja wohl kaum extra betonen.

Das japanische Paar am Tisch neben uns, ein paar Meter näher an der Donau als wir, das hatte sich auch Bier bestellt. Ist schon lustig, denen beim Trinken zuzuschauen. Die beginnen schon zu lachen, bevor sie den ersten Schluck gemacht haben. Ist wohl so eine Art Glückseligkeitslachen, weil sie das bayerische Bier, das sie in Japan nur aus den Prospekten vom Touristenbüro kennen, nun endlich in Natura vor sich stehen haben. Muss ja ein echt göttliches Gefühl sein! Die beiden haben uns beim Bestellen beobachtet und auch ›*6 auf Kraut*‹ bestellt. Ob die wissen, was sie da essen? Schaut mir fast so aus, als ob sie denken, dass die Bratwürstl so eine Art ›*Bavarian Sushi*‹ sind. Unser Händelmaier's – ein Senf aus Regensburg, für alle die, die sich nichts darunter vorstellen können – entspricht dann dem scharfen grünen Zeug, der höllischen Wasabi Paste, das die in Japan zu ihrem Sushi essen, damit die Reisröllchen einen Geschmack bekommen.

Wie das Paar aus Japan unser Sauerkraut zu essen versucht? Oft können sie's noch nicht gegessen haben, weil so, wie die darauf herumgekaut haben, sah es eher aus, als ob sie Donaukiesel zu beißen hätten. Und trotzdem haben sie's super geschafft, immer ein kleines Lächeln im Gesicht festzuhalten, damit jeder glaubt oder zumindest leichter glauben kann, dass denen unsere ›*6 auf Kraut*‹ schmecken. Ich bin mir nicht sicher, ob ich das in Japan mit irgendwelchen ›*Fischklösschen in Teig*‹ auch so rüberbringen könnte. Aber die Japaner haben das einfach drauf. Die haben das Lächeln schon fest im Gesicht verankert. Ist schon beinahe erblich! Japanisches Chinesenlachen!

«So! ›*6 auf Kraut*‹! Zwei Mal!«, eine andere Bedienung, nicht die Gisela, weil die ist schon wieder mit neuen Gästen beschäftigt, brachte unser Essen.

»Mmmmmm! Danke! Lecker!«, strahlte ich und machte mich mit einem »Guten Appetit!« über diese bayerischen Köstlichkeiten her. Dazu ein Kipferl, ein richtiges, eines aus dem Brotkorb, kein solches, von denen in den ›Feuchtgebieten‹ die Rede ist. Würde auch nicht zu dieser Art Würste passen! Dumm war nur, dass mein Bier wegen der warmen Luft schon fast verdunstet war und die Edeltraud meinte, ein zweites wäre nicht drin für mich. Fahrdienst! Aber für sich hat sie schon noch eines kommen lassen, weil sie war ja nur die Beifahrerin, und ich durfte wenigstens noch einmal einen Schluck zischen.

Hinter der Edeltraud, genau in meinem Blickfeld, hatte sich eine italienische Familie niedergelassen. War zwar inzwischen schon etwas knapp, weil die Wurstkuchl praktisch schon im Begriff war, Feierabend zu machen, aber die Gisela war da nicht so kleinlich wie die Beamten in der Post, wo ich neulich einen Brief aufgeben wollte, von dem ich nicht gewusst habe, was der kostet. Die standen zu dritt in der Post hinter ihren Schaltern und schauten auf die Uhr. Vor der noch verschlossenen Eingangstüre drängten sich die wartenden Leute. War schon spannend, wie die alle drei auf die Uhr starrten und erst, als der Sekundenzeiger auf 14.00 Uhr sprang, einer den Türöffnerknopf betätigte. Sind eben pünktlich, die Deutschen! Wo kämen wir da aber auch hin, wenn in so einer öffentlichen Institution wie der Post nicht sekundengenau gearbeitet würde? Immerhin tragen die Postbeamten und Postbeamtinnen eine Uniform. Und wer eine Uniform trägt, der kann auch nicht so ein Lotterdasein im Dienst leben, wie es heutzutage die Lehrer in der Schule an den Tag legen, wenn sie mit Jeans und Flatterhemd, womöglich in Birkenstocksandalen, vor ihren Schülern stehen. Bestimmt würde eine Pisastudie anders ausfallen, wenn die sich ein Beispiel an den Postbeamten nehmen würden!

Die Gisela, die ist ja nun weder eine Lehrerin noch eine Postbeamtin, weil in der Wurstkuchl sind diese beiden Berufe weniger gefragt. Wäre ja mal ganz interessant, ob die Gisela es als Topbedienung gleich merkt, ob einer ihrer Gäste ein Lehrer oder ein Postbeamter ist. Schwören, dass es so ist, möchte ich nicht, aber vorstellen könnte ich mir das gut.

Was die Italiener von Beruf waren, das war nicht zu ersehen, weil mein Italienisch ist ungefähr so gut wie mein Japanisch, und ausgesehen haben die einfach wie die üblichen Touristen, nur eben italienischer Bauart. Ich glaube auch nicht, dass die Gisela geahnt hat, welchen Beruf die Touris aus Italien zu Hause ausüben. Solange sich die Leute korrekt aufführen, macht man sich ja auch kaum Gedanken darüber, was sie von Beruf sind. Erst wenn sie sich volllaufen lassen und dann womöglich sogar randalieren, dann möchte man schon gerne wissen, ob es sich um Leute aus der unteren Bevölkerungsschicht handelt, oder ob womöglich ein Arzt oder gar ein Richter im fernen Ausland mal die Sau rauslässt, weil er zu Hause dazu zu bekannt ist und sich so einen Auftritt nicht leisten kann.

Weil ich die Italiener am Tisch hinter der Edeltraud schon vor einer knappen Stunde vom Auto aus gesehen habe, wie sie aus dem Städtischen Museum, das eine Römerabteilung hat, herausgekommen sind, glaube ich, dass das Italiener von der Sorte sind, die auf den Spuren ihrer römischen Vorfahren wandeln wollen und deshalb Regensburg einen Besuch abstatten. Ich meine, wenn du ein waschechter Römer bist, dann eignet sich Regensburg ja prächtig, Ahnenforschung zu betreiben. Das alte ›*Castra Regina*‹, aus dem sich viel später erst unser heutiges Regensburg entwickelte, wurde schließlich von den Römern erbaut und so an die 400 Jahre von ihnen bewohnt. Quasi waren die Römer damals so etwas wie die Amis nach dem zweiten Weltkrieg bei uns, Besatzungssoldaten! Nur dass die Amis ihre Besatzung schneller aufgegeben haben. Aber das liegt einfach daran, dass die heutige Zeit schnelllebiger ist als die Zeit vor 2000 Jahren. Heute kannst du ja auch in einer knappen Stunde von München nach Rom fliegen. Da brauchten die alten Römer schon ein gutes Stück länger, weil sie noch zu Fuß unterwegs waren und noch nicht einmal der ›*Brennus*‹ geboren war, nach dem der Brennerpass über die Alpen später benannt wurde, der als Heerführer der gallischen Senonen im 4. Jahrhundert v. Chr. bis nach Rom vorstieß und die Stadt plünderte.

Bestimmt hat die italienische Familie, mit diesem Hintergrundwissen gewappnet, Regensburg einen Besuch abgestattet. Weil, dass sie nur ihre

Verwandten hier besucht haben, die jede Menge Eisdielen und italienische Restaurants in der Innenstadt betreiben, danach haben die mir nicht ausgesehen. Dann wären sie vermutlich auch nicht ins Museum gegangen. Bestimmt haben die nach ganz konkreten Vorfahren gesucht, die dereinst hier das Sagen hatten. Dabei haben sie ja auch noch großes Glück, dass ihre Ahnen nicht in Rom selbst gelebt haben, weil wie willst du in Rom jemanden finden, in einem Museum oder in sonst einem dieser unzähligen Römerartefakte, wo doch jeder, der in Rom wohnt, ein Römer ist? Das wäre doch wie die allbekannte Suche nach der Nadel im Heuhaufen.

Hier bei uns ist alles übersichtlich, weil die Römerabteilung im Städtischen Museum überschaubar klein und gut beschriftet ist. Und die paar sonstigen Mauerreste oder Inschriften, die klapperst du in einer Stunde ab. Da ist die Möglichkeit, was Konkretes zu finden, weitaus größer. Zumindest kann so eine italienische Familie schon nach zwei Tagen mit Sicherheit feststellen, dass sie nichts gefunden hat. Um das in Rom definitiv sagen zu können, da müssten sie vermutlich ein ganzes Leben rumsuchen.

Die halbe Familie habe ich ja auch nur von hinten gesehen, weil sie mit dem Rücken zu mir gesessen haben. Aber die andere Hälfte, den Familienvater und vermutlich seinen Bruder, der auch mit dabei war, die sah ich von vorne. So wie die gestrahlt haben, und das schon vor dem ersten Bier, da war ich mir fast sicher, dass der Museumsbesuch ein Erfolg gewesen war. Ihre Augen hättest du sehen sollen, wie die so rüber über die Donau gespäht haben. Fast ein bisschen ängstlich, als ob sie befürchteten, dass gleich ein Trupp wilder Germanen über die Steinerne Brücke angesprengt kommen würde. In ihren Träumen hatten die wohl ganz vergessen, dass zur Zeit ihrer Besatzungsvorfahren hier an dieser Stelle noch keinerlei Brücke existiert hatte. Aber wer kommt beim Anblick so eines Regensburger ›Weltwunders‹ nicht schon einmal etwas ins Schleudern beim Einsortieren von chronologisch geordneten geschichtlichen Fakten.

Am wenigsten wichtig ist es ja den Amis, wenn es um genau datierte europäische Geschichte geht. Weil sie selber kaum was vorweisen können, was älter als 500 Jahre ist, zumindest, was nicht auf die Ureinwohner ihres

Landes zurückgeht, drum ist alles in Europa, was vor der Entdeckung Amerikas gebaut wurde und noch zu sehen ist, schlicht und ergreifend ›*very old*‹, egal, ob es nun 600 oder 2600 Jahre alt ist. Auf eine echte und stimmige Datierung achtet allenfalls der studierte Fachmann und das sind bei den Amis doch eher Ausnahmen.

Beim Abkassieren hat uns die Gisela dann noch erzählt, dass gestern 250 Amis auf einmal über die Wurstkuchl hergefallen sind. Vielleicht war's ein ganzer Flieger voll, die einen Oktoberfesttrip nach München gebucht hatten und, weil sie schon mal in der Nähe waren, Regensburg auch noch ›*mitnehmen*‹ wollten. Ist ja auch noch viel mehr ›*very old*‹ als München. Nur das Bier, das darf nicht ›*very old*‹ sein. Das soll immer frisch und vor allen Dingen bis zum Messstrich voll eingefüllt sein.

Zwischen all diesen Amis saß irgendso ein bayerischer Grantler, der anscheinend nichts anderes zu tun hat, als nach einem Grund zu suchen, die Bedienung, die sich eh halb zerreißt und im Laufschritt arbeitet, mies anzumachen. Wer suchet, der findet! Und der Grantler ist tatsächlich fündig geworden. Seine Halbe war nicht ganz bis zum Strich eingeschenkt. Eigentlich normal, wenn an die 200 Halbe nacheinander gezapft werden. Der Schaum verdeckt da schon ab und zu das darunter schwappende Bier, das vielleicht noch einen Zentimeter mehr hätte sein sollen.

»Wos soll des?«, moserte der Grantler zur Gisela hin.

»I hob a Halbe bschtellt, net a Noagal!«

»Entschuldigung! Tut mir leid! Das kann in der Hektik passieren, dass es einmal nicht ganz voll ist. Ich bringe Ihnen noch einen Schoppen gratis!«, meinte die Gisela.

Aber der Grantler, der vermutlich mit seiner Frau zu Hause Stress gehabt hatte, der ist nicht wegen eines Gratisschoppens gekommen. Den trinkt er zwar ohne ein Dankeschön, fotografiert aber vorher noch demonstrativ die nicht volle Halbe. Als ob er damit irgendwas beweisen könnte! So ein Foto sagt doch gar nichts aus. Schließlich kann er genauso gut vorher schon einen Schluck gezischt haben. Aber der Grantler will die Gisela ärgern, weil die Gisela eine Frau ist, so wie die seine zu Hause auch. Nur kann die Gisela nichts für seinen Hausdrachen und schluckt wieder einmal, wie schon so oft an diesem Tag schwer, weil sie lächeln soll und dabei dem Grantler den Schoppen am liebsten ins Gesicht geschüttet hätte.

Harte Tage für das Personal in der ›*Historischen Wurstküche*‹, wenn viele der zahlreichen Gäste mal wieder kein Verständnis dafür aufbringen können, dass Wartezeiten anfallen, bis das Bier und die Bratwürste vor einem stehen. Aber der amerikanische Flieger in München wartet schon auf seine 250 Passagiere, die am Abend noch weiter nach Rom geflogen werden sollen, der nächsten Station ihres Europatrips. Da ist ein Stau auf der Autobahn von Regensburg nach München schon schlecht zu kalkulieren für den Reiseveranstalter. Der Wurst- und Bierstau in der Wurstkuchl darf da nicht auch noch dazukommen.

Einkauf

Gibt's eigentlich irgendetwas Wichtigeres als Einkaufen? Aus der Sicht des Verkäufers gesehen vielleicht schon, weil dem ist es auf alle Fälle wichtiger, dass er viel verkauft.

Die meisten von uns sind quasi immer Einkäufer und nur gelegentlich Verkäufer. Ich meine, jeder von uns hat schon mal was verkauft, auch wenn er kein Geschäft angemeldet hat. Das ging bei mir schon los, als ich noch ein kleiner Junge war und dem Franz ein Mickey Mouse Heft für 20 Pfennige abgegeben habe, das ich schon auswendig kannte. In der Schule habe ich sogar ab und zu gemachte Hausaufgaben zum Abschreiben gegen eine Pausenbreze verkauft. Aber die echt großen Sachen später im Leben waren meistens Autos, die ich zu Geld machen musste, weil ein neues oder zumindest ein anderes gebrauchtes her sollte. Für viele Leute sind Autos ja noch lange nicht die wirklich großen Sachen, aber für die meisten doch. Ich denke dabei nicht an den gewerblichen Handel, weil da gibt's Sachen, dagegen ist dein neuer Flachbildfernseher in 3D ein Klacks! Und auch ein Auto fängt da erst dort an, wo du mit deiner mickrigen 2-Zimmer-Wohnung aufhörst.

Früher, ich meine jetzt nicht vor ein paar Jahren, sondern wirklich früher, also zu einer Zeit, wo noch niemand das Geld erfunden hatte, da handelten die Menschen ja auch schon miteinander. Das war dann so ein Zwischending zwischen Verkaufen und Einkaufen und nannte sich Tauschen.

Das ist bestimmt die älteste Art, miteinander zu handeln. Tauschen kannst du alles, Gleiches gegen fast Gleiches und irgendwas gegen was ganz anderes. Ich meine, Ware oder Dienstleistung gegen Geld ist ja auch so etwas wie Tausch, aber wenn du zum Beispiel Brot gegen Geld tauschst, dann kannst du das Brot essen, aber der Bäcker kann mit deinem Geld gar nichts Konkretes anfangen, bevor er es nicht wieder weiter gegen was anderes getauscht hat.

Einkaufen ist wahnsinnig spannend, weil du nie weißt, was du am Schluss bekommst. Wenn du bei Ebay einkaufst oder bei Amazon, dann suchst du ja nach was ganz Bestimmtem. Das ist dann nicht so spannend, außer vielleicht der Preis, den du zahlen musst. Aber wenn du in die Stadt gehst, dann kann das sehr aufregend werden.

Meine Edeltraud nennt das, wie Millionen andere Frauen auch, ›bummeln‹. Unter ›bummeln‹ kann man alles verstehen, vom Schlendern durch die Straßen bis hin zum Suchen nach Möglichkeiten, in den Geschäften sein Geld los zu werden. Die Edeltraud hat ja meistens schon was im Hinterkopf, das sie sich ansehen möchte, wenn sie mit mir zum Bummeln in die Stadt fährt. Ansehen heißt bei ihr nicht unbedingt gleich kaufen. Aber du glaubst gar nicht, welche Sinnverwandtschaft die beiden Wörter ›ansehen‹ und ›kaufen‹ haben. Aus ›ansehen‹ kann deswegen ganz schnell ›kaufen‹ werden.

Wenn du jetzt meinst, dass die Sinnverwandtschaft zwischen diesen beiden Wörtern nur funktioniert, wenn sie in der eben erwähnten Reihenfolge auftreten, dann irrst du dich gewaltig. Als ich ein kleiner Bub war, da gab's diese Wundertüten. Wundertüten deshalb, weil du nicht wusstest, was drin ist und dich nach dem Kaufen gewundert hast, was für ein Schmarren tatsächlich drin war. Weil aber mein Freund, der Franz, schon einmal eine erwischt hat, wo etwas für uns damals echt Wertvolles drin war, zum Beispiel eine Winnetoufigur aus Plastik, da hat es mich auch gejuckt, ein paar Pfennige meines Vermögens für so eine Wundertüte einzusetzen.

Mein Vater hat einmal zu meiner Mutter gesagt:
»Ich kaufe doch keine Katze im Sack!«

Mein Vater hat zwar in meiner Kindheit dreimal einen Hund gekauft, von denen uns einer wieder zurück zu seinem ehemaligen Besitzer weggelaufen ist, einer an Darmverschlingung gestorben ist, weil ihm unser Nachbar Hühnerknochen zu Fressen gegeben hat, die seinen Darm aufgeschlitzt haben, bevor er sie verdauen konnte, und einer immer zu heulen angefangen hat, wenn die Kirchenglocken geläutet haben, aber eine Katze hat er nie gekauft und schon gar keine im Sack. Das hat damals eine Weile gebraucht, bis ich drauf gekommen bin, was er mit dem Satz:
›Ich kaufe doch keine Katze im Sack!‹, gemeint hat.

Unser Nachbar, ein Bauer, der hat ja seine jungen Katzen immer in einen Sack gesteckt und sie im Tränkebecken für die Pferde ersäuft. Auf die Idee, dass man eine Katzendame auch sterilisieren lassen hätte können, damit erst gar keine jungen Katzen da gewesen wären, die er dann ertränken musste, kam der Bauer nicht. Ich glaub', der Tierarzt auf dem Land hat so etwas damals aber auch noch gar nicht gemacht. Der behandelte nur Kühe, Pferde und Schweine. Wenn du eine kranke Katze oder einen kranken Hund hattest, dann musstest du in die Stadt zum Tierarzt fahren. Das war dann einer, der behandelte alle möglichen Tiere, nur keine Kühe, Pferde und Schweine. Aber dem Bauern war das zu zeitaufwändig und zu teuer. Da hat er die Katzenbabies immer ertränkt und nur die am Leben lassen, die er für seine Mäuse benötige.

Weil ich aber eben immer ein wenig länger brauchte, bis ich das, was die Erwachsenen miteinander besprochen haben, von selber verstanden habe, hatte ich damals echt gedacht, dass mir mein Vater eine Katze schenken möchte, aber diese eben nicht in einem Sack kaufen wollte. Gewundert hat's mich allerdings schon ein wenig, weil man sich zwar einen Hund kaufte, aber Katzen immer geschenkt bekam, weil es ja so viele gab und die meisten eh im Sack ersäuft worden sind. Meine Mutter hat's mir dann aber erklärt, als ich sie fragte, ob Vater eine Katze anschaffen würde und warum er die nicht im Sack kaufen wollte.

»Das ist doch nur eine Redensart!«, sagte sie. »Damit meint der Papa doch nur, dass er nichts kauft, das er vorher nicht gesehen hat, so wie du deinen Schmarren in der Wundertüte!«

Dass der Papa gar nicht an eine echte Katze gedacht hat, das hätte ich mir denken können, weil erstens liefen bei uns genug von den Katzen unseres Nachbarn rum und zweitens hätten unsere Hunde, zumindest der jeweils aktuelle, eine Katze sofort abgemurkst, eine kleine vielleicht nicht, aber wer weiß das schon. Mit den Katzen unseres Nachbarn vertrug sich jedenfalls keiner unserer Hunde und jeder verjagte sie immer, wenn er merkte, dass eine in unserem Garten herumschlich.

Was der Papa damals ungesehen nicht kaufen wollte, das habe ich nicht mehr in Erinnerung, weil für mich kann's nichts gewesen sein, sonst wüsste ich es bestimmt noch.

Mir hat das mit den Wundertüten vom Kramerladen unten bei der Kirche gereicht. Bis heute habe ich keine Katze mehr im Sack gekauft.

In den Reisebüros bieten sie ja immer so Fahrten ins Blaue an. Das ist dann quasi eine ›*Reise im Sack*‹. Davon halte ich gar nichts, weil wo ich hinreise, das möchte ich vorher genau wissen, sonst war ich dort ja womöglich schon drei Mal und will da gar nicht noch ein viertes Mal hin. In anderen Reisebüros oder auch in demselben kannst du auch ein ›*Glückshotel*‹ buchen. Das bedeutet dann, dass du, wenn du Glück hast, ein halbwegs passables Hotel bekommst. Weil das aber mit Fortuna so eine Sache ist, du gewinnst ja schließlich auch nicht auf Kommando im Lotto, kannst du auch Pech haben. Das Risiko musst du eingehen, wenn du ein paar € sparen willst. Aber seit meiner Wundertüte damals weiß ich, dass das Risiko viel zu groß ist, als dass es diese Ersparnis wert wäre.

Als Kind lernt man ja nicht alles auf einmal, sondern eher alles häppchenweise. Nach der Enttäuschung mit meiner Wundertüte, in der keine Plastikfigur vom Winnetou oder wenigstens eine von Sam Hawkins drin gewesen ist, habe ich nie mehr etwas gekauft, das ich mir nicht vorher angeschaut hätte. Der Reihenfolge, ›*ansehen*‹ und dann erst ›*kaufen*‹, blieb ich bis heute treu.

Meine Edeltraud ist da wie ich, weil die will ebenfalls immer erst sehen, was sie später vielleicht kauft. Das verstehe ich aber auch, weil was sollte sie mit einem Paar Schuhen anfangen, die sie, ohne sie gesehen und probiert zu haben, verpackt in einer Schuhschachtel ohne ein Bild drauf kauft. Auch wenn es ein echtes Schnäppchen wäre! Am Schluss bekäme sie Turnschuhe Größe 45 und hätte elegante Schuhe fürs Theater Größe 39 gebraucht.

Ich kann auch gar nicht verstehen, warum sich Männer aus einem Katalog eine Frau kaufen, um sie dann zu heiraten. Ich meine, sie bezahlen offiziell nicht für die Frau, weil das wäre ja dann Menschenhandel, wenn einer Frauen in einen Katalog stellt und sie dann verkaufen würde. Offiziell wird für die Vermittlung bezahlt. Warum es dann kein Menschenhandel mehr ist, obwohl doch mit Menschen gehandelt wird, das kann ich nicht sagen. Bestimmt hat das was mit juristischen Formulierungen zu tun, und da habe ich noch nie durchgeblickt.

Die Frauen sind zwar nicht ganz im Sack versteckt wie die Katzen, aber irgendwie kauft man sie auch im Sack, weil was sagt so ein schlecht gemachtes Foto in einem Katalog schon aus. Wenn es sich um eine Asiatin handelt, dann sehen die doch für uns zunächst einmal sowieso alle gleich aus. Da musst du eine schon länger kennen und öfter mit ihr geredet haben, bis du sie definitiv sofort von allen anderen Asiatinnen unterscheiden kannst. Hab' einmal gehört, dass es denen in Asien mit uns Europäern genauso geht. Für die sehen wir anscheinend auch alle gleich aus. Allerdings merken die Unterschiede schnell an der Dicke der Brieftasche.

Wenn die Edeltraud sich beim Bummeln Schuhe kauft, dann gehen wir da ja nicht nur in einen Laden, sondern in alle, die auf dem Weg liegen. In Regensburg sind das unzählige, auch wenn der Weg gar nicht so lang ist. Für mich sehen die Schuhe dann bald auch alle gleich aus wie die Asiatinnen im Katalog. Ich gebe meine Meinung zu einem Paar Schuhe immer erst dann ab, wenn Edeltraud sie anprobiert hat. Am Fuß werden sie nämlich dann zu einem Teil der Edeltraud und heben sich deutlich vom Rest des Angebots ab, das zum Verkauf steht.

Bei den Asiatinnen aus dem Katalog weiß man auch immer erst, wenn sie an der Seite des Mannes hier rumlaufen, der sie für sich bestellt hat, ob die beiden zusammenpassen, rein optisch meine ich, so wie die Schuhe zu meiner Edeltraud. Wie sich die Schuhe am Fuß anfühlen, ob sie drücken oder nicht, das kann ich ebenso wenig sehen, wie ich weiß, ob das bisschen Englisch, das die Asiatin spricht, reicht, damit sie sich mit ihrem zukünftigen Mann verständigen kann, weil dass sie deutsch spricht, das glaube ich eher nicht.

Die Edeltraud hat aber auch schon Schuhe gekauft, die toll zu ihr gepasst haben und sie im Geschäft auch nicht gedrückt haben. Zu Hause, als sie die Schuhe dann zum ersten Mal längere Zeit getragen hat, verursachten sie plötzlich Schmerzen, manchmal sogar Blasen. Aber jetzt, wo sie praktisch schon gebraucht waren, konnte sie die Edeltraud auch nicht mehr zurückgeben. Was das übertragen auf die Asiatin und ihren Katalogkäufer aus Deutschland bedeuten würde, darüber möchte ich erst gar keine Überlegungen anstellen.

Manchmal stehen beim Bummeln aber nicht Schuhe, sondern Hosen auf dem Programm. Da eine passende zu finden, stellt sich meist als viel komplizierter heraus, als ein Paar passende Schuhe zu finden. Hosen könntest du auf alle Fälle nie im Sack kaufen! Da spielen so viele Details eine Rolle, das glaubst du nicht. Ich meine, nicht was mich betrifft. Jeans Größe 32/32 und passt! Ein bisschen noch an die Farbe denken, weil blaue schon genug im Schrank hängen und nicht alle meine T-Shirts, Hemden, Sweatshirts und Pullis zu blau passen, aber das wär's dann schon. Zur Sicherheit noch anprobieren und, wenn alles stimmt, gleich zwei davon kaufen. Somit wäre ein Einkaufsstresstag eingespart!

Nicht so bei Edeltraud! Frauenjeans sind ja auch viel ideenreicher gearbeitet als Männerjeans. Die haben Schnitte, was immer auch darunter zu verstehen ist, die sich gewaltig voneinander unterscheiden. Die Figuren der Frauen sind vielleicht eine Idee variabler als die der Männer, zumindest was den Teil betrifft, der in der Hose steckt. Darum werden Frauenhosen so hergestellt, dass sie die unterschiedlichen Figuren optimal bedecken. Wann haben sich Modedesigner je Gedanken darüber gemacht, dass das für Männer vielleicht auch gar nicht so verkehrt wäre? Aber bei uns Männern passt eben eine Hose, oder sie passt nicht. Wenn sie passt, ist alles prima! Wenn sie nicht passt, dann muss der Bauch eben drüber hängen. Ist zwar dann nicht prima, aber geht eben nicht anders!

Besser verpackt sind die meisten Frauen in ihren Jeans schon, als die Mehrzahl der Männer. Aber ob sie dadurch an Schönheit gewinnen, das machen eben die Accessoires aus, Farbe und der Stoff an sich. Und wenn man auf all das achten muss, wenn man sich als Frau eine Jeans kauft, dann kannst du dir vielleicht vorstellen, wie lange so ein Kauf dauern kann.

Zudem sind, weil viele andere Frauen an diesem Bummeltag ja dieselbe Idee mit dem Jeanskauf hatten, alle Umkleidekabinen besetzt, was zu weiteren Zeitverzögerungen führt.

Ist dann endlich eine Jeans gefunden, die den strengen Ansprüchen halbwegs genügt, dann stellen viele Frauen, und Edeltraud macht da sicher keine Ausnahme, ganz spontan fest, dass die eben gekauften Schuhe nicht dazu passen und überhaupt nur wenig zu Hause im Schrank hängt, was zu dieser speziellen Hose tragbar wäre. Jetzt gehen die Probleme erst wirklich los, außer du hast einen wichtigen Termin und kannst deine Frau dazu überreden, den Bummel an einem anderen Tag fortzuführen. Wenn dir diese Notlüge nicht spontan einfällt, könnte dich noch ein Handyanruf retten, aber gerade heute will niemand in der Firma was von dir wissen. Inzwischen trage ich brav links die Schuhe, rechts die Hose und befinde mich mitten in der Fußgängerzone, auf der Suche nach einer passenden Komplettierung der Garderobe meiner lieben Frau. Unterwegs begegnet mir ein rothaariger, kleiner, etwas dicklicher Mann mit einem nicht gerade umwerfend schönen Gesicht. An seiner Seite geht eine gutaussehende junge Asiatin mit einer Einkaufstüte in der linken und einer in ihrer rechten Hand. Der Mann hält sich an einer übergroßen Wurstsemmel fest, von der er genüsslich abbeißt. Ich denke an den Katalog, als von meiner Edeltraud vor einem Schaufenster zwei rhetorische, inhaltlich auswechselbare Fragen gestellt werden:

»Was sagst du zu dieser Bluse? Würde mir die stehen?«

Ich hatte eben in irgendeinem Zusammenhang mit dem Katalog und den Tüten in meiner Hand einen Gedanken fassen wollen, der mir aber wieder entglitt, bevor er Gestalt angenommen hatte.

Während Edeltraud unermüdlich aussucht und anprobiert, beobachte ich andere Frauen, die sich gerade das Gleiche antun wie meine Edeltraud und unschlüssig mit immer wieder einem anderen Kleidungsstück vor den Spiegel treten, sich drehen und dabei kritisch darüber nachdenken, ob ihnen dieses oder jenes Teil steht, zu welchem Anlass sie es tragen könnten und ob's in ihre Garderobe zu Hause integrierbar wäre. Die meisten Frauen kaufen alleine ein oder zusammen mit einer anderen Frau. Männer sehe ich eher selten, und wenn doch, dann wirken sie entweder schrecklich gelangweilt oder ebenso schrecklich gestresst.

Ich dagegen bin gar nicht gestresst und schon dreimal nicht gelangweilt. Wann sonst kannst du als braver Ehemann schon einmal ganz legal andere Frauen beobachten. Du kannst es nicht nur tun, du musst es quasi tun, weil wo solltest du sonst hinschauen in einem Laden, in dem es nur Frauenklamotten und Frauen gibt, die diese Klamotten anprobieren. Manchmal kommen mir da schon so meine Zweifel, ob die Frauen durch dieses Überangebot, das sich ihnen an Bekleidung aller Art bietet, nicht überfordert werden. Da ent- und bekleiden sie sich stundenlang, dazwischen immer wieder diese kritische sich selbst Betrachtung vor dem Spiegel, und am Ende kaufen sie ein Teil, das ihr Aussehen eher schmälert, denn verbessert. Weil ich aber nicht weiß, ob das alles vielleicht Absicht ist, weil sie z. B. mit ihrem neuen Outfit einen Liebhaber verschrecken wollen, der ihnen auf die Nerven fällt, äußere ich lieber nichts, auch wenn mir ein kritischer Kommentar auf der Zunge liegt. Edeltraud sagt immer:

»Du hast ein gutes Gespür dafür, was Frauen steht!«

Wenn wir aus einem Laden schwerbepackt – damit ich nicht ungleichmäßig beladen bin, trage ich inzwischen zwei Tüten rechts und zwei links – herausgehen, erzähle ich ihr manchmal, was für einen scheußlichen Fummel sich die eine oder andere Frau gekauft hat, obwohl beim Anprobieren das eine oder andere sehr gefällige Teil dabei gewesen wäre. Da meint dann meine Edeltraud:

»Warum hast du dann nichts gesagt? Die hätte sich vielleicht gefreut, wenn ihr jemand einen Rat gegeben hätte!«

Seitdem kommt es schon auch mal vor, dass ich nicht nur zusehe, sondern auch meine qualifizierten Männerkommentare abgebe. Manchmal sind die Frauen ja tatsächlich recht freundlich zu mir, wenn ich ihnen beim Entscheiden helfe. Wenn's aber eher um figurbetonte Sachen geht, da halte ich lieber den Mund, weil wenn ich da zu bedenken geben, dass ihr wunderschöner Busen so gar nicht zur Geltung kommt, dass ihr zu kleiner Busen so gar nicht auffällt oder dass ihr flacher Po mit diesem Teil hervorragend kaschiert würde, dann bin ich mir sicher, dass so eine kritische Hilfestellung weniger gut ankommen würde. Dabei wären aber gerade das die echt wichtigen Ratschläge!

In den Geschäften für Haushaltswaren findest du schon eher auch männliche Kundschaft. Ich glaube, das liegt daran, dass viele Männer heutzutage gerne kochen. Woran das liegt, das ist gar nicht so einfach mit einem Wort zu sagen. Es könnte sein, dass vielleicht manche Männer ihre Not zu einer Tugend gemacht haben, weil sie entweder alleine leben oder eine Frau geheiratet haben, die's mit dem Kochen nicht so sehr hat. Vielleicht hat's auch ganz einfach nur was mit der Emanzipation einiger Männer zu tun, die endlich auch einmal in die Rolle der Hausfrau schlüpfen wollen und sich als Hausmann genau richtig fühlen. Möglich ist alles und bestimmt noch viel mehr.

Ich mag gerne durch diese Geschäfte gehen, weil da siehst du echt praktische Dinge. Problematisch wird's nur, wenn der Kauf eines Topfes oder von Geschirr geplant ist. Da ist die Auswahl zwar auch riesig, aber frag nicht, wie schwer das Zeug zu schleppen ist! Und meine Edeltraud ist keine Asiatin!

Meine Kindheit habe ich in einem Dorf auf dem Lande verbracht. Ich war schon 15 oder 16 Jahre alt, als mein Vater sein erstes Auto gekauft hat. Vorher musste der gesamte Einkauf immer mit dem Bus erledigt werden. Der ging nur dreimal täglich in die Stadt und dreimal täglich von der Stadt zurück aufs Dorf. Mein Vater hat erst beim Einkaufen aktiv mitgeholfen, als er ein Auto besaß. Vorher machte das alles meine Mutter alleine, obwohl die auch keine Asiatin war. Wenn es die Schule erlaubt hat, also in der Regel nur in den Ferien, durfte ich sie begleiten. Das hieß dann, morgens mit dem Bus in die Stadt fahren und erst am Abend wieder heim. Gott sei Dank lebten in Regensburg meine Großeltern, sodass wir nicht den ganzen Tag durch die Stadt laufen mussten, sondern auch ein paar Stunden Rast machen konnten. Oma hatte immer eine Breze für mich. Das war was ganz Besonderes, weil bei uns auf dem Dorf, da gab es nur einen Kramerladen und der bekam vom Bäcker aus einem anderen Dorf nur Brot und Semmeln geliefert.

Meine Mutter fuhr einmal pro Monat in die Stadt, um all das zu kaufen, was es in dem Kramerladen nicht gab. Das war dann gegen Abend immer eine ganz schöne Schlepperei für sie, bis sie es mit den Taschen beladen zur Bushaltestelle am Dachauplatz geschafft hatte. Da, wo heute das Parkhaus steht, war damals der zentrale Busbahnhof. Unter freiem Himmel! So ein Einkaufen möchte ich eigentlich heute nicht mehr mit dem Begriff ›Bummeln‹ in Verbindung bringen. Da ging alles streng nach Einkaufsliste. Vorher wurde zu Hause genau festgelegt, was wo gekauft werden sollte. Ein Stress war es ganz bestimmt, aber der kam nicht vom endlosen Probieren und Überlegen, ob die Anziehsachen zu den anderen zu Hause passen und so. Meine Hosen wurden grundsätzlich zu weit und zu lang gekauft, damit sie mir auch noch passen würden, wenn ich wieder gewachsen wäre. Gewachsen bin ich ja recht schnell, aber nur in die Länge. Deshalb waren mir die Hosen meistens auch noch zu weit, wenn sie längenmäßig inzwischen schon zu Hochwasserhosen geworden waren.

Getränke kaufen mussten wir nicht, weil dafür kam fast jede Woche der ›Kracherlfahrer‹. Was ein Fahrer ist, das weißt du ja, aber weißt du auch, was ein ›Kracherl‹ ist? Ein ›Kracherl‹ ist eine Limonade. Die gab's in weiß, gelb und rot. Bier hatte der ›Kracherlfahrer‹ auch dabei. Wein nicht. Wein hat damals nur der Herr Pfarrer getrunken. Der bekam ihn vom Messweinlieferanten. Später hat mein Vater dann auch Wein getrunken. Den hat meine Mutter aber nicht aus der Stadt holen müssen. Da kam ein Vertreter von einem Weingut Pieroth zu uns ins Haus. Bei dem hat mein Vater dann immer seinen Vorrat bestellt, der uns geliefert worden ist. Wenn der Vertreter von Pieroth da war, war mein Vater immer besonders lustig, weil da durfte er natürlich jede Sorte probieren, die er nachher bestellt hat, und sogar noch mehr. Der Vertreter hätte zwar gerne gehabt, dass mein Vater viel von einer Sorte bestellt, aber da wäre mein Vater ja sehr ungeschickt gewesen, weil er dann bestimmt nicht so viel hätte probieren dürfen. Vor dem Tag nach dem Besuch des Vertreters von Pieroth hat's mir immer gegraust, weil da war mein Vater regelmäßig grantig, weil er einen schlechten Magen und Kopfweh hatte.

Heute hat die ganze Einkauferei einen ganz anderen Stellenwert als früher. Früher hat man beim Einkaufen streng darauf geachtet, nichts Wichtiges zu vergessen, weil es ja mindestens vier Wochen gedauert hat, bis wieder wer zum Einkaufen gekommen ist. Heute, da musst du beim Einkaufen eher darauf achten, was du noch alles einkaufen möchtest, weil haben tust du ja eigentlich schon alles. Zum Glück gibt's die Werbung, die dir hilft, doch noch was zu finden, was du vielleicht noch brauchen könntest, auch wenn du dann zu Hause gar nicht mehr weißt, wo du es noch unterbringen sollst.

Das BRK und noch so einige Hilfsorganisationen haben sich da was Tolles einfallen lassen. Weil die Leute keinen Platz mehr haben, wo sie ihre neuen Anziehsachen zu Hause noch unterbringen sollen, sammeln sie regelmäßig die gebrauchten Klamotten für die dritte Welt oder für Bedürftige in unserem Land, weil wir auch im eigenen Land, selbst wenn's keiner wahr haben möchte, eine kleine dritte Welt haben. An so einem Tag, an dem eine der Helferorganisationen mit einem Kleintransporter kommt, um die in Säcken verpackten Altklamotten zu sammeln, da bin ich oft schon verwundert, dass vor manchen Einfamilienhäusern drei oder gar vier prall volle Säcke stehen, wo vor wenigen Wochen, als eine andere Organisation am Sammeln war, auch schon genauso viele Säcke hingestellt worden waren.

Da ist meine Edeltraud ganz anders. Bis die einmal was in einen Sack vor die Einfahrt stellt, da muss das Zeug schon mehr als 20 Jahre alt sein. Lieber kauft sie noch einen weiteren Schrank zum Einlagern. Ich will das auch gar nicht negativ sehen, weil schon oft ist wieder was modern geworden, und Edeltraud hat es nach Jahren wieder tragen können. Jeder hat dann gemeint:

»Das sieht aber toll aus! Wo hast du das denn gekauft?«

Da ist Edeltraud dann immer stolz, weil so tolle Sachen gibt's dann oft gar nicht zu kaufen. Die muss man einfach schon von früher haben!

Ich selber bin ja leider nicht so. Ich werfe alles lieber gleich weg, wenn es mir mal nicht passt oder wenn es mir nicht mehr gefällt. Einmal, als ich ein paar kg zugenommen habe, da hab' ich rigoros alle Hosen, die mich gezwickt haben, in einen Kleidersack gesteckt und den vor die Hofeinfahrt vom BRK gestellt. Edeltraud hat mich sehr geschimpft, wie ich dann bald wieder ein paar kg abgenommen habe und keine passende Hose mehr hatte, weil mir die neuen rumgeschlappert sind und die alten hergegeben waren.

Seit die Leute heutzutage viel mehr zum Einkaufen gehen als früher, gibt es auch viel mehr Wirtshäuser und Würstelbuden in Regensburg, weil das ewige Rumrennen, Probieren und Schleppen von riesengroßen Einkaufstüten schrecklich hungrig und durstig macht. Mich wundert nur, dass in den großen Einkaufszentren, wo du dein Zeug gar nicht so weit schleppen musst, weil dein Auto ganz in der Nähe in der Tiefgarage steht, und du jederzeit zwischendurch mal alles abladen kannst, um erneut loszuziehen, dass es dort trotzdem auch so viele Verköstigungsmöglichkeiten gibt. Eine schlüssige Begründung dafür habe ich noch nicht gefunden, aber ich glaube, die Leute sind die zwischendurch Mahlzeiten vom Stadtbummeln her so gewohnt, dass sie auch in einem Einkaufszentrum nicht mehr anders können. Es kracht ihnen praktisch schon der Magen, wenn sie ans Einkaufen denken und die Zunge klebt ihnen vor lauter Durst am Gaumen.

Die Menschen scheinen überhaupt allgemein heute viel mehr Durst zu haben als früher. Egal wo du zum Einkaufen hingehst, in vielen Geschäften bekommst du etwas zu trinken angeboten. Es ist sogar schon vorgekommen, dass ich zwei Tassen Kaffee angeboten bekommen habe, während die Edeltraud im Geschäft rumgewuselt ist und dann vor dem Spiegel Modenschau gemacht hat. Außerdem findest du überall Getränkemärkte mit einem Wahnsinnssortiment. Wenn das unser ›Kracherlfahrer‹ noch hätte erleben können. Ob der auf seine drei Sorten Limo und das Bier dann immer noch stolz gewesen wäre?

Vielleicht hängt der übermächtige Durst aber auch damit zusammen, dass die Leute heute vielmehr süßes Zeug konsumieren. Nehmen wir doch nur mal ein leckeres Eis. So etwas gab's in meiner Jugend in Regensburg nur einmal und das war am Domplatz in der Eisdiele am Dom. Weil's Geld aber noch nicht so massig da war, hast du dir auch nur selten dort ein Eis genehmigt. Zugegangen ist's in dieser Eisdiele trotzdem, als gäb's was umsonst, weil's ja die einzige war und jeder, der ein Eis essen wollte, zur Eisdiele am Domplatz ging.

Schokolade gab's in meiner Kindheit fast gar nicht, außer vielleicht zu Weihnachten, Ostern oder zum Geburtstag oder wenn ich mit dem Franz auf den Truppenübungsplatz ging, der gleich hinter unserem Dorf war. Das war zwar verboten, aber da haben wir uns nie Gedanken drüber gemacht, zumindest solange nicht, bis es dem Gerhard zwei Finger weggerissen hat, weil er noch scharfe Fundmunition mit nach Hause genommen und damit rumgespielt hat. Dass man eine Leuchtpatrone nicht in den Schraubstock einspannen und von hinten mit einem Nagel und einem Hammer den Zünder zum Zünden bringen darf, das hätte ich dem Gerhard auch vorher sagen können, dass das schief geht. Aber der Gerhard glaubte uns eh nie was, wenn wir ihm was sagten. Der wusste immer alles besser. Franz und ich, wir waren ja zusammen später am Gymnasium, nicht in derselben Klasse, weil der Franz älter war als ich. Darum haben wir den Gerhard auch aus den Augen verloren. Ob der mit seinen acht Restfingern das Einmaleins geschafft hat, das wissen wir beide nicht, aber zumindest ich bezweifle das sehr.

Auf dem Truppenübungsplatz gab es aber nicht nur scharfe Munition, die man besser nicht angelangt hat. Verloren haben die die Amis meistens nicht, eher weggeschmissen, weil sie die Patronen dann nicht verschießen mussten und dann am Abend weniger Arbeit beim Gewehr- und Pistolenreinigen hatten. Das weiß ich deshalb so genau, weil ich 15 Jahre später, als keine Amis mehr da waren, selber ein halbes Jahr lang auf dem gleichen Truppenübungsplatz als Soldat rumgekrochen bin und meine Munition weggeschmissen habe.

Die Amis hatten immer Schokolade und Kaugummi dabei. Das war für uns außer an Weihnachten, Ostern und zum Geburtstag die einzige Gele-

genheit, zusätzlich an Schokolade zu kommen. Kaugummi war auch nicht schlecht, aber die Schokolade war uns damals schon noch wertvoller. Wir hätten sie zwar beim Kramer auch kaufen können, aber womit? Die war viel zu teuer! Also, ab zum Truppenübungsplatz! Nur so ganz mir nichts dir nichts haben die Amis ihre Schokolade auch nicht rausgerückt. Da musste für sie schon was drin sein dafür. Und, wir hatten zwar als Kinder noch keine Ahnung warum, die Amis rückten immer dann ihre Schokolade raus, wenn wir ihnen versicherten, dass wir ältere Schwestern hätten und sie ihnen in ihrem Camp auf dem Truppenübungsplatz vorbeischicken würden. Das Handelsübereinkommen lief immer gleich ab. Wir fragten:
»Schokolade?«

Sie fragten: »Du Schwester?« Mit der Hand machten sie dabei so eine komische Geste dazu, die wir absolut nicht verstanden. Sie steckten den Daumen zwischen dem Zeigefinger und dem Mittelfinger durch. Das sollte wohl irgendwas auf Englisch bedeuten, aber woher sollten wir englisch verstehen? Klar war nur, wenn wir ›nein‹ sagten, dass wir dann auch keine Schokolade bekamen. Sagten wir ›ja‹, dann kam immer noch der Zusatz:
»Sagen, heute Abend kommen! OK?«

Wenn wir dann ›OK‹ sagten, war das mit der Schokolade gebombt.

Klar, dass das nur ab und zu klappte, eben immer dann, wenn neue Amis da waren. So dumm waren die alten auch nicht, dass sie auf unser ›OK‹ öfter reingefallen wären.

Einige Jahre später wurde auch in unseren Geschäften die Schokolade billiger und wir konnten uns selbst welche kaufen. Zu der Zeit waren auch kaum mehr nennenswert viele Amis in Regensburg und wir kamen inzwischen auch nur noch selten auf den Truppenübungsplatz, weil als Gymnasiasten hatten wir den Kopf mit anderen Dingen voll.

An diese schokoladenmagere Zeit denke ich manchmal zurück, wenn ich mit meiner Edeltraud in einem der unzähligen Supermärkte zum Einkaufen gehe und die Regale voll mit tausenderlei Schokoladensorten finde. Heute kann ich mir nicht nur den Luxus leisten, Schokolade zu essen, so viel ich will, heute kann ich mir sogar noch den Zusatzluxus leisten, mir die Schokolade auszuwählen, die mir persönlich am besten schmeckt. Das ist schon Wahnsinn! Für diesen Wahnsinn müssen aber heute unzählige Leute mit ihrer Zuckerkrankheit bezahlen, die sie in meiner Kindheit nicht gekriegt hätten.

Wenn du im Supermarkt ernährungsbewusst, also quasi so, dass das, was du isst, gesund ist, einkaufen willst, dann geht das nur, wenn du mindestens Abitur hast und dich über Jahre hinweg mit der Herstellung von Lebensmitteln und der Fleischtierhaltung auseinandergesetzt hast. Weil Massentierhaltung wieder eigene Probleme aufwirft, solltest du auch in ethischen Fragen noch bewandert sein oder besser Vegetarier werden. Wenn du all diese Voraussetzungen erfüllst, noch gut lesen kannst oder deine Lesebrille dabei hast, weil das Kleingedruckte auf den Verpackungen siehst du sonst nie scharf genug, dann hast du immerhin eine Chance, innerhalb des übermächtigen Angebots an Lebensmitteln etwas zu finden, was mehr nützt als schadet. Vielleicht hast du ja mehr als Abitur, ein Studium der Ernährungswissenschaften, der Chemie, der Pharmazie oder dergleichen, dann kannst du beim Lebensmitteleinkauf gleich zwei Fliegen mit einer Klappe schlagen, weil wenn du gezielt einkaufst, dann kannst du dir das eine oder andere Medikament in der Apotheke sparen, weil die Zusatzstoffe in den Lebensmitteln den Wirkstoffen in Medikamenten oft sehr ähnlich sind.

Leider erfülle ich viele dieser Voraussetzungen nicht und habe meine Brille auch meistens nicht dabei. Da kann es dann schon passieren, dass ich einen Einkaufswagen voller fragwürdiger Lebensmittel mit nach Hause schleppe. Wenn Edeltraud dabei ist, läuft der Einkauf etwas besser ab, weil wenn wir unsere Bildung zusammenaddieren und Edeltrauds Brille, die sie fast immer dabei hat, einsetzen, dann klappt die Auswahl etwas besser.

Trotzdem kommen wir nicht drum herum, täglich rezeptfreie, weil von der Kasse eh nicht bezahlte, Nahrungsergänzungsmittel einzunehmen, um das auszugleichen, was unseren Lebensmitteln heute trotz des unüberschaubar großen Angebots abgeht.

›*Bummeln*‹ klingt ja eigentlich ungeheuer positiv und damit verbundenes ›*Einkaufen*‹. Umso mehr, wenn genug Geld dafür zur Verfügung steht. Nachdenklich stimmt mich dabei nur, warum wir alle immer so gestresst und fertig sind, wenn wir vom Einkaufen nach Hause kommen. Vielleicht ist Geld auszugeben ja eine mindestens ebenso harte Arbeit, wie welches zu verdienen, und wir merken es nur nicht, weil wir das in unserer Freizeit tun.

Dasselbe nochmal!

Wenn du an das Verb ›*trennen*‹ denkst, dann tust du das nicht halb so emotional, wie wenn dir Trennung in den Sinn kommt, weil trennen kannst du problemlos alles Mögliche, aber eine Trennung hat immer gleich so einen Beigeschmack nach Scheidung oder sonst irgendsowas, was weh tut. Vielleicht liegt's ja auch daran, dass man trennen kleinschreibt und es deshalb weniger dramatische Gefühle in dir hervorruft wie die großgeschriebene und schon von daher sehr wichtige Trennung. Früher, als man zumindest in der Grundschule noch deutsch sprach, da wurden großgeschriebene Wörter auch Hauptwörter genannt. So sagt heute keiner mehr, weil Substantive auch viel besser klingt und so wenigstens noch ein Funke an humanistischer Bildung rüberkommt, wenn schon kein Schwein mehr Latein lernt. Aber für das Wort Trennung würde der alte deutsche Begriff Hauptwort immer noch total gut passen, das musst du schon zugeben. So eine Trennung kann hauptverantwortlich sein für eine grundsätzliche Veränderung in deinem Leben.

***

Bevor ein Gericht seine Scheidung rechtskräftig machte, meinen Freund Herbert quasi wieder in den Junggesellenstand zurückversetzte, forderte es für ein Jahr eine zwischen ihm und der Gerlinde strickt einzuhaltende Trennung von Tisch und Bett. Das machte Herbert am Anfang mit Freuden, weil er ja eh mit seiner Noch-Frau keinen Kontakt mehr haben wollte. Aber das gestaltete sich bald als schwierig, weil ihm seine neue Freundin den Laufpass gegeben hatte und er nun mit seinem soeben spontan angefachten Hormonüberschuss zu Hause rumhockte, sehnsuchtsvoll an die Tage zurückdenkend, wo er noch nicht auf dem unbequemen Sofa schlafen und sich seinen Magen mit dem selbst heiß gemachten Fertigfutter verderben musste. Plötzlich erschien ihm die Trennung gar nicht mehr so erstrebenswert, weil sich seine neue Flamme, wegen der er bis zur Scheidung alles zu erdulden bereit gewesen war, in Luft aufgelöst hatte. Dabei hatte alles so vielversprechend begonnen.

Nach jahrelangem, zermürbendem, ehelichem Kleinkrieg mit Gerlinde, der Herbert den letzten Nerv gekostet hatte, traf ich ihn heute nach einem längeren, klärenden Telefonat zum ersten Mal seit einer Ewigkeit wieder einmal, weil er sich seinen Kummer von der Seele reden wollte.

Mit gemischten Gefühlen ging ich zum Hofwirt, wo wir uns auf eine Halbe Bier verabredet hatten. Herbert war zwar mein Freund, aber Gerlinde mindestens ebenso die Freundin meiner Edeltraud. Da schien mir der Ärger vorprogrammiert, wenn ich mich zu sehr auf die Seite vom Herbert schlagen würde. Sollte wohl das Beste sein, wenn ich dem Herbert einfach einmal ganz neutral zuhörte und mich mit meinen Ratschlägen etwas zurückhielte, nicht dass am Ende der Wurm auch noch in unsere Ehe, du weißt schon.

Schon beim Betreten der Gastwirtschaft sah ich den Herbert rechts hinten im Eck alleine an einem kleinen Tisch sitzen. ›*Oh Gott, sieht der fertig aus*‹!, dachte ich und steuerte auf ihn zu.

»Hallo Ludwig! Schön, dass du gekommen bist«, begrüßte er mich und schaute dabei so unglücklich drein, dass er mir schon leid tat, bevor wir überhaupt miteinander zu reden begonnen hatten.

»Hallo Herbert! Ich nehme an, der Platz hier ist frei?«, fragte ich rhetorisch, weil wer sollte hier sonst wohl sitzen, wo der Herbert doch schon auf mich gewartet hatte. Aber irgendwie musste ich ja ein wenig aufheiternd wirken und eine Konversation anleiern.

»Du kannst fragen! Klingst ja fast so wie Franziska, die mich das mit denselben Worten gefragt hat«, sagte Herbert.

»Da komme ich jetzt nicht ganz mit!«, antwortete ich mit einem unwissenden Blick und setzte mich zu Herbert. »Hast du deine Franziska, wegen der du mir gestern am Telefon vorgeweint hast, etwa hier kennen gelernt?«

»Blödmann! Ich hab' dir nicht vorgeweint. War vielleicht gar keine so gute Idee, mich mit dir treffen zu wollen!«, entgegnete Herbert verärgert, ohne zunächst auf meine Frage einzugehen.

»Jetzt sei doch nicht so empfindlich! Ich wollte dich doch nur ein wenig aufheitern!«, meinte ich beschwichtigend und hob dabei abwehrend meine Hände.

»Okay! Hast ja auch irgendwie Recht. Bin zurzeit einfach total empfindlich. Ja, ich hab' sie wirklich hier kennen gelernt, sogar an diesem Tisch.«

»Wahnsinn! Das musst du mir genauer erzählen!«, bat ich und drehte mich gleichzeitig zum Kellner hin, um mir ein kühles Pils zu bestellen.

»Du auch?«, fragte ich, weil ich sah, dass dem Herbert sein Glas leer war.

»Gerne!«, erwiderte Herbert, und ich erweiterte die Bestellung um ein zweites Pils.

»Also, schieß los!«, drängte ich, weil ich neugierig auf das war, was sich alles ereignet hatte, und warum Herbert jetzt wie ein Häufchen Elend neben mir saß.

»Sie sagte: ›Kann ich mich zu Ihnen setzen?‹, und machte dabei mit ihrer Hand eine Rundumbewegung. ›Sonst ist leider schon alles besetzt!‹«

»Wer sie?«, fragte ich Herbert.

»Na Franziska eben. Du weißt schon, die, von der ich dir gestern am Telefon erzählt habe. In dem Moment, als sie mich fragte, habe ich sie eigentlich erst so richtig registriert, weil vorher war ich noch viel zu sehr in Gedanken vertieft wegen des gerade zu Hause vorangegangenen Streits mit Gerlinde. Wie sie da vor mir gestanden hat, ich kann dir sagen, der Wahnsinn! Mit einem Schlag war Gerlinde vergessen und meine üble Laune verflogen.«

»Was war denn so Besonderes an dieser Franziska, dass du gleich so ausgeflippt bist?«, unterbrach ich ihn.

»Alles! Einfach alles! Ein Vollblutweib, dass du glaubst, du bist in einem anderen Film! Kurze, schwarze Haare mit roten Strähnen, ein freches, spitzbübisches Engelsgesicht mit markanten, aber trotzdem dezenten Wangenknochen, etwa einssiebzig groß, schlank, aber mit Rundungen überall da, wo du als Mann drauf abfährst. Ein knallrotes T-Shirt und eine blaue Jeans haben da nichts davon verborgen! Ich kann dir nur sagen, ich brachte keinen Ton heraus und muss sie ziemlich doof angeguckt haben.«

»Das ist dir sicher nicht allzu schwer gefallen!«, feixte ich.

»Idiot!«, entgegnete mir Herbert und ich bereute sofort meine Bemerkung.

»Tut mir leid, ich hab das nicht so gemeint!«, entschuldigte ich mich.

»Schon gut!«, sagte Herbert. »Aber zum schwach Anreden habe ich mich nicht mit dir verabredet!«

»Soll nicht wieder vorkommen! Also, was hast du ihr geantwortet? Nach der ersten Verblüffung musst du doch irgendwas gesagt haben.«

»›*Gerne!*‹ Mehr ist mir wegen der atemberaubenden Schönheit der Franziska nicht eingefallen.«

»Und weiter?«, bohrte ich nach. »Lass' dir doch nicht alle Würmer einzeln aus der Nase ziehen!«

»Ich erzähle dir doch eh alles, aber du bist so ungeduldig. Unterbrich mich nicht ständig, dann erfährst du schon, wie's weiter gegangen ist!«

In diesem Moment brachte der Ober das bestellte Bier. Wir prosteten uns zu, was die angespannte Situation wieder merklich entspannte. Der Geräuschpegel im Lokal war recht hoch, sodass Herbert seine Stimme anheben musste, um sich mir akustisch verständlich machen zu können.

»Die Franziska sagte erst nur: ›*Danke!*‹«, begann Herbert und wischte sich den Bierschaum vom Mund, bevor er weitersprach.

»Dann redete sie aber doch weiter, weil ich immer noch wie ein Schuljunge dreingeschaut haben muss, der vom Lehrer die beste Klassenarbeit in die Hand gedrückt bekommen hat.«

›*Ich hatte schon befürchtet, Ihre Frau ist nur kurz auf der Toilette und der Platz würde gleich wieder besetzt sein.*‹

»›*Wie kommen Sie darauf, meine Frau könnte hier sein?*‹, fragte ich ehrlich verwundert.«

»›*Na, erstens stehen hier zwei Gläser und zweitens tragen Sie einen Ehering und drittens schauen Sie nicht gerade glücklich drein*‹, erklärte sie.«

»›*Langsam!*‹, sagte ich und hob dabei abwehrend eine Hand. So genau hatte ich bisher noch nie jemanden abgeschätzt, zu dem ich mich an einen

Tisch gesetzt hatte. Auf die Schnelle hätte ich das unmöglich alles bemerkt.«

»›*Der Ober hat mein erstes Glas nur noch nicht abgeräumt. Der Ehering muss ja nicht zwangsläufig ein Ehering sein, und dass ich unglücklich dreinschaue, das bilden Sie sich ein!*‹, versuchte ich mich gegen diese verblüffend genaue Einschätzung meiner Situation zu wehren.«

»›*Wenn Sie's sagen!*‹, antwortete Franziska lakonisch.

Ich kann dir gar nicht sagen, wie mich diese Frau aus dem Konzept gebracht hat. Erst blaffte sie mich oberschlau an und dann gab sie mir eine kurze Antwort, auf die ich einfach nicht entsprechend reagieren konnte.«

»›*Darf ich Sie zu etwas einladen?*‹, fragte ich sie spontan. Wie ich auf diese Idee kam, das weiß ich heute selber nicht mehr. Die Einladung kam mir quasi selbständig über die Lippen.«

›*Einen Latte! Gerne! Aber wie komme ich zu der Ehre?*‹

»›*Einfach so, Frau Psychologin!*‹, antwortete ich.«

›*Nennen Sie mich lieber Franziska! Und mein Beruf hat mit Psychologie nichts zu tun.*‹

›*Schöner Name! Ich heiße Herbert! Das mit der Psychologin sollte ja auch nur eine Anspielung auf Ihre Einschätzung meiner Situation sein.*‹

›*Schon klar! Hab's auch nicht anders aufgefasst. Und haben Sie sich's überlegt?*‹

»›*Was überlegt?*‹, fragte ich.«

›*Das mit dem Ehering usw. Oder behaupten Sie immer noch, ich liege falsch?*‹

›*Nein! Zumindest nicht ganz. Zumindest ist meine Frau nicht hier. Aber Sie müssen zugeben, dass man da schon etwas seltsam berührt ist, wenn man von einer wildfremden Person Dinge auf den Kopf zugesagt bekommt, die doch gar nicht so offensichtlich sein können.*‹

›*Jetzt weiß ich nicht ganz, was Sie meinen. Einen Ehering zu identifizieren, das ist doch weiter keine Geheimkunst und das zweite Glas deutete doch zumindest darauf hin, dass Sie sich in Begleitung befinden!*‹

»›Das schon!‹, erwiderte ich«, ›aber wieso haben Sie aus meinem angeblich unglücklichen Dreinschauen auf die Begleitung meiner Frau geschlossen?‹

›Das war mehr so eine Intuition, nichts Konkretes! Frauen haben manchmal einen sechsten Sinn für so etwas.‹

›Dann hat Sie ihr sechster Sinn diesmal aber ganz schön im Stich gelassen, zumindest was den Rückschluss auf die Begleitung meiner Frau betrifft.‹

›Zugegeben, das war voreilig kombiniert von mir. Aber unglücklich verheiratet sind Sie trotzdem. Das sieht man Ihnen an der Nasenspitze an.‹

»›Und was sieht man mir noch so alles an der Nasenspitze an?‹, fragte ich und begann mich innerlich immer mehr für mein Gegenüber zu interessieren. Die Frau war offensichtlich nicht nur umwerfend schön, sie hatte auch noch eine beängstigende Beobachtungsgabe, die ihr dazu verhalf, meine augenblickliche Lebenssituation mit einem Blick zu erkennen. Und bestimmt weißt du ja, wie das so ist, eine schöne Frau zu bewundern, da springt der Funken schnell!«

»Woher sollte ich das wissen?«, knurrte ich etwas verstimmt. »Edeltraud und ich, wir streiten nicht den ganzen Tag so wie du mit deiner Gerlinde und infolgedessen sitze ich auch niemals alleine in einer Gastwirtschaft und lass' mich von schönen Frauen anmachen!«

»Jetzt tu nur nicht so! Brauchst nicht den Heiligen zu spielen! Ich kann mich auch noch an eine Zeit vor deiner Edeltraud erinnern. Oder hast du diese Jahre etwa schon vergessen?«

»Quatsch! Erzähl' weiter! Ihr seid doch nach der Late nicht auf Nimmerwiedersehen auseinander gegangen?«

»War ja auch so gut wie unmöglich!«, begann Herbert weiterzuerzählen. »Ich meine, du kannst nicht so eine Frau kennen lernen und dann nach Hause zu deinem Drachen gehen, als sei nichts gewesen!«

»Was willst du damit sagen? Hast du sie gleich am ersten Abend aufs Kreuz gelegt?«

»Mann, hast du eine vulgäre Ausdrucksweise!«, beschwerte sich Herbert. »Ja, ich hab' sie nach Hause begleitet. Ich wollte mich ganz brav von ihr verabschieden und sie fragen, ob ich sie wiedersehen könnte. Aber da hat sie mich noch auf einen Kaffee rein gebeten und da konnte ich doch nicht unhöflich sein.«

»Du willst mir jetzt doch nicht sagen, dass sie dir ihre Briefmarkensammlung gezeigt hat? Normalerweise läuft doch so was anders rum?«

»Wie anders rum? Hätte ich Franziska vielleicht mit zu mir nach Hause einladen sollen? Hast wohl vergessen, dass da immer noch die Gerlinde wohnt?«

»Vergiss es! Also was war nun mit dem Kaffee? Habt ihr noch einen bei ihr getrunken?«

»Nicht direkt!«

»Nicht direkt? Wie ist das jetzt wieder zu verstehen?«

»Franziska stellte Wasser auf und richtete eine Filtertüte her. Sie sagte, dass sie ihren Kaffee immer von Hand filtere. Ich solle ihr die Dose vom Regal reichen, wo sie ihren Kaffee aufbewahrt hatte. Das tat ich auch. Als ich ihr die Dose in ihre ausgestreckte Hand übergab, berührten sich unsere Finger.«

»Und peng! Die Dose fiel runter!«, unterbrach ich Herbert.

»Ja, auch, aber nur, weil es mich direkt elektrisiert hat, wie sich unsere Finger da berührten. Beim Bücken, um das Malheur wegzuräumen, stießen wir auch noch mit unseren Köpfen zusammen. Da hatten wir den Kaffee auf einmal vergessen und rissen uns wie im Film die Kleider vom Leib. Vermutlich waren wir beide so ausgehungert, dass schon der kleinste Anlass reichte, um den Verstand zu verlieren.«

»Da hast du anscheinend nicht viel verlieren müssen!«, frotzelte ich, entschuldigte mich aber sofort wieder, weil das doch ein wenig zu frech von mir war.

»Tut mir leid, war nicht so gemeint! Aber was diese Franziska betrifft, da scheinst du ja wirklich das Denken vergessen zu haben!«

»Da hast du allerdings recht! Was da an dem Abend passiert ist, das war nämlich nicht der einzige Fehler, den ich begangen habe.«

»Klar, du hast denselben Fehler mit Genuss einige Male wiederholt, so lange, bis du keinen Reiz mehr auf sie ausgeübt hast und sie dich wie eine heiße Kartoffel hat fallen lassen.«

»Wenn's nur das wäre!«

»Was denn sonst noch? Ist sie schwanger von dir?«

»Nicht dass ich wüsste! Aber sie hat trotzdem was von mir!«

»Hast du ihr was angehängt? Bist du krank? Sag bloß, du hast AIDS und kein Kondom benutzt!«

»Nein, ich bin nicht krank. Wenn ich was hätte, dann wärst du der erste, dem ich es erzählen würde«, blaffte Herbert.

»Da bin ich ja beruhigt! Allerdings kann ich mir jetzt gar nicht mehr vorstellen, was sie sonst von dir haben könnte, wenn's kein Kind und auch keine Krankheit ist!«

»Sie hat mein ganzes Geld!«, platzte Herbert heraus.

»Wie, dein ganzes Geld? Und seit wann hast du überhaupt Geld? Ich dachte, da hat deine Gerlinde ihre Finger drauf?«

»Im Prinzip ja! Aber es gab da einen Bonussparer, der nur auf meinen Namen lief und den ich schon vor meiner Heirat mit Gerlinde abgeschlossen hatte. Wir haben an dem nie gerüttelt, weil der gute Zinsen brachte und wir ihn erst auflösen wollten, wenn eine größere Anschaffung oder eine Hausrenovierung dies nötig machen sollte.«

»Und jetzt hast du dein kleines Privatvermögen, an das du ganz ohne Gerlinde rankommst, zu Barem gemacht und alles dieser Franziska unter den Rock geschoben!? Das kann doch nicht war sein!«

»Ist es aber leider! 50.000 €!«

»Du spinnst!«

»Nein, wirklich!«

»Mit der muss ja atommäßig was abgegangen sein, dass du dich so zum Narren hast machen lassen! Oder welche Begründung hast du für dein Verhalten?«

»Begründung! Begründung! Als ob mir das jetzt weiter helfen könnte! Mir wäre es lieber, du hättest eine Idee, wie ich aus diesem Schlamassel wieder rauskommen kann. Die 50.000 € waren mein Notgroschen, um nach der Scheidung nicht ganz mittellos dazustehen. Du kannst dir denken, dass mich die Gerlinde ganz schön bluten lässt. Bisher weiß sie von den fehlenden 50.000 € noch nichts, aber spätestens, wenn bei der Scheidung unsere Vermögensverhältnisse geklärt werden müssen, kommt's raus. Mein Bonussparer war schließlich kein Geheimnis, ganz im Gegensatz zu der Tatsache, wo er abgeblieben ist.«

»Und was soll ich da dran ändern? Ich kann dein Geld weder wieder herzaubern, noch kann ich etwas dagegen tun, dass Gerlinde von dem fehlenden Geld Wind bekommt. Wenn es allerdings wirklich dein höchst eigenes Geld war, dann kann sie doch gar nichts dazu sagen, wenn es verschwunden ist.«

»Es war leider nicht ganz ›mein höchst eigenes Geld‹! Ich konnte nur insofern darüber ohne ihr Wissen verfügen, weil der Sparvertrag auf meinen Namen lautete. Genau genommen gehörte er zu unserem Gesamtvermögen, weil wir keine Gütertrennung haben.«

»Aha! Und was willst du jetzt machen?«

»Eigentlich habe ich gehofft, dir würde was einfallen. Du weißt doch meistens einen Ausweg, auch wenn's dem Anschein nach keinen mehr gibt. Du warst doch auch der, der mir wegen unserer ewigen Streitereien zur Scheidung geraten hat.«

»Höre ich da jetzt einen Vorwurf?«

»Um Himmels Willen, nein! Ich sag's nur, wie's ist. Für unsere Ehe gibt es keinen Ausweg mehr. Die Scheidung ist ein Schlussstrich unter etwas, das schon beendet ist. Dass ich da konsequent sein muss, damit hattest du völlig recht. Gerlinde sieht das ja genauso. Trotzdem kann ich ihr doch unmöglich sagen, wo die 50.000 € verblieben sind, wenn's ans Eingemachte geht. Außer dem finanziellen Verlust hätte ich doch, wenn's rauskäme, keinerlei Chancen mehr, bei Gerlinde wegen ihres Verhaltens mir gegenüber ein schlechtes Gewissen zu hinterlassen.«

»Daher weht der Wind! Gerlinde soll sich schlecht fühlen, wenn die Ehe offiziell beendet wird. Du willst gut dastehen! Da passt natürlich das Abenteuer, in dem ja schon das Wort ›teuer‹ drinsteckt, gar nicht ins Bild! – Ich wüsste nicht, wie ich dir da helfen könnte!«

»Ich schon!«

»Da bin ich aber neugierig!«

»Du könntest sagen, ich habe dir das Geld gegeben, weil du Schulden hattest, oder so!«

»Du hast sie nicht mehr alle!«

»Wieso? Du bist mein bester Freund. Sie würde es glauben!«

»Und Edeltraud? Meinst du vielleicht, die schluckt das so ohne weiteres? Du vergisst, dass meine Edeltraud immer noch die beste Freundin deiner Gerlinde ist!«

»Wenn schon, dann meiner EX-Gerlinde! Aber das eine hat doch mit dem anderen nichts zu tun!«

»Eben schon! Ich müsste der Edeltraud irgendeinen Schmarren verzapfen, den sie mir vermutlich nicht einmal abnehmen würde, nur damit sie die Wahrheit nicht erfährt, weil mit der würde sie selbstverständlich sofort bei der Gerlinde hausieren gehen. Wenn du verhindern willst, dass dein Schwachsinn aufkommt, dann hast du nur eine Wahl: Du musst das Geld als zu dem Teil gehörig betrachten, den dir das Gericht bei der Scheidung aus dem gemeinsamen Vermögen zuspricht. Gerlinde wird dann nicht wissen wollen, bzw. kein Recht darauf haben zu wissen, wo du es hingebracht hast.«

»Also 50.000 € in den Wind schreiben!«

»Ich werde dir natürlich helfen, es, oder zumindest einen Teil davon, wiederzubekommen. Aber zunächst hast du recht, zunächst musst du es in den Wind schreiben.«

»Du hast leicht reden! Dein Geld ist es ja nicht!«

»Meine Edeltraut war es aber auch nicht!«, verteidigte ich mich, weil ich das Gefühl, das Herbert in mir entfachte, nicht leiden konnte, dass ich in irgendeiner Form Schuld an seiner Situation hätte.

»Womit wir beim Thema wären: Franziska hat das Geld, aber Franziska ist verschwunden.«

»Du meinst, sie ist so richtig verschwunden?«, fragte ich ungläubig.

»Das sagte ich dir doch schon am Telefon!«

»Du sagtest, dass sie dich verlassen hat, was nicht unbedingt gleichbedeutend damit ist, das sie sich in Richtung Unbekannt verdünnisiert hat.«

»Wortklauberei! Franziska und das Geld sind weg, und ich weiß nicht wohin!«

»Vielleicht kommen wir der Sache näher, wenn du mir wenigstens einmal mehr über die Umstände erzählen würdest, unter denen du ihr 50.000 € vermacht hast!«, versuchte ich Licht in die Angelegenheit zu bringen, war aber ehrlich auch neugierig, was denn nun genau den Herbert zu so einer Handlung bewegt hatte.

»Das ist eine lange Geschichte!«

»So lang kann die nicht gewesen sein, weil wir uns vor acht Wochen zum letzten Mal gesehen haben und da gab es meines Wissens noch keine Franziska!«

»Ich meine ja auch eher, dass es eben eine sehr komplizierte Geschichte ist. Lang war vielleicht der falsche Ausdruck, zumindest wenn man ›lang‹ nur zeitlich sieht.«

»Weißt du, was ich glaube? Ich glaube, die ganze Sache ist dir schrecklich peinlich, weil du ausgenutzt, belogen und betrogen geworden bist und weil du dir eingebildet hast, so eine junge, attraktive Frau fährt ernsthaft auf so einen alten Dackel wie dich ab. Hast womöglich sogar Viagra eingesetzt, damit du den potenten und an Erfahrung reichen Hengst raushängen lassen konntest. Warst vermutlich nicht der erste, an den sie sich rangemacht hat, aber, wie das Ergebnis zeigt, einer, der auf ihre Masche reinfiel und mit Barem rüberkam. Eine Nutte war sie, deine Franziska, eine von der Sorte, die was in ihrem schönen Köpfchen hat. Ist ja auch einfacher, einem alten liebeskranken Trottel für ein paar geile Nächte die große Kohle aus der Tasche zu ziehen, als Nacht für Nacht unzählige Freier bedienen zu müssen, die sich jedes Mal um die Bezahlung drücken wollen.«

Herbert war wie versteinert. Meine Einschätzung seiner Lage mochte sehr nahe an der real von ihm erlebten Geschichte gelegen haben, weil nach einigen Schweigeminuten bestätigte er mir mit belegter Stimme: »Es war schon immer deine Stärke, die Dinge auf den Punkt zu bringen.«

»Gut! Wenn du's so siehst, dann können wir versuchen zu retten, was noch zu retten ist. Erzähl' mir erst mal einiges über Franziska, alles, was dir so zu ihr einfällt, was sie von sich erzählt hat und so!«

»Wozu soll das gut sein?«

»Erfahrungsgemäß lügen solche Frauen nicht nur. Sie erzählen dir Wahres über sich und vermischen es mit Lügen. Auf diese Weise tun sie sich leichter, alles ehrlich erscheinen zu lassen. Wenn es uns gelingt, den wahren Anteil herauszufinden, dann haben wir auch Anhaltspunkte, wo wir nach ihr suchen können und wie wir ihr das Geld wieder abluchsen können.«

»Klingt logisch. Man merkt, dass du ein beruflicher Schnüffler bist.«

»Ich bin Schriftsteller und kein Schnüffler! Allerdings hast du recht, dass ich manchmal erst rumschnüffeln muss, bevor ich mich an eine Geschichte wagen kann. Soll ja auch alles Hand und Fuß haben und nicht nur frei erfunden sein. Die Geschichten, die das Leben schreibt, die sind immer noch die besten!«

»So wie meine jetzt? Nur wäre es mir momentan lieber, du hilfst mir und versuchst nicht nur, meine Geschichte für deine Bücher auszuschlachten.«

»Das eine muss das andere nicht zwangsläufig ausgrenzen. Aber lassen wir das jetzt! Erzähle einfach!«

»Was willst du wissen?«

»Nichts Konkretes! Erzähle einfach mal drauf los! Wenn was dabei ist, was ich besonders wichtig finde oder mehr darüber wissen will, dann unterbreche ich dich.«

»Noch ein Bier?«, fragte der Ober, der gerade vorbeikam und unsere leeren Gläser entdeckte.

»Gerne!«, antwortete ich. »Dasselbe nochmal!«, und nickte ihm freundlich zu.

»Ich gehe schnell noch für kleine Jungs, bis das Bier kommt. Dann muss ich nicht gleich am Anfang schon wieder unterbrechen«, entschuldigte sich Herbert und verschwand in Richtung Toilette.

Ich nutzte einstweilen die Zeit, meine Gedanken zu ordnen und mich etwas im Gastraum umzusehen. Hier hatte sich Herbert also zum ersten Mal mit dieser Franziska getroffen. Nicht gerade ein romantischer Ort. Eher eine gewöhnliche Kneipe mit Mittags- und Abendtisch. Mit meiner Edeltraud habe ich schon öfter in Gasthäusern wie diesem gegessen. Da musst du dich nicht schick machen oder so. Kannst deine Jeans und deine Lederjacke tragen, so wie du eben gerade angezogen bist, wenn du dich zu einem Einkaufsbummel in der Stadt herumtreibst und eine Essenspause einlegen möchtest. Die Bedienungen, meistens Studentinnen oder Studenten, die sich ihr Studium finanzieren müssen, sind auch nicht so aufgebrezelt, wie das in den feinen Restaurants der Fall ist, wo du den Wein aus der Flasche von guten Geistern mit weißen Handschuhen kredenzt bekommst. Falls du Bier nicht gerade verabscheust, ist es hier im Gasthaus auch sinnvoller, auf Wein zu verzichten, weil die hier eine Qualitätsstufe haben, die du als Nichtpenner kaum zu würdigen weißt, weil dich der Wein entweder an Zuckerwasser mit Weinaroma oder an verwässerten Weinessig erinnert und du das anschließende Sodbrennen quasi gratis dazu bekommst. Daran ändern auch liebliche oder frivole Weinnamen nichts! Das Bier ist gut! Wer in Bayern Bier verkauft, das nicht gut ist, schaufelt sich geschäftlich gesehen sein eigenes Grab. Selbst in der schäbigsten Kneipe muss das Bier stimmen! Nur die Jungen, die haben keinen Draht mehr zu dieser althergebrachten Bierkultur. Sie trinken's aus der Dose und sitzen dabei auf irgendwelchen Treppenstufen und schlendern, die Dose in der Hand haltend, zu ihren Treffpunkten auf öffentlichen Plätzen.

Hier vollzieht sich eine völlig andere Art von Trennung. Es ist die Trennung von Althergebrachtem. Unsere bayerische Kultur ginge den Bach runter, wenn es nicht auch noch die Jungen gäbe, die mit den Dosenbiertrinkern nichts zu tun haben wollen und der Kneipenkultur den Vorzug geben.

Ein neugieriger Rundblick überzeugte mich davon, dass in dieser Gastwirtschaft das Publikum sehr gemischt war, sowohl was die Altersstruktur betraf, als auch was die Geschlechtszugehörigkeit betraf. Es war keine reine Männerkneipe, wie du sie oft in Arbeitervierteln findest, und auch kein Jugendtreff, wo höchstens mal ein Vater oder eine Mutter aufkreuzt, um das noch unmündige Kind zu suchen. Es war durchaus eine Kneipe, wo ein alleinstehender Mann auf eine alleinstehende Frau treffen konnte. Nicht dass du jetzt gleich wieder glaubst, die Kneipe war so eine anrüchige Kupplerzentrale, wo du leicht abschleppen kannst oder abgeschleppt werden kannst, so ein Treffpunkt für Hobbyprostitution oder so. Nein, dazu war die Gastwirtschaft viel zu familienfreundlich, weil wegen der günstigen Preise hierher auch oft Eltern mit ihren Kindern kamen, um zu Hause die Küche mal kalt bleiben zu lassen und den Geldbeutel dabei dennoch nicht zu sehr zu strapazieren.

Die blauäugige Blondine, deren Haaransatz ihre dunkle Originalfarbe verriet, die am Nachbartisch von mir saß, der traute ich es allerdings schon zu, dass die eine gewisse Absicht hatte, sich hier aufzuhalten. Das enge T-Shirt, das sich über eine üppige Oberweite spannte, fiel jedenfalls weit weniger durch seine weiße Farbe und die lustigen Applikationen auf, als dadurch, dass es weit mehr von dem frei gab, was es ursprünglich verhüllen sollte. Jedes Werbeplakat würde nach so einem Blickfang lechzen. Aber kaum ein Foto kann mit der atemberaubenden Realität konkurrieren. Die knallig roten Lippen kamen erst durch die Blässe der Schönen so richtig zur Geltung. Schade, dass ihr Fahrgestell nicht zu sehen war, das überwiegend der Tisch verdeckte, an dem sie saß. Ein hochhackiger, zum Lippenstift passender roter Schuh war zu sehen, leider kein zweiter und auch kein Bein dazu.

Ich nahm mir vor, den Augenblick nicht zu verpassen, in dem die Aufsehen erregende Mittdreißigerin sich von ihrem Platz erheben würde. Ob Herberts Franziska eine ähnliche Erscheinung war? Vermutlich ja, weil Herberts Frau, die Gerlinde, in jüngeren Jahren auch mal eine Schönheit gewesen sein musste. Damals kannte ich sie zwar noch nicht, aber eine

Frau, die mit 50 noch so viel hermacht, wie die Gerlinde, die muss einfach schön gewesen sein. Und warum sollte der Herbert sich dann jetzt auf einmal mit einer Durchschnittsfrau zufrieden gegeben haben. Nein, es musste sich schon um eine Besonderheit gehandelt haben, dass sie ihm den Kopf so verdrehen konnte. Herberts besondere Situation, weil er sich sozusagen im Scheidungsjahr befand, hat allem natürlich noch zusätzlich Power verliehen.

Der Ober brachte zwei frisch gezapfte Halbe, und der Herbert kam auch schon wieder an den Tisch. Ich unterbrach meine in gewisser Weise verträumten Gedanken und war gespannt, was mir Herbert jetzt erzählen würde. Aber anstatt endlich damit zu beginnen, fragte er mich: »Weißt du eigentlich, warum wir uns scheiden lassen wollen, die Gerlinde und ich?«

»Ehrlich gesagt, nein! Aber gewundert hat's mich schon immer, dass du so eine Klasse von Frau verlassen willst.«

»Stopp! Sie will die Scheidung, nicht ich! Ich habe mich nach zwei Jahren, die fast nur noch aus Streit bestanden haben, dazu breit schlagen lassen einzuwilligen. Nicht zuletzt, weil du mir dazu geraten hast! Ich hätte ihr sogar verziehen, dass sie mich mit Karl betrogen hat. Ich meine, wer ist sich schon sicher, dass so etwas einem selbst nicht auch passiert?«

»Mit dem Karl hat sie dich betrogen, mit dem Gerber Karl?«

»Genau! Wusstest du das nicht? Hat dir deine Edeltraud nie davon erzählt?«

»Kein Gedanke! Du meinst, die Edeltraud war eingeweiht!«

»Mit Sicherheit! Die beiden stecken doch ständig zusammen. Da reden die doch nicht nur übers Kochen!«

»Das ist ein Ding! Und mit dem Gerber Karl sagst du?! Was hat sie denn an dem gefunden? Der ist doch auch verheiratet!«

»Als ob das heute noch eine Rolle spielt!«

»Na ja, für mich schon! Meine Edeltraud …«

»Jetzt lass' deine Edeltraud aus dem Spiel! Mag sein, sie hat dich noch nie betrogen! Aber die Wahrheit sagt sie dir auch nicht immer, zumindest verschweigt sie dir so Einiges, was im Prinzip auch nicht gerade ehrlich ist!«

»Das ist doch ganz was anderes!«, wehrte ich mich, weil Herberts Art mich aufzuregen begann. »Edeltraud wollte mich vermutlich nur nicht in eure Angelegenheit mit hineinziehen!«

»Ja, ja, verteidige sie nur! Aber willst du dich jetzt mit mir streiten oder willst du mir zuhören?«

»Schon gut! Ich höre!«

»Also, so richtig angefangen hat alles mit dem Karl! Mag sein, dass unsere Ehe vor dem Karl auch schon kriselte. Wir stritten uns oft und unternahmen nur noch wenig miteinander. Was eben so abgeht, wenn man nicht mehr in den Flitterwochen ist, seit zehn Jahren vergeblich auf ein Kind wartet und vom Alltag überrannt wird. Ab und zu luden wir noch Freunde ein oder gingen zu Einladungen. Ich kann nicht so richtig sagen warum, aber zu solchen Gelegenheiten demonstrierten wir nicht etwa eitel Sonnenschein, wie man das erwarten sollte. Gerade im Beisein von Freunden gifteten wir uns besonders an und gerieten anschließend, wenn wir wieder allein waren, in der Regel sogar heftig aneinander. Ich hab' die Gerlinde nie geschlagen, da bin ich viel zu friedfertig. Aber getan hätte ich es manchmal gerne! Heute glaube ich, dass ich es einfach nicht verkraften konnte, wenn ich dem liebevollen Umgang befreundeter Paare zusehen musste und mir dabei erst so richtig bewusst wurde, wie wenig davon in meiner Ehe zu spüren war. Da wirst du einfach unzufrieden. Du und die Edeltraud, euch beide habe ich so sehr beneidet, dass es schon schmerzhaft war. Bei jeder eurer, wenn auch nur scheinbar zufällig erfolgenden Berührungen merkte ich, wie es zwischen euch immer noch knistert. Und zwischen mir und der Gerlinde? Sie ging schon eine Ewigkeit meinen Berührungen aus dem Weg. Sex? Was ist das? Zweimal war ich im letzten Jahr im Puff, weil ich es nicht ertragen konnte, dass ich als gesunder, erwachsener Mann meine Nächte neben einer Frau im Bett verbringen musste, die keinerlei Interesse mehr an mir zeigte und tausenderlei Gründe für ihr Verhalten vorschob. Ganz nebenbei machte sie mir auch noch ein schlechtes Gewissen, weil ich ihre Gründe für lächerlich hielt. Ich weiß nicht, ob du dir vorstellen kannst, wie das ist, wenn du gezwungen bist, dir selber einen runter zu holen, damit es nicht im Traum passiert und du das Bett versaust.«

An dieser Stelle hätte ich Herbert gerne unterbrochen, einmal um eine anzügliche Bemerkung zu machen und außerdem, weil ich mich für Gerlindes Gründe gegen den ehelichen Sex schon detaillierter interessiert hätte. Aber wenn dein Freund schon mal am ehrlichen Erzählen ist und kaum was auslässt, da kann es schon mal besser sein, den Mund zu halten und einfach nur zuzuhören.

»Ich meine, betrogen habe ich die Gerlinde meiner Meinung nach nicht, wenn ich ins Puff gegangen bin. Die Mädels dort sind im Prinzip auch nichts anderes, als wenn du es dir selbst machst. Lebende Maschinen, sage ich dir. Musst schon ein besonderer Typ sein, wenn dir so etwas auf Dauer gefällt. Außerdem hab' ich einmal sogar unverrichteter Dinge wieder abziehen müssen, weil ich trotz allem Notstand keinen hoch brachte. Ganz schön blamabel, kann ich dir nur sagen! Dein Geld musst du natürlich trotzdem rüberrutschen. Musst nämlich schon vorab bezahlen. Und Kies zurück, das kannst du in dem Gewerbe vergessen!

Eigentlich vermutete ich insgeheim immer, die Gerlinde ist frigide geworden, weil ihr eine Schwangerschaft versagt geblieben ist. Ab und zu hört man ja so was! Aber das hat sie nie als Argument angeführt, und ich habe auch nie darüber mit ihr geredet. Das hätte alles nur noch viel schlimmer gemacht. Ich bin dreimal beim Arzt gewesen im Abstand von drei Jahren und hab' mich auf meine Fruchtbarkeit untersuchen lassen. Jedes Mal war alles okay! Kann sein, dass sie sich selbst nicht mehr als vollwertige Frau empfunden hat und sich deshalb sexuell verweigerte. Wenn ich sage, ›kann sein‹, dann glaube ich nicht wirklich daran, weil sonst hätte sie doch wohl kaum was mit dem Karl angefangen. Zuerst habe ich's ja nicht gleich bemerkt, weil wenn du nur noch neben deiner Frau her lebst, nur noch wenig mit ihr sprichst und wenn doch, dann eher streitest, dann ergeben sich nicht so viele Momente, wo dir auffallen könnte, dass da was nicht stimmt. Vielleicht hätte ich's ja selbst überhaupt nicht bemerkt, wenn mich mein Nachbar nicht scheinheilig gefragt hätte, warum der Gerber Karl immer dann kommt, wenn ich weg sei, und ob ich den wohl nicht leiden könnte. Natürlich habe ich die Gerlinde sofort deswegen zur Rede gestellt, aber die hat mich beim ersten Mal so was von abgebrüht angelogen und über die unverschämten Lügen unseres Nachbarn zu wettern begonnen, dass es mir schon wieder leid tat, überhaupt was gesagt zu haben. Weil aber die Geschichte mit dem Karl nicht erstunken und erlogen war, wie mir das Gerlinde gerne weiß machen wollte, kam ich dann irgendwann doch dahinter, dass sie mir schon seit langem Hörner aufgesetzt hatte und alle anderen diese Hörner sahen, nur ich nicht. Das alte Spiel, der Gehörnte verpasst einfach jede Gelegenheit, in den Spiegel zu sehen! Eines Tages erwischte ich die beiden inflagranti, weil ich unerwartet früh nach Hause kam. Ein echt klassisches Szenario! Beide bumsten gerade munter im Ehebett, als ich dazukam. Normalerweise gibt's so was ja nur im Roman oder im Kino!«

»Wow!«, entfuhr es mir da spontan, weil das kennst du ja echt nur aus dem Fernsehen und kannst dir einfach nicht vorstellen, wie das ist, wenn's dir selbst passiert.

»Und wie hast du da reagiert?«, fragte ich nun doch dazwischen.

»Gar nicht! Ich meine nicht so, wie du vielleicht denkst, dass ich hätte reagieren müssen, so mit Rumschreien oder mich mit dem Nebenbuhler prügeln oder so was in der Art. Nein, ich hab mich umgedreht und habe die Wohnung verlassen. Gedacht habe ich mir: ›*Das war's!*‹. Natürlich war ich total aufgewühlt, gleichzeitig aber froh, weil jetzt für mich endlich Klarheit herrschte und ich wusste, dass ich das Kapitel ›Gerlinde‹ nun abschließen würde.«

»Und was hast du gemacht? Ich meine, die Wohnung verlassen, ist ja okay, aber was dann? Bist du ins Hotel oder was?«

»Nein! Ich wollte ehrlich gesagt zu dir! Aber dann dachte ich an deine Edeltraud und ihre dicke Freundschaft mit der Gerlinde. Da habe ich es mir anders überlegt. Ich habe Melanie angerufen, eine Bekannte, die keine gemeinsame Bekannte von mir und Gerlinde war. Sie arbeitete in einer Bank, und wir kannten uns vom Tennis her. Sie war eine der wenigen Personen, mit der ich schon mal etwas länger nach dem Sport bei einem Glas Wasser oder in der Sauna geplaudert hatte. In meine Eheprobleme hatte ich sie nicht direkt eingeweiht, sie war aber auch nicht ganz ahnungslos. Da ich wusste, dass sie alleine und zur Zeit in keiner festen Beziehung lebte, rief ich sie an und fragte sie, ob ich für ein paar Tage bei ihr unterkommen könnte.«

»Und das ging so einfach?«, fragte ich erstaunt.

»Die Frauen sind heute nicht mehr so kompliziert, wie sie es in unserer Jugend waren. Sie war ganz spontan einverstanden.«

»Wie, wo, was?«, stotterte ich.

»Was wie, wo? Ich durfte am Abend zu ihr in die Wohnung kommen und die Nacht dort verbringen.«

»Und, habt ihr dann ...?«, staunte ich weiter.

»Nein, haben wir nicht, zumindest nicht gleich in der ersten Nacht. Ich nächtigte ganz brav auf dem Sofa im Wohnzimmer. Klar wäre ich gerne zu ihr ins Bett gekrochen, aber was wäre gewesen, wenn sie mich dann rausgeschmissen hätte? Mir ging es ja in erster Linie ums Übernachten und ums nicht Alleine sein. Ich meine, übernachten hätte ich auch in einem Hotel können, aber ich wollte nicht alleine sein, wollte mit jemandem reden, mich quasi ausweinen!«

»Und um Mitleid heischen!«, fügte ich etwas böse hinzu, weil ich den Herbert in diesem Augenblick um seine spontane Freiheit im Unterbewusstsein fast etwas beneidete.

»Nein, auf alle Fälle nicht bewusst. Aber es tat mir unendlich gut, jemandem meine Sorgen anvertrauen zu können. Mit dir hätte ich nicht so reden können, auch wenn deine Edeltraud keine Freundin der Gerlinde gewesen wäre, weil du bist ein Mann, und so einer hatte sich gerade in meine Ehe gemischt. Da war ich momentan auf Männer ganz allgemein weniger gut zu sprechen. Von mir aus nenne so was Sippenhaft, aber ich übertrug meinen Zorn wirklich für einige Zeit auf alle Männer. Jedenfalls blieb ich einige Tage bei Melanie und ging nur zu Zeiten in die Wohnung zurück, um Sachen zu holen, die ich benötigte, zu denen ich sicher sein konnte, dass

Gerlinde nicht da war. Außerdem hatte ich tagsüber ja auch noch meinen Beruf und verbrachte auch nicht wenige Stunden bei einer Rechtsanwältin, die meine Scheidung von Gerlinde in die Wege leiten sollte.«

»Und ab wann tröstete dich deine Melanie dann auch im Bett?«, fragte ich neugierig, fasziniert von der Vorstellung, wie leicht es Herbert von dieser Melanie offensichtlich gemacht wurde.

»Erst ein paar Wochen später, als wir ein gemeinsames Wochenende bei Freunden von ihr in der Schweiz verbrachten. Die waren der Ansicht, ich wäre ihr Freund und brachten uns in einem gemeinsamen Zimmer mit einem französischen Bett unter. Nach einem unvergleichlich leckeren Abendessen und einigen Gläsern Wein passierte es dann eben quasi ganz von selbst.«

»Und? Wie war's?«, fragte ich.

»Wie soll's gewesen sein? Wenn du zwei oder drei Jahre keinen vernünftigen Sex mehr gehabt hast, dann ist vermutlich jeder Sex bombastisch, der nicht professionell ist und, wenn nicht gerade Liebe, dann doch wenigstens große Sympathie zur Grundlage hat!«

»Aus Sympathie kann ja schnell Liebe werden!«, meinte ich.

»Nicht in diesem Fall! Nach dem Wochenende in der Schweiz haben wir uns nur noch wenig gesehen, eigentlich kaum noch. Meine Anwältin meinte, es wäre nicht besonders günstig für eine baldige Scheidung, zumindest was die Schuldfrage betrifft, wenn ich so übergangslos mit einer anderen Frau geschlechtlichen Kontakt, so nennt man das in der Juristensprache, hätte. Am meisten würde es dem Gericht erfahrungsgemäß imponieren, wenn ich zu Hause getrennt von Bett und Tisch die Stellung halten würde, weil die Böswilligkeit der Trennung dann ganz der Gerlinde angelastet werden könne, die nicht auszog und weiterhin Kontakt mit ihrem Lover hatte.«

»Sag bloß, das mit dem Karl ging weiter!«

»Das geht immer noch! Soweit ich im Bilde bin, wollen die beiden heiraten. Er kann momentan nur noch nicht mit ihr zusammenziehen, weil er, wie dir ja bekannt ist, selbst noch verheiratet ist

»Der Karl hat doch drei Kinder!«, warf ich erstaunt ein. »Dass der fremdgeht, kann ich mir vorstellen, aber sich scheiden lassen?«

»Kann schon sein, dass er das nicht tut, aber der Gerlinde hat er es auf alle Fälle versprochen. Darum geht es der ja so gut, obwohl wir die Scheidung beantragt haben. Sie war auch sofort mit der Trennung von Tisch und Bett einverstanden. Offensichtlich hat die Anwältin ihr mit diesem Vorschlag gar keinen größeren Gefallen tun können.«

»Na ja, ihr Einverständnis kam dir ja auch nicht gerade ungelegen! Oder höre ich da ein Bedauern heraus?«, fragte ich den Herbert.

»Nein, ich bedaure nichts. So wäre es ja auch nicht weitergegangen!«, bekräftigte Herbert.

»Wie spielt sich so eine Trennung von Tisch und Bett eigentlich ab, wenn man in derselben Wohnung wohnt?«, fragte ich weiter.

»Geschlafen wird in verschiedenen Zimmern, ich leider auf der Couch, und gegessen wird nicht gemeinsam, also nicht zur selben Zeit und auch nicht so, dass einer für den anderen kocht, was zu essen herrichtet oder für den anderen einkauft.«

»Und wie will das Gericht nachvollziehen, ob es von euch beiden diesbezüglich nur angelogen wird oder nicht?«

»Überprüft wird das selbstverständlich nicht, aber wenn du das nicht ohnehin gern machst, dann brauchst du dich ja auch nicht scheiden lassen. Du willst dich ja schließlich trennen, weil du mit deiner Partnerin kein gemeinsames Leben mehr führen willst. Vor Gericht heißt das, weil du in einer zerrütteten Ehe lebst.«

»Und wie läuft das mit dem Karl ab? Kommt der zu ihr ins Schlafzimmer und du gehst einstweilen brav im Wohnzimmer einen Film anschauen?«

»Du hast vielleicht Vorstellungen! Ich glaube, da käme es zu Mord und Totschlag, wenn der bei mir zu Hause aufkreuzen würde und im Schlafzimmer sein Brunftgeschrei ertönen ließe. Wie die beiden das machen, wann und wo sie sich treffen, das interessiert mich nicht, aber auf jeden Fall nicht in meiner Wohnung, wenn ich da bin.«

»Heißt das, wenn du nicht da bist, dann kommt er?«

»Keine Ahnung! Kann schon sein! Manchmal bin ich tagelang nicht da. Wie soll ich wissen, was da passiert?«

»Wie viel von eurem Trennungsjahr ist eigentlich schon um?«

»Ein paar Wochen sind's noch. Genau in sechs Wochen und drei Tagen haben wir den Scheidungstermin! Verstehst du jetzt, warum es mir wegen der Sache mit der Franziska nicht gut geht?«

»Himmel, an die habe ich jetzt gar nicht mehr gedacht!«, antwortete ich erschrocken. »Die 50.000 €, es geht um die 50.000 €!«

»Genau!«, bestätigte mir Herbert. »Dass unsere Ehe den Bach hinuntergegangen ist, das lässt sich nicht mehr ändern. Schuldzuweisungen helfen auch nicht weiter. Aber dass die Scheidung am Schluss noch meinen finanziellen Ruin bedeuten könnte, das will mir nicht in den Kopf!«

»Was ist eigentlich zwischen dieser Melanie und der Franziska noch alles abgegangen?«

»Wieso fragst du? Was hat das jetzt mit den 50.000 € zu tun?«

»Mit den 50.000 € direkt nichts, aber es könnte ja sein, dass diese Sache nicht der einzige Blödsinn gewesen ist, den du dir geleistet hast.«

»Finanziell war es auf alle Fälle nichts, was ich sonst noch bereuen müsste!«

»Heißt das, es gibt doch noch mehr zu bereuen, außer dem finanziellen Ausrutscher?«

»Nein, zumindest nicht so, dass ich etwas bereuen müsste, weil ich es gemacht habe. Eher, weil ich es nicht gemacht habe.«

»Zum Beispiel?«

»Melanie und Franziska waren nicht die einzigen Frauen, die ich in den vergangenen elf Monaten kennen gelernt habe. Vielleicht waren die beiden die attraktivsten, aber zwei/drei weniger attraktive wären es wahrscheinlich weit mehr wert gewesen, sich mehr um sie zu kümmern.«

»Ich glaub's nicht! Und da erzählst du mir vorab was von wegen ausgehungert sein!«

»Ja, meinst du im Ernst, dass dein Hunger nach Sex befriedigt ist, wenn du nach all den Jahren an erzwungener Enthaltsamkeit zweimal oder von mir aus auch zehnmal mit jemandem in die Kiste steigen darfst? Da kannst du doch gar nicht mitreden. Deine Edeltraud lässt dich ja wohl kaum verkümmern! Oder führt ihr eine Jesusehe? Wenn man euch so sieht, dann seht ihr nicht danach aus. Entweder ihr habt beide jede Menge außerehelichen Sex oder es klappt immer noch recht gut zwischen euch beiden. Und da tippe ich eindeutig auf die zweite Variante.«

»Okay, lassen wir das! Ist ja auch egal, mit wem du alles gevögelt hast. Erzähl mir lieber, wie dich die Franziska um dein Geld gebracht hat!«

»Das will ich ja die ganze Zeit über tun. Aber du scheinst dich ja lieber an meinem Sexualleben aufgeilen zu wollen!«

»Blödsinn! Als ob ich das nötig hätte! Ich fand's einfach nur spannend, was mein alter Freund Herbert so alles treibt, von dem ich keine Ahnung habe!«

»Schon gut! Wie sie mich um die 50.000 € erleichtert hat, willst du wissen? Ich kann dir nur sagen, dass die Franziska ein durchtriebenes Luder ist, gegen die die Gerlinde noch die Wahrheitsliebe in Person ist, auch wenn sie mich schon ganz schön lange mit dem Karl betrogen hat. Erst einmal hat mich die Franziska wahnsinnig heiß gemacht. Die hatte alle Tricks drauf, um mich um den Verstand zu bringen.«

»Der, wenn's um Sex geht, meist sowieso nur die allernötigsten Körperfunktionen bedient!«, warf ich ein.

»Da hast du ausnahmsweise recht! Du benimmst dich plötzlich wie ein Hündchen, dem man eine Scheibe Wurst hinhält. Du machst Männchen, hechelst, springst in die Höhe, rennst drei Schritte davon und kommst mit einem neuen Anlauf zurück, springst nach der Wurst und gibst erst Ruhe, wenn du das Scheibchen verdrücken darfst. Weil es dir schmeckt, beginnen deine Hundeaugen sofort von Neuem zu strahlen, und das Spiel beginnt von vorne. Aber das Frauchen fordert immer neue Kunststücke von dir, bevor es dich an die Wurst lässt. Irgendwann schnappst du sie dann beim Sprung nach der Köstlichkeit in den Finger und verletzt sie. Das Frauchen wird böse und will jetzt alles von dir, bevor es sich wieder dazu bereit erklärt, dir etwas von deiner Lieblingswurst anzubieten!«

»Nicht dumm, die Kleine!«, stellte ich mit anerkennendem Blick fest.
»Nicht dumm? Clever ist die, ausgefuchst, raffiniert und berechnend. Aber sie hat mich derart geil gemacht, dass mir jetzt noch meine Eier weh tun, wenn ich daran denke. Mit den Kleinigkeiten, die ich zunächst für sie übernehmen sollte, hatte ich keine Probleme, mal eine Einladung zum Essen, mal ein Kleidungsstück hier, ein anderes dort, eine Woche ›All inclusive‹ in Kenia, na ja, die Ansprüche stiegen! Auch mein Auto habe ich ihr einmal für eine Woche geliehen, weil ihres angeblich in der Werkstatt stand, und sie dringend geschäftlich nach Hamburg musste.«
»Was für Geschäfte waren das?«
»Eine Fachmesse für Kosmetik. Sie ist Kosmetikerin! Ich brauchte in der besagten Woche meinen Wagen nicht unbedingt. Es war Sommer, und ich konnte die vier Kilometer zur Arbeit auch mit dem Rad fahren.
Irgendwann, nicht lange nach Hamburg, änderte sich dann plötzlich unser Verhältnis. Franziska begann, mich zu erpressen.«
»Wie, erpressen? Wollte sie der Gerlinde von eurem Techtelmechtel erzählen?«
»Nein! Das wäre mir auch egal gewesen. Vielleicht hat die sogar schon lange was davon mitbekommen. Aber Gerlinde war so high mit ihrem Karl, dass ihr das gleichgültig gewesen wäre. Da bin ich mir sicher! Nein, die Franziska erpresste mich mit Sexentzug. Ich sage ja, ein raffiniertes Luder! Erst gewöhnte sie mich an Sachen, über die ich bis dahin höchstens mal was gehört hatte, aber es nie für möglich hielt, dass ich so etwas auch einmal machen würde.«
Herbert ignorierte meinen fragenden Blick, weil er offensichtlich keine Lust hatte, mehr ins Detail zu gehen. Vielleicht würde er mir ja später einmal mehr erzählen!?
»Dann war sie plötzlich nur noch müde und hatte Kopfweh, eben die klassischen Verweigerungstaktiken. Natürlich fragte ich immer wieder nach, was sie denn hätte, ob ich was falsch gemacht hätte. Ab und zu schlief sie dann wieder mit mir, aber relativ emotionslos. Die Art Sex war mir aus früheren Zeiten noch von der Gerlinde her bekannt. So wollte ich

es nicht haben. Also fragte und bohrte ich weiter, was denn los sei. Irgendwann hatte sie mich dann da, wo sie mich offensichtlich haben wollte, zu allem bereit, wenn sie nur wieder die alte für mich im Bett würde. Zu dem Zeitpunkt begann sie, mir von sich und ihren Problemen zu erzählen. Was sie mir dabei alles aufgetischt hat, das würde Bände füllen. Ich hing an ihren Lippen. Als Kleinkind sei sie schon von ihrem verstorbenen Stiefvater missbraucht worden. Kaum 17, riss sie von zu Hause aus. Rotlichtmilieu, Bekanntschaft mit Drogen, Schwangerschaft, Abtreibung und und und. Sie tat mir unendlich leid. Mit 21 kaufte sie sich mit 50.000 € von ihrem Zuhälter frei. Das Geld dazu lieh ihr ein ehemaliger Freier, der angeblich der Vater des abgetriebenen Kindes gewesen war. Vor ein paar Wochen hätte sich dieser Geldgeber bei ihr gemeldet. Er wäre jetzt selbst in Geldnot und wolle seine verliehene Summe zurückhaben. Großzügigerweise würde er auf Zinsen verzichten. Nun war's raus! Franziska brauchte Geld, viel Geld. Von meinen 50.000 € hatte ich ihr irgendwann einmal erzählt, aber in meinem Liebesrausch sah ich da keinen Zusammenhang. Nicht damals! Dem Gespräch folgte eine Sexnacht, wie ich sie nie zuvor und auch nie mehr nachher erlebt habe. Da sich mein Auto zum Kundendienst in der Werkstatt befand, musste ich am nächsten Morgen auf mein Fahrrad ausweichen. Ich kann dir sagen, meine Eier schmerzten derart, dass ich im Stehen fahren musste. Dabei hatte ich nur den einen Gedanken im Kopf: Ich wollte Franziska helfen! Nie mehr sollte sie wieder in ein Milieu abrutschen müssen, aus dem sie sich mühsam befreit hatte, weil man sie finanziell unter Druck setzte. Dass der Geldgeber sein Geld zurückhaben wollte, dafür hatte ich durchaus Verständnis, weil er es ihr ja nicht geschenkt, sondern nur geliehen hatte.

Auf dem Heimweg fuhr ich spontan bei meiner Bank vorbei und kündigte meinen Bonussparer. In drei Tagen würde ich über das Geld verfügen können. Den Rest kannst du dir denken! Franziska freute sich wie eine Schneekönigin über die 50.000 €. Selbstverständlich zierte sie sich erst mal gehörig, die Knete anzunehmen. Erst als ich besonders betonte, dass ich ihr im Gegensatz zu ihrem ersten Geldgeber die Summe nicht leihen, sondern schenken würde, griff sie zu.«

»Wie kann man bloß so dämlich sein?«, kommentierte ich kopfschüttelnd.

»Hast du eine Ahnung, was du alles kannst, wenn du Schiffbruch erlitten hast, im Wasser an eine Planke geklammert treibst und plötzlich Land am Horizont auftaucht. Alles tust du, alles! Hauptsache, das rettende Ufer kommt näher!«

»Nur dass dein rettendes Ufer eine Fata Morgana war!«

»Das wusste ich vorher nicht. Und selbst wenn ich es ganz tief in mir drin geahnt hätte, ich hätte es nicht geglaubt, weil ich es nicht glauben wollte!«

»Mag sein, du hast recht und ich kann dich nur nicht verstehen, weil ich mich nicht so richtig in deine Lage versetzen kann. Aber erzähl' weiter! Deine Story ist doch noch nicht zu Ende.«

»Viel gibt's nicht mehr zu erzählen! Zwei Tage, nachdem Franziska mein Geld erhalten hatte, verschwand sie auf Nimmerwiedersehen!«

»Und ihre Wohnung? Steht die jetzt leer?«

»Sie hatte keine Wohnung. Wir trafen uns immer in der Wohnung einer Freundin von ihr, von der sie mir erzählte, dass die für ein Jahr nach Australien gegangen sei und sie quasi nur zum Einhüten drin wäre. Wenn die Freundin wieder zurück sein würde, würde sie sich eine eigene Wohnung suchen. Natürlich redeten wir darüber, dann gemeinsam eine Wohnung zu nehmen. Was die Freundin betrifft, die ist zur Zeit wirklich in Australien, weil ab und zu Post für sie gekommen ist, Behördenpost, die Franziska meist in einen großen Umschlag gesteckt und mit der australischen Adresse versehen an sie weitergeleitet hat.«

»Die Adresse ist also der einzige Hinweis, den wir haben? Hat Franziska vielleicht manchmal von Australien geschwärmt?«, fragte ich.

»Nein! Ich glaube nicht, dass sie nach Australien gegangen ist. Sie hat eher mal abfällig über ihre Freundin geredet, dass sie nicht verstehen könne, wie man so eine schöne Wohnung gegen ein Vagabundenjahr in Australien tauschen könne. Ich glaube eher, sie ist in München!«

»Wie kommst du auf München?«

»Weil sich dort das Hauptgeschäft von dem Kosmetikgeschäft befindet, in deren Filiale sie hier gearbeitet hat.«

»Das ließe sich rausbringen. Aber was dein Geld betrifft, da sehe ich kaum Chancen, es wieder zu bekommen!«

»Du machst mir Freude! Und warum treffe ich mich dann hier mit dir, wenn du mir nicht helfen willst?«

»Von nicht Wollen ist keine Rede. Aber wie sollte das gehen. Oder hast du vielleicht vor Zeugen das Geld übergeben, die die Übergabe bestätigen könnten?«

»Natürlich nicht!«

»Also! Wie willst du dann beweisen, dass überhaupt irgendwelches Geld übergeben wurde?«

»Beweisen, beweisen! Mein Geld ist futsch, und sie hat es. So einfach ist das!«

»Für dich, ja! Aber dem Gericht kannst du mit so einer Argumentation nicht kommen. Wenn die Franziska aussagt, dass du träumst, dann war's das! Oder meinst du, sie würde, gesetzt den Fall, wir treiben sie auf, zugeben, von dir Geld erhalten zu haben?«

»Nein! Das würde sie nicht! Dann hätte sie die ganze Show ja umsonst abgezogen. Die würde mich eiskalt als Lügner dastehen lassen.«

»Das denke ich mir auch!«

»Und wie erkläre ich dann das Fehlen der 50.000 €, wenn die Scheidungsverhandlung ist, und es um die Aufteilung des Vermögens geht?«

»Gar nicht! Ich meine, du redest nicht darüber, dass was fehlt. Nehmen wir an, ihr habt zusammen 100.000 € Sparvermögen, dann bekommt Gerlinde 50.000 € und du 50.000 €. Da du deine 50.000 € schon hast, sie schon zu was auch immer abgehoben hast, gehst du leer aus!«

»Das kann nicht dein Ernst sein!?«

»Doch! Mein voller Ernst! Das Spielchen kann für dich sogar noch viel schlimmer enden. Solltet ihr außer deinen 50.000 € nämlich nur noch weitere 30.000 € Bares bzw. Erspartes haben, dann macht das zusammen

80.000 €. Der Gerlinde stünden dann 40.000 € zu. Weil aber abzüglich deiner 50.000 € nur noch 30.000 € da sind, musst du noch 10.000 € herbeizaubern, um sie auszubezahlen. Da kann ich nur für dich hoffen, dass euer gemeinsames Vermögen nicht zu gering ausfällt!«

»Du machst mir Spaß!«

»Als Spaß würde ich das nicht bezeichnen! Den hat höchstens die Franziska! Das kann kein Mann mit seinem Körper erwirtschaften, was eine Frau mit relativ geringen Mitteln vermag. Ein bisschen mit dem Arsch wackeln, mit dem Busen ein paar optische Akzente setzen, der Rest ist Dreingabe, an der alle Beteiligten ihr Vergnügen haben. Was hast du heute Abend einmal gesagt? Im Puff war's nicht so toll? Oder so ähnlich? Die Ladies im Puff sind einfach nicht so ausgefuchst wie deine Franziska. Die versteht ihr Geschäft! Die muss ihre Möse nicht von zehn Freiern je Abend besuchen lassen, wenn ein liebeskranker Trottel viel mehr einbringt!«

»Muss das jetzt sein, dass du mich auch noch niedermachst?«

»Am Boden zerstört, denke ich, das bist du schon. Da brauche ich dich nicht noch zusätzlich niedermachen. Nein, ich möchte dir nur klarmachen, was für einen Mist du gebaut hast, damit du auf den nächsten Rockzipfel nicht wieder reinfällst. Und was die 50.000 € betrifft, da musst du erst mal in den sauren Apfel beißen, ich meine bezüglich deiner Scheidung. Aber zu einem Anwalt würde ich trotzdem gehen und mich beraten lassen, ob rechtlich keine Chance mehr besteht, wenigstens an einen Teil des Geldes wieder heranzukommen. Mir schwirrt da irgendso ein Paragraph im Kopf rum von wegen böswillige Täuschung oder so. Versuchen würde ich es!«

Herbert sah mich mit unendlich unglücklichen Augen an, weil ich ihm nicht mehr Hilfe geboten hatte, musste sich aber eingestehen, dass das der Preis für den Fehler war, den er begangen hatte. Vom Bier müde geworden, der Ober hatte noch weitere zweimal ›*Dasselbe nochmal!*‹ bringen müssen, beschlossen wir, nach Hause zu gehen, ich zu meiner Edeltraud, der ich es übel nahm, mir so lange nichts von den Problemen zwischen Herbert und Gerlinde erzählt zu haben, und Herbert in die noch gemeinsame Wohnung mit Gerlinde, die aber mit Wirksamwerden der Scheidung auszuziehen versprochen hatte.

Das Aufstehen der Blondine, das ich unter keinen Umständen versäumen wollte, habe ich vor lauter Ratschen mit dem Herbert leider völlig verpasst. Schade!

Blick über den Tellerrand

Als ich den Ausdruck: ›*Der sieht über seinen Tellerrand nicht hinaus!*‹ zum ersten Mal gehört habe, da war ich noch ein Kind. Und wie Kinder so denken, ich nahm diesen Ausdruck sehr wörtlich, weil, dass etwas, was die Erwachsenen sagen, praktisch eine andere Bedeutung haben soll, als die wörtliche, das hätte ich nie vermutet. Also stellte ich mir meinen Nachbarn vor, denn von dem war die Rede, einen kleinen, dicken, ungepflegten Mann mit Bauch, dessen Alter wohl dem meines Vaters gleich kam, wie er in gebückter Haltung vor seinem Teller am Tisch steht und versucht, wohlgemerkt nur versucht, über den Rand des Tellers zu sehen. Ganz offensichtlich gelingt ihm das aber nicht, sonst hätte mein Vater ja nicht behaupten können, dass der über seinen Tellerrand nicht hinaussieht.

Wenn ich mir heute so überlege, wer aller im übertragenen Sinn nicht über seinen Tellerrand hinaussieht, dann fallen mir da derart viele Einzelpersonen und ganze Personenkreise gleichzeitig ein, dass ich mich erst einmal bemühen muss, Ordnung in meine Gedanken zu bringen.

Du wirst verstehen, dass es nicht so einfach ist, Kriterien zu erstellen, mittels derer ich meine Gedanken ordnen könnte. Die Vorstellung von einem Sideboard mit vielen Schüben kommt auf, in die sich Personen, ihrem höchst eigenen Horizont entsprechend, ablegen ließen. Jeder Schub steht für eine ganz spezielle Tellerart, angefangen vom Mini-Unterteller einer Mokkatasse bis hin zum überdimensionalen Unterlegeteller in einem Sternerestaurant. Einen letzten Schub könnte man dann sogar noch frei lassen für all die, die über jede Art von Tellerrand hinauszusehen in der Lage sind.

Einziger Nachteil an dieser Sichtweise: Ein handelsübliches Sideboard hat lauter gleich große Schübe. Da würde nun mit Sicherheit der eine oder andere zu klein werden und der eine oder andere so gut wie leer bleiben.

Also, geistige Sonderanfertigung! Du magst am Schluss selbst entscheiden, wie dieses Sideboard auszusehen hat!

Da gibt es in Deutschland eine überregionale Zeitung, deren Namen ich nicht nennen will, weil mir den der Lektor ohnehin wieder herausstreichen würde, die trägt sehr viel zur Bildung der Bevölkerung bei. Nicht, dass alle diese Zeitung täglich lesen würden. Das hätte der Herausgeber zwar gern, aber ein nicht zu unterschätzender Teil aller Bürger und Bürgerinnen saugt sich durch ihren Konsum täglich voll mit den neuesten Informationen über Deutschland und die Welt, die so aufbereitet sind, dass die Überschrift die Hauptinfo liefert und der Text darunter sich daran orientiert, ohnehin nicht gelesen oder wenn doch, dann kritiklos konsumiert zu werden.

Zur Ehrenrettung muss gesagt werden, dass dieses Tagblatt in deutscher Sprache verfasst ist und als Mindestanforderung an seinen Leser zumindest seine Lesefähigkeit voraussetzt. Analphabeten verbleibt immerhin die Möglichkeit, sich mittels der reichlichen Bebilderung eine Vorstellung vom zugehörigen Text zu machen, was in aller Regel seinen Zweck durchaus erfüllt. In Ausnahmefällen ist es für manche Konsumenten auch eine gute persönliche Übung, die eine oder andere Überschrift jemandem laut vorzulesen. Wo sonst, außer am Sonntag in der Kirche beim Verlesen des Evangeliums durch Laien, wird einem schon eine Gelegenheit geboten, die Fähigkeit des Vorlesens zu trainieren?

Was meinst du? Ich würde zu dick auftragen? Du hast kürzlich einen Stationsarzt in seiner Pause besagte Zeitung lesen sehen, und so einem Stationsarzt würde man das doch nicht unterstellen!

Was den Stationsarzt betrifft, da kann es ja durchaus auch sein, dass dem ein abgelegtes Patientenexemplar quasi in seine Hände gerutscht ist und er nur mal sehen möchte, welch geistige Natur im Zimmer 039 liegt, eine Leber, die seiner ärztlichen Betreuung unterstellt ist. Mit dem Inhalt setzt sich der junge Arzt kaum auseinander, da dieser bis auf eine Ausnahme ohnehin unter seinem Informationsstand angesiedelt ist. Und diese eine Ausnahme ist die Sportseite, Fußballergebnisse etc., die in aller Regel richtig abgedruckt sein dürften.

Die Leber auf 039 hat keine Ansprache, da das zweite Bett seit Tagen nicht belegt ist. Daily soaps im Krankenhaus-TV, die ihn von morgens bis abends berieseln, und die tägliche Zeitung, die ihm eine Schwesternschülerin gefälliger Weise unten vom Kiosk mitbringt, bestimmen die geistigen

Aktivitäten des Patienten. Unterbrochen werden sie nur von der Visite, eher seltenen Besuchen und den Mahlzeiten.

Liegend eingenommen, da die Leber eine Beinamputation unterhalb des rechten Knies nötig gemacht hatte und eine sitzende Position noch nicht möglich ist, rutscht der Teller mit den Raviolis gerne mal auf Augenhöhe. Der Blick der Leber, bzw. des amputierten Beins bleibt am aufgehäuften Ravioliberg hängen. Keine Chance, darüber hinweg zum Tellerrand zu sehen oder gar noch darüber hinaus! Nachdem die Raviolis verzehrt sind, wird die Leber erst mal müde und sinkt noch mehr zurück. Sie versucht erst gar nicht mehr, weiter in Richtung Teller oder Tellerrand zu sehen, weil eine neue Soap die verbliebene Restaufmerksamkeit voll beansprucht.

Hast du auch so einen Nachbarn, dem du am liebsten deine abgelegten Zahnbürsten leihen möchtest, damit er seinen geschleckten Garten auch an den unzugänglichsten Stellen noch in den Griff bekommt? Meine Nachbarn sind da ja glücklicherweise nicht so pedantisch, aber was ich bei einem Spaziergang durch einen Urlaubsort in den Alpen immer wieder mal zu Gesicht bekomme, das weckt schon ein gewisses Interesse, die Leute kennen zu lernen, die vermutlich ihre gesamte Freizeit dafür opfern, diesen Eindruck beim Betrachter hervorzurufen, dass alles, was er sieht, ein künstlich präpariertes Exponat für ein Freiluft-Natur- und Heimatkundemuseum ist. Hab' solche Leute sogar schon einmal außerhalb ihres Grundstückes angetroffen! Nicht, dass du jetzt glaubst, die sind so versessen auf ihre 800 m², dass sie keinen Blick nach draußen riskieren. Heimlich, meist zu allgemeinen Essenszeiten oder auf dem Weg zur Sonntagsmesse in der Dorfkirche entgeht ihrem Spionageblick nichts, was nicht abgekupfert oder besser noch getoppt werden könnte. Du kannst dieses Verhalten nicht anprangern, weil die nichts in egoistischer Absicht für sich tun. Alles gilt der Allgemeinheit und dem hehren Ziel der Dorfverschönerung und einem damit einhergehenden, alljährlich wiederkehrenden Wettbewerb um das schönste Dorf in der Region. Um die Individualität eines Dorfes zu bewahren, wäre es nie und nimmer im Sinne aller Dorfverschönerer, wenn sie sich mit Fremdideen konkurrierender Dörfer konfrontieren würden. Der eigene Garten wird quasi zum Teller eines ganzen Services, das nur in geringer Stückzahl existiert und wenig Verbreitung gefunden hat. Da es recht extravagant ist, passt kaum ein anderes Teil dazu, so neutral es auch sein mag. Suche also von vornherein zwecklos, drum auch nicht wirklich interessant!

In meiner Schulzeit hörte ich zum ersten Mal den doch irgendwie böse klingenden Ausdruck ›Fachidiot‹. Ich meine, da steckt das unverfängliche Wort ›Fach‹ drin. Aber dann kommt der ›Idiot‹, dem, was seine geistigen Fähigkeiten betrifft, eine entsprechende Behinderung nachgesagt wird. Demzufolge schloss ich, naiv, wie ich war, dass ein ›Fachidiot‹ nur ein Schüler sein konnte, der sich in einem Unterrichtsfach eben idiotisch anstellte. Ist ja auch durchaus logisch und folgerichtig gedacht.

Ein unfreiwilliges Mithören eines Erwachsenengespräches am Elternsprechtag sollte mich schockieren.

»Der Heimfurtner hat ja auch keine Ahnung!«, meinte eine Mutter, die sich bei Dr. Heimfurtner zu einem Gespräch angemeldet hatte, um sich darüber Auskunft geben zu lassen, warum ihre Tochter in den vergangenen Wochen einen deutlichen Leistungsrückgang verzeichnete.

»Der kennt nur sein Fach und alles andere ist Luft für ihn. Als ob Geographie und Geschichte wichtiger wären als Mathe und Englisch. Es ist dem völlig egal, ob in den Kernfächern eine Klausur ansteht. Der gibt Hausaufgaben ohne Ende, auch wenn gar keine Zeit dafür da ist!«, fuhr sie fort.

»Ein echter Fachidiot halt!«, fügte dem eine weitere Mutter hinzu, die auch in der Schlange stand. »Der hat längst vergessen, wie viel es täglich in den anderen Fächern zu lernen gibt!«

Da stand es nun im Raum, das Wort ›Fachidiot‹. Schüchtern an meine Mutter gekauert, die auch zu Herrn Dr. Heimfurtner wollte, versuchte ich mir auf dieses Wort einen Reim zu machen. Ich oder sonst ein Schüler konnten ja damit nicht gemeint sein, weil die Wartenden sprachen ja nur von einem meiner Lehrer. Ein Schülername wurde nicht genannt.

»Genau! Fachidiot! Das trifft den Nagel auf den Kopf!«, schaltete sich meine Mutter wieder ein. »Mag ja sein, dass der eine Menge über Amerika und Afrika weiß, auch über Geschichte, weil er die ja an der Uni gelernt hat, aber dass es was anderes auch noch gibt, das berührt ihn nicht. Da lobe ich mir doch noch die Grundschullehrer, die alles unterrichten müssen und einzelne Fächer nicht so verklärt sehen!«

›*Aha! Der Heimfurtner ist also ein Idiot oder zumindest so was Ähnliches. Das muss ich morgen dem Franz erzählen!*‹, dachte ich und war zufrieden, weil mit dem Idiot nun wirklich nicht ich gemeint gewesen sein konnte.

»Mein Gerhard hat kürzlich den Heimfurtner am Nachmittag zur Hausaufgabenbetreuung gehabt. Wie er in Latein nicht weiter wusste, hat er ihn was gefragt. Meinen Sie, der hätte das gewusst? Fachidiot sage ich da nur. Da könnten sie ja gleich irgendjemand von der Straße auf 450 € Basis für die Hausaufgabenbetreuung einstellen. Mit etwas Glück wäre das dann ein arbeitsloser Studierter, der mehr wüsste als der Heimfurtner!«, nahm eine weitere Mutter den Faden auf.

Seit damals weiß ich es: Ein Fachidiot ist einer, der nur sein Fach kennt und sonst eigentlich wenig Allgemeinwissen hat. Da hilft auch sein Doktortitel nicht. Wenn der einmal durchschaut ist, dann nimmt den Doktor eh keiner mehr in den Mund. Da kann er froh sein, wenn ihm das ›Herr‹ bei der Anrede noch bleibt. Was hilft es schon, wenn er dir genau sagen kann, wovon die französischen Bauern leben und welche Autos in Frankreich wo hergestellt werden und überhaupt alles Geografische in Frankreich aufs Komma genau kennt, aber kein Wort Französisch spricht? Ein Fachidiot eben!

Noch deutlicher wie am Gymnasium, wo sich jeder Fachidiot ja noch einigermaßen verstecken kann, weil vor lauter Wald der einzelne Baum gar nicht mehr zu sehen ist, zumindest nicht aus der Entfernung, noch deutlicher ist's bei den Fachärzten. Ich meine, die haben denen vom Gymnasium inzwischen ja einiges abgeschaut, haben mehr und mehr ihre Praxen in Ärztehäuser verlagert, die dann auch so einen Waldeffekt haben. Im Gegensatz zu einem Gymnasiallehrer, also einem Studienrat oder so, haben die sogar in ihrer Berufsbezeichnung das Wort ›Fach‹ mit drinnen. Da musst du nicht mehr lang rumüberlegen und bist schnell bei dem Ausdruck, der seine fachliche Einschränkung, sollte sie mehr eine Beschränkung sein, etwas deutlicher macht.

Dass der Frauenarzt von meiner Edeltraud nichts über ihr kaputtes Knie wissen muss, darüber muss man sich ja nicht ereifern. Die geht auch nur wegen ihrer Frauensachen zu ihm. Aber wenn es verschiedener Fachärzte bedarf, bis nach Monaten einmal herausgefunden ist, dass meine Bewegungsschmerzen nicht von der Prostata ausgelöst werden, dann stellt sich schon die Frage, wie klein der Teller sein darf in diesem Dienstleistungsgewerbe, über dessen Rand ein Hinaussehen unnötig scheint. Zum Glück gibt es da ja noch die allgemeinen Ärzte, die zwar nicht alles im Griff haben, aber wenigstens vieles selbst erkennen und es entsprechend wieder in Ordnung bringen können. Deren Tellerrand ist in Einzelfällen auch mit einem guten Fernglas oft nicht auszumachen, weil, mit welchem Fernglas kannst du schon bis China schauen, wo sie Behandlungsmethoden haben, die hierzulande eher weniger an den Universitäten gelehrt werden.

Auch wenn sie uns glauben machen wollen, ihr Teller sei sozusagen göttlicher Natur, einen Rand hat er dennoch und einen besonders hochgezogenen noch dazu, wie mir scheint. Es ist kein Teller im herkömmlichen Sinn, keiner, den du vor dir stehen hast und über den du auch hinwegsehen kannst, wenn dich sein aufgetürmter Inhalt nicht zu sehr daran hindert. Es ist eher eine Art Schüssel, ein Becken, in dem du selbst drinnen sitzt und an dessen glitschigen Wänden sich ein Emporklettern schwierig gestaltet. Ewige Gesetzmäßigkeiten, nicht nur wie die physikalische der Erdanziehung, lassen dich immer wieder in das geborgene, das weiche Innere zurückgleiten. Den Tellerrand zu erreichen, darüber hinaus zu sehen oder gar über ihn hinweg in eine als unwirklich geschilderte Umgebung zu gelangen, ist von den Tellereignern nicht vorgesehen und wird sogar unter Strafandrohung verfolgt. Der Teller gleicht einem in sich geschlossenen System, das scheinbar großzügig eine Außenwelt anerkennt, an ihr aber nur insofern interessiert ist, falls sich diese dazu bereit erklärt, der Tellergesellschaft beizutreten und notfalls gemeinsam mit ihr die Tellerausmaße zu erweitern. Der berühmte Blick über den Tellerrand wird somit zur

Farce, weil er nicht nach weiteren Erkenntnissen forscht, sondern nur Fremdes assimilieren will, ohne es weiter bestehen zu lassen und sich an seiner Vielfalt zu erfreuen.

Weltweit existieren einige solcher göttlicher Teller verschiedensten Ausmaßes, versehen mit unterschiedlichen Symbolen, die sie eindeutig voneinander abgrenzen. Geschultes Personal versucht durch viel Überzeugungskraft Tellergesellschaften zusammenzuhalten. Der Wechsel von einem Teller zum anderen wird noch weniger gern gesehen, als sein mutwilliges Verlassen in tellerfreie Zonen, da das Aufsuchen eines fremden Tellers meist einer endgültigen Absage an die alten Tellerbrüder bedeutet.

Einhergehend mit der göttlichen Tellerlandschaft findest du auch noch eine bunte Vielfalt an politischen Tellern, manchmal mit den göttlichen in enger Verbindung, manchmal auch gegensätzlich motiviert. Es sind heute im Gegensatz zu noch nicht lange vergangenen geschichtlichen Epochen weniger Symbole, die diese Teller kenntlich machen. Es sind unterschiedliche Farben, bei uns denen der BRD nicht unähnlich, wenngleich die drei Nationalfarben unserer Deutschlandfahne nicht für alle Teller und Tellerchen ausreichen. Zum Glück finden sich aber in der Natur noch weiter Farbangebote, auf die man zurückgreifen konnte. Ein Wechsel von einem Teller zum anderen kommt vor. Solche Tellerflüchter gelten wegen ihrer Unzuverlässigkeit aber fortan als Gegner und weniger als verlorene Schafe, bei deren Rückkehr zumindest theoretisch ein Freudenfest veranstaltet wird.

Wer aus so einem politischen Tellerchen isst und daraus auch seine geistige Nahrung bezieht, scheint, obiger Personenkreis ausgenommen, immer gesättigt zu sein und keinerlei Bedürfnis zu spüren, auch nur über den Tellerrand zu blinzeln. In regelmäßigen Abständen erfolgende Wettbewerbe um die Rangordnung und damit einhergehend auch um die Festsetzung einer Art Führungsvorlegeteller, geraten die nicht unbedingt bruchsicheren Porzellanteile vielfach auf Kollisionskurs, zumal immer wieder diese buchstäblichen Elefanten im Porzellanladen ihr Unwesen treiben. Nur ein vorübergehendes Zusammennavigieren zweier oder mehrerer Teller oder deren Bruchstücke verhindern dabei ein Chaos. Ihre jedermann bekannten, einander abstoßenden Eigenschaften lassen sie aber immer wieder, wie die von Jugendlichen so beliebten Autoscooter auf Volksfesten, voneinander abprallen.

Trotz Geschichtsunterricht und wider jedes bessere Wissen finden sich im politischen Service auch immer wieder Teller, über deren Rand zu sehen weder vorgesehen noch gewollt ist. Es sind meist braune Teller, die sich farblich in aller Regel eher unangenehm im Gesamtbild es Services ausmachen und einen störenden Eindruck vermitteln. Eindringliche, vom Programm her klar umrissene und leicht verständliche gemeinsame Ziele verhindern, dass auch nach einem größeren Bruchschaden diese braunen Teller gänzlich vom Markt genommen werden. Immerhin bedarf es keiner eigenen Meinung, und selbst die Menschen im Allgemeinen zugeschriebene Grundintelligenz muss nicht zwangsläufig vorhanden sein, da diese quasi der Teller als solches übernimmt.

Menschen wollen organisiert sein. Individualismus hat nach allgemeiner Überzeugung doch recht viel mit unsozialem Verhalten zu tun und wird nur wenigen kritiklos zugestanden. Mein Freund, der Peter, würde es in seiner trockenen und doch meist sehr treffenden Art so sagen: »Die Masse braucht eine strenge Organisation, sonst bricht das Chaos aus.«

Da hat der Peter recht. Auch meine Edeltraud würde ihm da recht geben und die gibt nicht gleich jedem recht, nur weil er mein Freund ist.

»Und wer gehört dann deiner Meinung nach nicht zur Masse?«, frage ich den Peter, weil mit so halben Aussagen gebe ich mich nicht gerne zufrieden, auch wenn es der Peter der Einfachheit halber gerne dabei belassen würde.

»Jeder, der über seinen Tellerrand hinausschaut oder noch besser sich über das Einpferchen in so einen Teller ganz hinwegsetzt und sozusagen ›tellerlos‹ lebt. Der hat quasi sein Essbesteck dabei und isst aus jedem Teller, der ihm in die Quere kommt, ohne gleich beim Essen hineinfallen zu müssen«, erklärt der Peter.

»Das ist aber kein soziales Verhalten!«, werfe ich ein.

»Natürlich nicht, aber darauf kommt es bei denen nicht an, weil sie jeder über die Medien kennt, die sie mehr oder minder täglich gesichtsmassagemäßig vorführen. Die sind dann für die Allgemeinheit was Besonderes, worüber man gerne alles wissen möchte, die man auch gerne mal persönlich kennen lernen möchte, mit denen zusammen man sich in seinem gemütlichen Tellerchen auf Dauer aber gar nicht wohlfühlen würde«, führt der Peter weiter aus.

»Du meinst also, die Masse hat quasi Angst vor den Tellerlosen?«, frage ich.

»So möchte ich das nicht sagen! Es ist einfach so, dass jeder Mensch, der nicht straff organisiert ist, also einer, der kaum organisiert ist, wie etwa ein Künstler, oder einer, der selber organisiert, ein Politiker zum Beispiel, dass solche Menschen anders gesehen werden und in ihrem Verhalten anderen Gesetzmäßigkeiten unterliegen«, meint der Peter.

»Was meinst du mit ›anderen Gesetzmäßigkeiten‹?«, frage ich.

»Bei denen ist es einfach interessant, wenn sie was tun, was du als Ehemann, der Hölzl als dein Nachbar oder die Grescheder als deine Kollegin besser nicht tun sollte. Nicht einmal bestraft werden sie für begangene Straftaten genauso wie du. Klar gilt für sie das gleiche Gesetz wie für dich! Aber kannst du dir einen Anwalt leisten, der in der Stunde einen Tausender kostet? Siehst du! Das allein schon reicht, um ihre Gleichheit vor dem Gesetz zu relativieren«, antwortet der Peter.

»So gesehen ist es für einen Normalbürger, der nur über begrenzte Finanzmittel verfügt, dann wohl gar nicht so ratsam, über seinen Tellerrand hinauszublicken?«, löchere ich weiter.

»Das habe ich nicht gemeint! Natürlich sollst du schauen! Wie willst du sonst wissen, was draußen vor sich geht? Aber bevor du dich entschließt, deinen Teller auf Nimmerwiedersehen zu verlassen, solltest du dir schon so deine Gedanken machen. Sonst rutscht du, eh du dich versiehst, beim ersten Glatteis gleich wieder in einen anderen Teller hinein. Und ob das gut wäre, darüber kann ich nur spekulieren«, meint der Peter.

»Schau dir doch nur mal die unendlich vielen Vereine an, die es gibt!«, setzt der Peter noch drauf. »Die meisten Mitglieder dieser Vereine bringen es ja nicht einmal fertig, über ihren Tellerrand auch nur zu blinzeln. Stell dir vor, sie würden aus ihrem Verein, beispielshalber einem Trachtenverein, herausgerissen und würden in einem Hasenzuchtverein landen! Das würde sie doch bestimmt nicht glücklich machen!«

Ja, ja, mein Freund, der Peter, der trifft einfach den Nagel immer auf den Kopf. Besser hätt's mir meine Edeltraud auch nicht erklären können.

Wecken

Mich würd's ja so brennend interessieren, wie das Aufstehen am Morgen in anderen Familien so abläuft! Bei uns ist das ein richtiges Ritual! Ich meine, bei der Edeltraud und mir.

Ich glaube, eine Gemeinsamkeit mit allen anderen Familien gibt es: Es beginnt, wie überall, mit dem Wecken.

Genau genommen, beginnt das Wecken ja schon am Tag vorher mit dem Einstellen des Weckers, eines alten elektrischen Radioweckers. Weil der so ein altes Teil ist, kann man den nicht jeden Tag spezifisch auf eine neue Weckzeit einstellen. Da spielt der verrückt, zeigt irgendeine Zeit an, so als ob du quasi einen Zufallsweckgenerator gestartet hättest. Bis du das dann endlich im Griff hast und endlich einen Zeitpunkt fixieren kannst, zu dem der Wecker dich sanft mit einem Radiosound aus dem Schlaf holt, da kannst du lang rumfummeln. Natürlich kannst du anstatt des Radios auch einen Weckton einstellen. Aber der ist so brutal, dass du fast aus dem Bett fällst, wenn der loslegt. Klar, der Ton ließe sich auch leiser stellen, aber dann hörst du gar nichts mehr. Alle Zwischenstufen, die deiner Vorstellung von sanftem Wecken entgegenkämen, kannst du vergessen, weil so ein alter Wecker nicht mehr alles mitmacht, was du von ihm willst. Der Radioton ist zwar auch nicht mehr in allen Lautstärken verfügbar, aber der ist ja auch nicht gar so penetrant wie der Weckton. Vielleicht kaufe ich mir ja mal einen neuen Wecker, aber wenn ich so darüber nachdenke, zu welchen Anlässen mich dieser alte Wecker schon erfolgreich geweckt hat, dann würde mir das Herz weh tun, wenn ich ihn auf dem Wertstoffhof entsorgen müsste, auch wenn er da gut aufgehoben wäre, weil wert ist er ja immer noch was, auch wenn's nur ein ideeller Wert ist.

Drum fummle ich an dem guten alten Wecker nicht lange rum und stelle nur den Kippschalter fürs Wecken auf ›ON‹. Die Uhrzeit lasse ich konstant auf 5.05 Uhr.

Vermutlich scheint dir das brutal früh, weil du ein echter Langschläfer bist und jede Minute auskosten möchtest, die dir das Leben für dein Bett abgibt. Da verstehe ich dich natürlich und ich würde dir auch nie meinen Wecker geben, falls ich mir doch einmal einen neuen kaufen würde, weil für dich wäre mein Wecker vermutlich ein Anlass zum Ausrasten. Und wer möchte da schon die Verantwortung dafür tragen?

Mir macht es nichts aus, um 5.05 Uhr aufzustehen. Meistens bin ich schon etwas eher wach, weil ich neben meinem alten Wecker auch noch einen inneren Wecker habe, der eigentlich recht zuverlässig funktioniert, wenn in der Nacht nicht grad mal was vorgefallen ist, was mein Schlafbedürfnis noch um einige Minuten verlängert hat. Ich seh' dich schon unverschämt grinsen, wenn ich so was sage, aber das, was du jetzt schon wieder meinst, daran habe ich gar nicht gedacht, zumindest nicht in erster Linie. Aber es kann ja auch einmal ein Film am Fernseher Überlänge gehabt haben, oder ich kann mit der Edeltraud aus gewesen und erst sehr spät wieder heimgekommen sein, oder wir haben Gäste gehabt, die einfach nicht gegangen sind, obwohl mir die Augen schon zugefallen sind und ich immer wieder ganz demonstrativ gegähnt habe, oder der Wein hat mir wieder einmal besonders gut geschmeckt und ich habe noch ein Gläschen mehr getrunken als sonst, oder ich habe am Abend noch eine Geschichte geschrieben, bei der ich einfach nicht aufhören konnte oder oder oder. Also, du siehst, es geht auch ohne dein hämisches Grinsen. Da gibt's tausend Gründe dafür, dass man mal später als gewöhnlich ins Bett kommt und den Schlaf dann am Morgen anhängen möchte. Das sind aber alles eher Ausnahmen. Verschlafen tu ich trotzdem nie, weil wenn mein innerer Wecker sich quasi automatisch verstellt, dann habe ich ja immer noch den alten Radiowecker. Damit mich der mit seinem Elektrosmog nicht stört, steht er ganz weit von meinem Bett entfernt auf dem Boden neben der Zimmertüre. Zum Glück hat er ein großes Display, weil sonst könnte ich die Zeit vom Bett aus gar nicht ablesen.

Damit ich mich beim Aufstehen nicht bücken muss, weil das mein alter Rücken nicht mehr so recht mag und schon gleich gar nicht so früh am Morgen, rolle ich mich seitlich aus dem Bett und rutsche die drei Schritte zum Wecker auf den Knien, weil dann bin ich schon unten und muss nicht nochmal runter zum Wecker, um den Kippschalter auf ›OFF‹ zu stellen. Optimal ist es, wenn ich das bis um 5.04 Uhr schaffe, weil dann kann ich ganz sicher sein, dass nur ich wach werde und nicht auch noch meine Edeltraud, die nie schon um 5.04 Uhr aufstehen würde. Sie so früh zu wecken, wäre daher nicht nur sinnlos, sondern auch echt böse von mir. Ab und zu hat die Edeltraud nichts dagegen, wenn ich sie so früh aufwecke, aber aufstehen will sie trotzdem nicht so früh. Oft kommt es sogar vor, dass Edeltraud im Wohnzimmer auf unserem neuen Übers-Eck-Liegesofa eingeschlafen ist und erst kurz vor 5.00 Uhr ins Bett gekrochen kommt. Da kann sie ja schließlich nicht um 5.04 Uhr oder um 5.05 Uhr schon wieder aufstehen. Wenn sie erst so spät ins Bett kommt, dann ist sie meistens recht durchgefroren, weil sie auf dem Übers-Eck-Liegesofa ohne gescheite Zudecke eingeschlafen ist und unsere Heizung irgendwann in der Nacht automatisch mit der Temperatur runterfährt, weil da ja eh alle schlafen und die Wärme keiner mehr braucht. Dass die Edeltraud aber nicht im warmen Bett liegt, das kann die voll elektronische Heizung nicht wissen, obwohl sie ein ›*Fuzzy-Control- System*‹ hat. Ob man an so eine komplexe Steuerung auch eine Wärmekamera anschließen könnte, die überprüft, ob noch wer auf ist, für den sich das Heizen lohnt, das weiß ich nicht. Wenn es das gäbe, dann dürfte es aber nur auf größere lebende Objekte reagieren, weil sonst würde die Heizung am Ende noch wegen der Katze laufen, wenn die sich ab und zu noch spät nachts im Zimmer herumdrückt. Und einen großen Hund, so einen wie meine Schwägerin hat, so einen dürftest du auch nicht haben, weil den würde die Wärmekamera kaum mehr von einem Menschen unterscheiden können. Dass sich so ein Hund nur auf den Fußboden legt, und du deine Wärmekamera dann so einstellen würdest, dass sie nur ab Sofahöhe rumsucht, das würde auch nicht viel bringen, weil sich der Hund immer dann, wenn alle im Bett sind, aufs Sofa legt, da jetzt ja niemand mehr da ist, der ihn runterscheuchen könnte. Unterm Strich würde also, auch wenn es sie gäbe, so eine Wärmekamera kaum komfortabler zu bedienen sein als mein alter elektrischer Radiowecker.

Aber zum Glück bin ja ich noch im Bett, wenn meine Edeltraud um 5.00 Uhr angeschlichen kommt. Ich wärme sie dann noch 5 Minuten und überlasse ihr meine warme Bettseite, wenn ich spätestens um 5.05 Uhr das Bett auf allen Vieren verlasse.

Seltsamerweise kann ich mich überhaupt nicht dran erinnern, wie das in meiner Kindheit war, wie ich da wach geworden bin. Wie mich meine Mutter geweckt hat, ob überhaupt, diese Erinnerung habe ich vollständig aus meinem Gedächtnis gelöscht, bestimmt nicht bewusst, aber sie ist einfach nicht mehr verfügbar. Eine große Sache kann's nicht gewesen sein, sonst würde ich mich bestimmt daran erinnern. Fragen kann ich meine Mutter nicht mehr und meinen Vater auch nicht, weil meine Eltern beide nicht mehr leben.

Aber an das halbe Jahr, in dem ich meinen Militärdienst ableistete, da erinnere ich mich noch recht gut. Die Uhrzeit für das Aufstehen war ungefähr dieselbe, wie die, zu der ich es noch heute schaffe, ca. 5.00 Uhr. Einen Wecker brauchte ich damals nicht, weil wir, die ganze Kompanie, ja gemeinsam geweckt wurden, Und da war ich nie schon vorher wach, weil in der Zeit beim Militär, da bin ich immer zu lange aufgeblieben und habe insgesamt nie genug Schlaf bekommen. Wenn da abends der Dienst zu Ende war, dann bin ich entweder noch in die Kantine auf ein/zwei oder drei Biere gegangen oder, und das war eher der Normalfall, ich bin noch mit ein paar Kumpels mit dem Stadtbus in die Innenstadt gefahren und habe dort noch die Sau rausgelassen, um den ganzen Frust vom Tage abzubauen. Wir mussten zwar um 22.00 Uhr wieder in der Kaserne sein, weil um 22.30 Uhr der Unteroffizier ›*Licht aus!*‹ schrie, aber unser Bierkonsum am Abend und die täglichen körperlichen Anstrengungen innerhalb der Ausbildung hätten mich schon gern etwas länger als nur bis um 5.00 Uhr schlafen lassen. Unbarmherzig schrie derselbe Unteroffizier oder ein anderer, wer eben gerade Dienst hatte, ›*Aufstehen!*‹, auch wenn mir noch gar nicht danach war. Wenn da nicht gleich drauf einer das Licht im Zimmer angemacht hat und wirklich alle sofort aus ihren Betten gehüpft sind, dann hast du sicher sein können, dass der Unteroffizier die Tür aufgerissen hat und die gesamte Bude mit allen sechs Mann zu irgendeiner lästigen Sonderbehandlung verdonnert hat. Im schlimmsten Fall war so eine Sonderbehandlung Ausgangssperre, im Wiederholungsfall verschärfte Ausgangssperre am Wochenende mit gleichzeitigem Arbeitseinsatz, also Gänge, Treppenhaus und Toiletten putzen oder so. Und da konntest du nicht nur so lari fari mit einem Lappen rumwischen. Da musstest du ein paar Eimer Wasser durchs ganze Treppenhaus schütten und anschließend alles peinlichst sauber wieder aufwischen.

Mich hat der Unteroffizier dann meistens vom Arbeitseinsatz abgezogen, weil ich der einzige Abiturient auf der Bude war und der Unteroffizier gerade einen Fähnrichlehrgang gemacht hat, wo er Sachen lernen musste, die er nicht verstanden hat. Da musste ich ihm dann quasi Nachhilfeunterricht geben. Nicht, dass ich das nicht gerne gemacht hätte, weil jemandem beim Lernen helfen, ist ja tausendmal besser, als Gänge, Treppenhäuser und Toiletten putzen. Aber meine Stubenkollegen sahen das ganz anders. Für die hatte ich eine positive Sonderbehandlung bekommen, die nur mit meinem Abi was zu tun hatte, das sie nicht hatten. So eine Ungleichbehandlung ruft immer Ärger hervor, beim Bund schon dreimal! Zwar hab ich mir mein Abi nie raushängen lassen, aber meine Kameraden haben's trotzdem so empfunden und waren nun echt stinkesauer auf mich. Das ging dann später, als wir wieder zusammen auf der Bude waren, schon erst mal damit los, dass keiner mehr mit mir redete. Damit kannst du ein paar Tage leben, weil dir das ewige primitive Gelabere über die elementaren körperlichen Bedürfnisse ja sowieso schon seit langem auf den Keks geht. Wenn du dann aber am nächsten Wochenende, wo länger Ausgang war, spät in die Kaserne kommst und müde in dein Bett gehen willst und sich so ein Prolet demonstrativ vor deine Pritsche stellt, sein Teil rauszieht und von vorne bis hinten seine Blase über dein Bett entleert, dann hört der Spaß echt auf! Melden kannst du die Sauerei auch nicht, weil dann giltst du bald in der ganzen Kompanie als Kameradenschwein, weil Petzen ist mit das Schlimmste, was man einem Kameraden antun kann, kommt gleich nach Kameradendiebstahl!

Also, nichts sagen, nicht darauf reagieren, die Matratze rausziehen und an die Heizung zum Trocknen lehnen, alles andere in den Wäschesack stopfen und sich dann letztendlich im Bundeswehrschlafsack auf den Fußboden zum Schlafen hinlegen. Das alles natürlich begleitet von den hämischen Bemerkungen der Stubenkameraden.

Am nächsten Morgen hab ich meinen Wäschesack gleich nach dem Frühstück in die Wäscherei getragen und denen mit zerknirschter Mine gebeichtet, dass ich heute Nacht ins Bett gepinkelt habe, weil mich eine Blasenentzündung plagt. Das mit der Blasenentzündung hat mir dort aber keine Sau geglaubt, das habe ich am unverschämten Grinsen des diensthabenden Soldaten in der Wäscherei bemerkt und an seinen Bemerkungen, die er nach hinten zu seinen Kameraden gemacht hat.

»Wer kein Bier verträgt, der sollte Milch trinken!«, hat er gesagt.

Ich hab' mir auf die Zunge gebissen, hab' beschämt auf den Boden geschaut und hab' nichts gesagt.

Nach diesem Zwischenfall ging's besser mit meinen Kameraden auf der Bude. Es hat ihnen irgendwie imponiert, dass ich alles geschluckt habe. Jetzt hatten sie mir bewiesen, wer hier auf der Bude das Sagen hat und dass es gar nichts hilft, wenn man die Weisheit mit dem Löffel gefressen hat, weil du kein Abi dazu brauchst, um deinem Kameraden das Bett voll zu pissen.

Vielleicht hab' ich ganz persönlich ja nur Pech gehabt mit meinen Kameraden beim Bund, aber ganz allgemein und auch sonst konnte ich meiner Zeit als Wehrdienstleistender absolut nichts Positives abringen. Und das mit dem Wecken hat mir auch nichts gebracht, weil ich eh schon immer früh aufgestanden bin und sich daran bis heute nichts geändert hat.

Geändert hat sich allerdings die Art und Weise, in der ich heute aus dem Bett komme. Früher, da ging das ratz, fatz! Decke zurückgeschlagen und aus dem Bett gesprungen. Ja, nicht so in Sekundenschnelle, wie du dir das jetzt vielleicht vorstellst, aber schnell schon. Mit dem langen Dehnen und Strecken hab ich's jedenfalls noch nie so gehabt und schon dreimal nicht mit dem sich nochmal Umdrehen und sich noch ein paar Minuten gönnen.

Sollte das wirklich einmal passiert sein, dann kannst du davon ausgehen, dass ich krank war.

Wie ich heute aus dem Bett komme, das habe ich dir ja schon erzählt. Ich würde das besser nicht als ›*aufstehen*‹ bezeichnen. Treffender wäre ›*aufkriechen*‹. Erst wenn ich dem Wecker durch das Umlegen des Kippschalters Weckverbot erteilt habe, weil ich ja schon wach bin und der Wecker nicht auf die Belange von der Edeltraud programmiert ist, gehe ich langsam, ich betone ›*langsam*‹, von der Vierfüßlerposition in eine gebückte Zweifüßlerposition über. Weil ich kein Korsett trage, stütze ich auf dem Weg zum Bad mein Kreuz mit meinen beiden Händen ab. Dass meine liebe Edeltraud noch schläft und mich jetzt nicht beobachten kann, das ist das einzig Positive, das dieser Moment hergibt. Was, falls es keine Edeltraud gäbe und ich eine junge Frau für eine Nacht oder so abgeschleppt hätte, was passieren würde, wenn die mich jetzt sehen könnte, das versuche ich mir besser gar nicht vorzustellen. Vermutlich würde sie aufschreien, wie von der Tarantel gestochen aufspringen, in ihre drei Sachen hüpfen und aus dem Haus rennen. Weil welche junge Frau will schon was mit einem 80-jährigen Halbinvaliden anfangen. Und wenn sie's in der Nacht zuvor aus Versehen oder unter Alkoholeinfluss, mehr oder minder auf jeden Fall nicht im Vollbesitz ihrer Willenskräfte und schon gar nicht in der Lage, die Situation realistisch abzuschätzen, wenn sie da versehentlich in meinem Bett gelandet wäre und, weil ich irgendwas eingeworfen hatte, was mich kurzfristig in gewisser Weise verjüngt hat, du weißt schon, dann würde sie spätestens jetzt Gas geben und zu einem wichtigen Termin weg müssen. Was hab' ich für ein Glück, dass ich so was nicht erleben muss, weil ich ja meine Edeltraud habe und die fest schläft. Und wenn die mal ausnahmsweise nicht so fest schläft und mich heimlich beobachtet, dann hat sie zu meinem Seniorengehabe vielleicht einen dummen Kommentar auf Lager, aber sie muss nicht gleich das Haus verlassen, weil sie einen wichtigen Termin hat. Sie denkt einfach kurz nach, ob sie noch träumt, oder ob sie schon wach ist. Wenn sie dann merkt, dass sie schon wach ist, dann rechnet sie nach, wie alt ich bin. Das kann man bei mir gut ausrechnen, weil ich genau in der Mitte vom letzten Jahrhundert geboren bin. Drum ist es der Edeltraud auch schnell klar, dass ich noch keine 80 sein kann und wahrscheinlich bloß wieder einmal ungünstig auf der Sieben-Zonen-Matratze gelegen habe, was mich an ungünstigen Körperteilen unnötig versteift hat.

»Du gehst aber heute wieder elegant!«, kommentiert dann die Edeltraud, dreht sich um und schläft erst mal noch ein oder zwei Stündchen weiter. Den Kommentar höre ich schon gar nicht mehr, weil ich ihn quasi auswendig kenne. Aber dass meine Edeltraud nochmal weiterschläft, das passt mir prima. Weil ich, obwohl unser Bad groß genug für zwei Leute wäre, im Bad keine Beobachter haben möchte, auch nicht meine Edeltraud. Weil die nächste Stunde brauche ich locker, um mein ›*80-Jahre-Outfit*‹ in ein ›*60-Jahre-Outfit*‹ zu verwandeln, vielleicht sogar in ein ›*Noch-Jünger-Outfit*‹. Weil ich mir keinen privaten Maskenbildner leisten kann, ist die Prozedur dann doch recht aufwändig. Ein absolutes Muss dabei ist eine Dusche, erst warm, dann kalt! Ohne Dusche würde ich es im Laufe des Tages höchstens auf ein ›*75-Jahre Outfit*‹ schaffen. Und willst du vielleicht den ganzen Tag über zehn Jahre älter aussehen, als du bist?

Wenn ich gut in der Zeit bin, dann schaffe ich es bis zu den 6.00 Uhr Nachrichten in die Küche. Auf die Nachrichten freue ich mich jeden Tag fast genauso sehr wie auf die erste Tasse Kaffee, weil ich dann schon weiß, was ich eine halbe Stunde später in der Zeitung lesen werde. Und dieses Vorauswissen ist besonders wichtig, weil ich ja auch mit meiner Lesebrille am Morgen noch nicht besonders gut sehe, um nicht zu sagen, noch sehr schlecht sehe. Wenn du dann schon weißt, was da steht, weil die Überschriften sind ja groß genug, dass du sie erkennen kannst, den Inhalt kennst du von den Nachrichten am Radio her, dann schaffst du die Zeitung so im ersten morgendlichen Kurzdurchlauf in weniger als 15 Minuten. Ab und zu ist auch einmal ein Artikel drin, worüber nichts in den Nachrichten kam, der dich aber trotzdem interessiert. Da beginnt dann das Lesen echt in Arbeit auszuarten. Erst wenn die Augentropfen, die du jeden Morgen in deine Augen träufeln musst, wirken, bekommen die kleinen Buchstaben in der Zeitung so viel Schärfe, dass du was mit ihnen anfangen kannst. Natürlich trotzdem nicht ohne Brille!

Ein gutes Timing ist daher einfach alles. Gleich nach dem Bad die Zeitung reinholen und zu lesen beginnen, das passt ja eh nicht. Wo sollte denn der Kaffee herkommen, wo das Butterbrötchen mit Marmelade, woher der Tee mit Orangensaft für die Edeltraud, woher der Multivitaminfrühstückstrunk mit Getreide? Und dann noch die diversen Lebensmittelergänzungstabletten mit all den Spurenelementen, die dich auf Trapp bringen sollen? Wenn du die am Vorabend zum Herrichten vergessen hast, dann kostet das auch nochmal wertvolle Minuten. Als unvorhersehbare Zeitverzögerung beim Frühstückmachen kann die Spülmaschine auftreten, die von der Edeltraud in der Nacht noch eingeschaltet worden ist und jetzt nach beendigter Arbeit auf ihre Entleerung wartet. Kostet ein paar Minuten, kann aber auch erledigt werden, während der Tee für die Edeltraud zieht. Da musst du eh immer auf die Uhr schauen und kannst in den knappen drei Minuten nicht groß was machen, weil sonst vergisst du die Zeit und der Tee zieht plötzlich sieben oder acht Minuten. Da braucht es die Edeltraud dann nicht wundern, wenn sie den ganzen Vormittag über müde ist, weil du aus dem Aufwachtee einen Schlaftee gemacht hast. Und dazu wird er vermutlich, wenn er mehr als fünf Minuten zieht! Ob's wirklich stimmt, das weiß ich nicht, aber die Edeltraud sagt das immer. Weil ich am Morgen immer Kaffee und nie Tee trinke, kann ich aus eigener Erfahrung nicht sprechen. Meinen Kaffee, den mache ich sofort, wenn das mit dem Tee erledigt ist, also wenn ich keine Spülmaschine ausräumen muss quasi schon, wenn die Teebeutel noch in der Thermoteekanne hängen. Für einen halben Liter Kaffee gebe ich sechs bis sieben gehäufte Teelöffel gemahlenen Kaffee in einen Kaffeefilter und überbrühe den Kaffe dann von Hand direkt in eine Thermokanne. Wenn ich sage, sechs bis sieben gehäufte Teelöffel, dann bedeutet das, dass ich das davon abhängig mache, wie gut mein Kreislauf inzwischen schon in Schwung ist nach all der Prozedur im Bad und so. Wenn die Hälfte des Kaffees durchgelaufen ist, dann schenke ich mir von dem noch sehr konzentrierten Gebräu eine große Tasse voll ein, in die ich vorab einen guten Schuss Kaffeesahne gegeben habe. Dann wird weiter gefiltert, bis der halbe Liter Wasser verbraucht ist. Vielleicht kannst du jetzt verstehen, dass mir in keinem Hotel am Morgen der Kaffee schmeckt, weil der auf mich, so dünn wie die den machen, bestenfalls wie Spülwasser wirkt und schon dreimal so schmeckt.

Ab und zu waren wir aber auch schon in Hotels, wo der Ober keinen Kaffee serviert hat, sondern wo eine riesige Kaffeemaschine aufgestellt war, wo man sich seinen Kaffee nach Wunsch selber rauslassen konnte. In der Türkei oder in Spanien ist das eigentlich fast immer so in den besseren Hotels, aber auch in Österreich haben wir das schon einmal erlebt. Da wird dann auch fernab von zu Hause der morgendliche Kaffee zum Genuss, weil da kann ich mir ja zum Beispiel einen dreifachen Espresso rauslassen. Der schmeckt dann fast so wie mein Kaffee, den ich mir in der Früh selber mache.

Jetzt brauchst du nicht die Hände über dem Kopf zusammenschlagen und meinen, dass ich schon schrecklich ungesund lebe, wenn ich den Tag mit so einem krassen Kaffee auf nüchternen Magen beginne, weil das ist, abgesehen vielleicht von einer Tasse etwas weniger starkem Kaffe am Nachmittag, der einzige Kaffee, den ich am Tag trinke. Aber das mit dem Kaffee ist eigentlich ganz typisch für mich: Lieber einmal was richtig tun, als zehnmal so halbe Sachen machen, die selbst zusammengenommen letztendlich nicht befriedigen.

Was mein restliches Frühstück betrifft, da habe ich kein weiteres Ritual mehr. Ich esse, was gerade da ist, Kuchen, Weißbrot, Schwarzbrot, Butter, Marmelade. Groß Hunger habe ich am Morgen nie, außer im Urlaub. Da gehe ich mehrmals zum Büffet und hole mir von fast allem, was da ist, etwas. Soll ja auch für den ganzen Tag reichen, weil so richtig essen tun wir im Urlaub in der Regel nur zweimal am Tag, am Morgen und am Abend. Tags über vergeuden wir unsere Zeit nicht mit langem Restaurantsitzen. Da beschränken wir uns meist auf eine kleine Stärkung und die kann auch mal nur ein Bier sein. Wenn's frisch vom Fass ist, auch gerne zwei.

Spätestens um 6.15 Uhr bin ich mit meinem Frühstück und den Vorbereitungen für die Edeltraud fertig. Jetzt habe ich noch genug Zeit, die Zeitung durchzublättern und einen Blick auf meinen Laptop zu werfen, ob mir in der Nacht vielleicht noch jemand eine Mail geschickt hat.

Um Punkt halb sieben wecke ich meine Edeltraud. Wenn die dann zu mir in die Küche zum Frühstücken kommt, da habe ich mein Frühstück zwar schon hinter mir, dafür habe ich aber auch keinen vollen Mund und kann ihr erzählen, was ich Neues in den Nachrichten gehört oder auch ergänzend in der Zeitung gelesen habe. Manchmal lese ich ihr auch was aus der Zeitung vor, wenn was drin steht, was die Edeltraud besonders interessiert, und wenn meine Augen schon fit genug sind. Das sind sie aber jetzt meistens schon, weil spätestens nach meinem Kaffee ist mein Kreislauf so in Schwung, dass sich meine Augen nicht mehr darauf hinausreden können, noch unterversorgt zu sein.

An den Wochenenden bin ich immer wieder überrascht, dass mein Unterbewusstsein so genau weiß, dass Samstag oder Sonntag ist, weil da weckt mich das Unterbewusstsein nicht um 5.04 Uhr auf und stupst mich aus dem Bett. Am Wochenende lässt mich meine innere Uhr meistens eine Stunde länger schlafen, manchmal sogar zwei oder drei. Mein elektrischer Radiowecker hat am Wochenende auch Ruhe, weil ich seinen Kippschalter am Samstag und am Sonntag auf ›OFF‹ lasse. Da freut er sich bestimmt drüber, weil er auch mal seine Ruhe hat und nicht ewig jemand an ihm rumfummelt.

Wenn wir in Urlaub fahren, dann nehmen wir manchmal einen Reisewecker mit, den wir aber leider oft vergessen. Mein Handy hat zwar auch eine Weckfunktion, aber da stelle ich mich immer zu dumm, um die zu aktivieren. Wenn ich's dann endlich kann, ist der Urlaub meist schon wieder vorbei und bis zum nächsten Urlaub ist alles wieder vergessen. Weil aber die Betten im Urlaub nie dem Komfort entsprechen, den unsere Betten zu Hause haben, schlafe ich da sowieso nicht so gut und bin am Morgen in der Regel schon wach, wenn die Sonne aufgeht, manchmal sogar schon vorher. Da warte ich dann ungeduldig, bis es hell wird und ich aus dem miesen Urlaubsbett rauskomme. Ein echtes Wecken geht dem Aufstehen im Urlaub also nicht voran, weil der Wecker ist ja quasi die schlechte Matratze, und die kannst du nicht wirklich zu den Weckern zählen, weil in der Weckerabteilung im Kaufhaus findest du bestimmt keine Matratzen und in der Matratzenabteilung reden die Verkäufer pausenlos nur vom Schlafen und nicht vom Aufwachen. Wenn die Werbung dafür machen würden, dass du nicht mehr schlafen kannst, wenn du eine ihrer Matratzen kaufst, dann würdest du bestimmt deine alte behalten und auf eine neue verzichten.

Wenn ich ein Kaufhaus hätte, dann würde ich, um die Verkaufszahlen zu steigern, in einem Stockwerk drei Abteilungen nebeneinander aufbauen, eine ›Weinabteilung‹, eine ›Matratzenabteilung‹ und eine ›Weckerabteilung‹. In der Weinabteilung würde ich immer einen Stand offen haben, an dem die Kunden Wein probieren dürfen. Da würde dann auch sicher keiner vorbeirennen, weil wenn du schon mal was umsonst haben kannst, dann nimmst du das doch mit, auch wenn du an dem Tag eigentlich eine Matratze und keinen Wein kaufen willst. Wenn du dann genug Wein probiert hast und schließlich doch einen gekauft hast, weil er ja so gut war und dich ganz schön benebelt hat, weil es ja noch früh am Tag ist und du außer einem mickrigen Frühstück noch nichts im Magen hast, dann eist du dich endlich los von den Weinen und wechselst zur Matratzenabteilung nebenan. Weine konntest du probieren und von den Matratzen sind einige zum Probeliegen aufgebaut. Da brauchst du auch gar nicht lange, um dich für eine Matratze zu entscheiden, weil der Wein hat dich so schwer gemacht, dass du schon beim ersten Probeliegen das Gefühl hast, göttlich zu liegen. Du handelst auch gar nicht lang um den Preis, denn eine bessere Matratze, da bist du dir ganz sicher, findest du nirgends, und da kann der Preis auch schon mal etwas höher sein. Und zum Glück sind ja nicht alle Kunden so ausgefuchst wie meine Edeltraud, die sich immer erst im Internet bei ebay vorab informiert, was so eine Matratze höchstens kosten darf. Der nicht ebay erfahrene Kunde ist da eindeutig leichter zu bedienen. Als Verkäufer würde ich nach Abschluss des Kaufs auch noch darauf hinweisen, dass der noch so gute Schlaf auf dieser eben erworbenen fantastischen Matratze an Wochentagen wegen Arbeit, Schule und so unterbrochen werden muss. Da man auf so einer Matratze unmöglich von selbst wach wird, empfiehlt der Verkäufer, doch noch in der Weckerabteilung vorbeizuschauen, die gleich nebenan sei, um einen guten Wecker zu erwerben, weil der alte zu Hause mit der Tiefe der neuen Schlafqualität kaum noch zurecht kommen würde.

Das wäre für mich echte Verkaufsstrategie! Mit gesundem Menschenverstand sollten die in den Kaufhäusern ihre Abteilungen aufbauen und nicht immer nur nach dem Motto, durch ewiges Umräumen die Kundschaft auf der Suche nach dem, was sie kaufen wollen, kreuz und quer durch die Abteilungen zu hetzen, in der Hoffnung, dass der Kunde auf dem Weg auch mal was kauft, was er sonst nicht gekauft hätte. Ich würde als Kaufhausbesitzer nicht alles dem Zufall überlassen, gerade was die Weckerabteilung betrifft. Wer kauft sich denn schon einen neuen Wecker, wenn man ihm nicht glaubhaft vermittelt, dass sein alter den Anforderungen nicht mehr genügt?

Ich würde meinen alten Wecker nie hergeben, der mich schon so oft um 5.05 Uhr weckt oder um 5.04 Uhr, der geduldig darauf wartet, dass ich seinen Kippschalter umlege und ihm seinen Arbeitseinsatz für diesen Tag schenke.

Vielleicht, wenn ich reichlich mit Wein verköstigt werden würde, dann ließe ich mich trotzdem zu einem neuen Wecker überreden, auch wenn ich den dann, nach Stunden wieder nüchtern geworden, verpackt im Schrank zu Hause liegen ließe. Denn wer weiß, ob mein innerer Weckruf mit so einem neuen Wecker so gut zusammenarbeiten könnte, wie mein alter elektrischer Wecker das jahrein, jahraus macht.

Abwrackprämie

Als ich dieses Wort zum ersten Mal hörte und es nachzusprechen versuchte, da hatte sich offensichtlich ein Verhörhammer meiner bemächtigt, weil das, was da über meine Lippen kam, wohl nicht das war, was an meine Ohren gedrungen war. So wurde bei mir aus der Abwrackprämie eine ›Abfuckprämie‹, was immer das auch bedeuten sollte.

Aber wie das im Leben so ist, was man nicht richtig versteht, da tut man besser erst mal so, als ob man alles verstanden hätte. Meine Edeltraud würde am Ende noch ihren ganzen Respekt vor mir verlieren, wenn ich immer gleich zugeben würde, was ich alles nicht verstehe. Und außerdem, hätte ich ›Abwrackprämie‹ akustisch richtig verstanden, dann hätte ich deshalb noch lange nicht gewusst, was damit gemeint ist. ›Abfuckprämie‹ glaubte ich akustisch richtig verstanden zu haben, weil da das Wort ›fuck‹ drinsteckt, das heutzutage jedem geläufig ist, der nicht schon über 60 oder zumindest mit dem Wortschatz der jungen Leute absolut unvertraut ist. Aber vermeintlich richtig verstehen und wissen, was damit gemeint ist, das sind zwei Paar Stiefel. Natürlich hatte ich keine Ahnung, was ›abfucken‹ bedeuten könnte, und erst recht nicht, wieso es dafür eine Prämie geben sollte.

Also, erst mal das Gespräch auf was anderes lenken und Zeit gewinnen. Erst wieder davon zu reden beginnen, wenn's klar ist, worum's geht. Zum Glück gabs einen halbseitigen Artikel mit der Überschrift ›Abwrackprämie‹ in der Tageszeitung. Muss mir jetzt keine Gedanken mehr über eine ›Abfuckprämie‹ machen, die ich auch durch Googeln nicht hätte abklären können. Erinnere mich jetzt an Tom Sawyer, der im Mississippi ein Wrack gefunden hatte, ein Schiffswrack. Hatte damals ganz schön Muffe, als ich dieses Abenteuer las. Waren irgendwelche Verbrecher auf dem Wrack, das halb versunken aus dem Fluss ragte. Weiß nicht mehr genau, was sich abgespielt hatte, aber war gewaltig gruslig.

Der Artikel in der Tageszeitung handelt von keinem Schiffswrack. Geht um betagtere Autos, die verschrottet werden sollten. Langsam dämmert's. Nichts mit ›fuck‹! Umso besser! Ist also kein Tabuthema, das nur hinter vorgehaltener Hand angesprochen werden darf und Kindern nicht zu Ohren kommen soll.

Da gibt's vom Staat Geld, wenn du dein altes Auto verschrotten lässt und dir ein neues kaufst. Das alte Auto muss mindestens neun Jahre alt sein. Wusste gar nicht, dass ein neun Jahre altes Auto schon so betagt ist, dass es sich zum Verschrotten eignet. Da müsste ich für mein 18-jähriges Auto glatt die doppelte ›Abwrackprämie‹ bekommen. Aber darüber lassen die Behörden nicht mit sich reden. Die zahlen nach Auto, nicht nach Alter. Schade, weil so eine ›Abwrackprämie‹ wird ja auch Umweltprämie genannt, und mein Uraltauto pufft bestimmt doppelt so viel Dreck in die Umwelt wie ein 9-jähriger Schlitten. Aber das mit der Umwelt sehen die nicht so ernst. Soll ja auch mehr wahltechnisch wirksam sein. Wenn man als Staat wirtschaftlich was bewegen will und hintenrum das Paket in grünes Papier einwickelt, dann schlägt man damit zwei Fliegen auf einmal. Der Autohandel wird angekurbelt mit allem, was da so dranhängt, und die Sympathisanten mit den Umweltbewussten bekommen Biohonig um den Biomund geschmiert, weil die ›Abwrackprämie‹ obendrein auch noch Umweltprämie heißt. Da kannst du sparen, gleichzeitig was für die Umwelt tun, was immer das auch sein soll, und sitzt fortan in einem neuen Auto, das du dir eigentlich jetzt noch gar nicht leisten wolltest.

Gut gekauft! Prämie kassiert! Umweltbewusstsein gestärkt! Wenn das kein Plus innerhalb so einer weltweiten Krise ist!

Und alle machen's nach! Nicht nur alle im Ausland! Nein, hier bei uns! Ich meine, das mit den Autos kann man im Inland nicht nachmachen, weil wir das ja schon alle haben. Gilt für alle Bundesländer und für jedes Auto, egal, wer es hergestellt hat. Aber alle anderen Hersteller von allen möglichen Sachen wracken jetzt auch ab. Prämien gibt's von den Herstellern, weil der Staat kann schließlich nicht alles prämieren. Plötzlich bekommst du so viele ›Abwrackprämien‹, dass du schon gar nicht mehr weißt, welchen Ramsch du noch aus deiner Wohnung oder dem Keller holen sollst, um abzukassieren.

Da ist erst mal das alte Fahrrad dran. Alter egal, Hauptsache, du kaufst ein neues! Nur mit dem Fahrrad, da bist du vorsichtig, weil das ist schließlich auch noch versichert. Da musst du erst mal abklären, ob du nicht besser fährst, wenn du es schlecht gesichert zwei/drei Nächte am Bahnhof stehen lässt. Vielleicht findet es da einen Liebhaber, und du kannst es als gestohlen melden. Wenn die Versicherung mehr zahlt als der Fahrradhändler mit seiner ›Abwrackprämie‹, dann solltest du kein Geld verschenken! Außerdem brauchst du beim Fahrradhändler unter Umständen gar kein altes Rad, um einen Nachlass auf ein neues zu bekommen. Kann sogar ganz gut sein, dass der dir mehr nachlässt, wenn er keinen alten rostigen Stahlesel annehmen muss, den er doch nur mit einem gewissen finanziellen Aufwand entsorgen muss.

Mit dem Kühlschrank, dem Fotoapparat, der Stereoanlage, dem DVD-Recorder, dem Fernseher, dem Computer, dem Notebook, dem Kochtopf, der Pfanne und tausend anderen Sachen ist es bestimmt nicht anders. Alles nur Werbetrittbrettfahrer des Staates mit seiner ›Abwrackprämie‹. Kurbelt momentan die Wirtschaft an, macht aus der Flaute eine steife Brise, ist aber am Ende doch nur ein Sturm im Wasserglas, weil, wenn alle sich auf einen Schlag mit neuen Sachen eingedeckt haben, dauert es um so länger, bis sie wieder was Neues brauchen. Der Verkaufssturm legt sich bald schlagartig und kann auch so schnell nicht mehr zurückkehren. Da hilft dann auch keine Bildzeitung, die jeden Bundesbürger zuverlässig und schnell erreicht, um ihn mit weiteren Kaufideen zum Konsumieren anzustacheln. Geld, wenn denn überhaupt noch eines da ist, können wir fortan höchstens noch für das ausgeben, was nicht abgewrackt werden kann und was du jedes Jahr wieder brauchen kannst und haben möchtest, nämlich Urlaub.

»Ludwig«, sagte meine Edeltraut kürzlich, »jetzt haben wir mit ›Abwrackprämien‹ so viel Geld gespart, jetzt sollten wir endlich wieder mal in Urlaub fahren. Ein Tapetenwechsel täte uns sicher gut!«

»Wie viel haben wir denn so gespart?«, wollte ich wissen.

»Na ja, da kommt ganz schön was zusammen! 2500 € waren's beim Auto, 150 € bei deinem alten Fahrrad, 130 € bei meinem, nochmal 150 € bei dem vom Lukas und 120 € bei der Josefine. Du weißt ja, da haben wir so richtig abgesahnt! Dann war noch der Kühlschrank mit 100 €, die Waschmaschine mit 70 €, der Wäschetrockner mit 90 € und das alte Sofa im Wohnzimmer mit 50 €. Zusammen wären das bisher 3360 €!«

»Wow! So viel Geld?«, staunte ich.

»Toll, was!«, meinte die Edeltraud. »Leider reicht das Geld aber noch nicht ganz für Cuba! Ich habe da ein Sonderangebot im Reisebüro gesehen: Zwei Wochen Cuba all inklusive für nur 1290 € pro Person. Darin enthalten sind eine Woche am Strand von Varadero und eine Woche Rundreise. Den Kindern habe ich davon erzählt. Sie sind begeistert und wollen beide mit. Weil sie aber schon über 16 Jahre alt sind, gelten sie als Vollzahler!«

»Lass mal überlegen! Das wären dann für uns alle über 5000 €! So viel Geld haben wir nicht! Meinst du nicht, wir sollten uns ein billigeres Urlaubsziel suchen?«, gab ich zu bedenken.

»Zuerst hab' ich auch so gedacht. Aber da gäb's auch noch eine andere Möglichkeit!«, antwortete Edeltraud mit einem verschmitzten Lächeln.

»Und die wäre?«, wollte ich wissen.

»Wenn wir uns einen neuen Fotoapparat kaufen, bekommen wir bis zu 100 € für den alten. Das las ich heute in der Zeitung. Und wir haben doch alle vier jeder einen alten Fotoapparat. Das wären dann schon mal 400 €! Fernseher haben wir auch zwei! Da gibt's sogar 300 € pro Fernseher, wenn man ein großes Flachbildgerät kauft. Also noch mal 600 €! Unsere drei Stereoanlagen sind zwar nicht hinüber, aber es gäbe pro Anlage beim Kauf einer neuen immerhin 100 €! Wenn wir dann noch unseren Rasenmäher, die Terrassengarnitur, den Hochdruckreiniger, den alten Kinderwagen und den Diaprojektor abwracken lassen, reicht das Geld bestimmt!«, triumphierte Edeltraud.

»Du bist einfach meine Beste und Schlaueste! Was wäre ich ohne dich?«, lobte ich.

Und so konnten wir, Dank der vom Staat wegen der Absatzprobleme der Autoindustrie und seiner wahlpolitisch motivierten Sorge um unsere Umwelt, sogar noch einen Traumurlaub auf Cuba machen.

Denen auf Cuba geht es ja gar nicht so gut, wie uns hier in der BRD. Die haben so was wie eine ›*Abwrackprämie*‹ nicht. Bei denen fahren alte amerikanische Autos rum, die kennen wir nur noch aus den Schwarzweißfilmen, uralten Farbfilmen oder einem Automuseum. In den Vereinigten Staaten selbst findest du so einen Wagen nicht mehr und wenn doch, dann nur auf einem Oldtimertreffen. Kein Wunder, dass die Cubaner nichts auf der hohen Kante haben, weil die haben sich ja auch seit 50 Jahren oder mehr kein neues Auto mehr gekauft und dabei den Rabatt für einen Neuwagen sparen können, von der Wahnsinnsersparnis einer ›*Abwrackprämie*‹ gar nicht zu reden. Aber wundern tut mich das Verhalten der Cubaner trotzdem nicht, weil die müssen ja auch kein Geld für einen Urlaub in Cuba sparen, weil sie ja schon da sind. So gesehen leben sie recht gut, quasi immer im Urlaub. Die rauchen da Havannas, für die du bei uns ein Schweinegeld zahlen musst, und trinken Rum, den wir hier höchstens als Mitbringsel von einer Cubareise genießen können. Da braucht es bei denen die ›*Abwrackprämie*‹ einfach nicht. Bald können die ihre alten Autos als Sammlerstücke ins Ausland abgeben, da wäre so eine ›*Abwrackprämie*‹ sowieso lächerlich wenig dagegen.

In Ägypten machen auch viele Deutsche Urlaub. Eigentlich wäre das auch so ein Land, wo eine ›*Abwrackprämie*‹ nicht halb so viel Sinn machte, wie hier in Deutschland, weil auch die Ägypter schon in einem Urlaubsland wohnen und kein Prämiensparen für einen teuren Urlaub nötig ist. Aber meine Edeltraud hat mir heute beim Frühstück erzählt, dass die gestern, als ich schon selig im Bett geschlafen und vom nächsten Urlaub geträumt habe, der mangels weiterer kaum noch möglicher ›*Abwrackprämien*‹ allerdings vorläufig nur im Traum stattfinden kann, dass die im Fernsehen doch tatsächlich einen Bericht über eine ›*Abwrackprämie*‹ in Ägypten gebracht haben.

»Warum das?«, fragte ich. »Wollen die mit dem Geld dann bei uns in Deutschland Urlaub machen? Vorstellen könnt' ich's mir ja, weil im Sommer haben die 50°C. Und soviel ich weiß, haben die keine Keller unter ihren Häusern, wohin sie vor der unerträglichen Hitze flüchten könnten. Da würd' ich auch die Fliege machen und in ein kühleres Land in Urlaub fahren.«

»Mit Urlaub hat das nichts zu tun!«, entgegnete mir die Edeltraud. »Die ›Abwrackprämie‹ gilt bei denen nur für Taxis, weil die schon 20 Jahre alt sind und du da bei jeder Fahrt zusätzlich zu unvermeidlichen Ölflecken auf deiner Hose auch noch ein paar Flöhe abkriegst. Die können sich in den alten Autos so gut verstecken, dass auch kein Spray gegen sie hilft. Die neuen Taxis sollen alle eine Klimaanlage haben, was die ägyptischen Flöhe nicht vertragen und sich in so einem Wagen schon erst gar nicht einnisten. Außerdem lernen die in der Regierung in Ägypten auch recht schnell, weil sie vermischten ihre Entscheidung für eine ›Abwrackprämie‹ auch mit dem Hinweis auf den Umweltschutz, um sich der umweltbewussten Wähler zu versichern. In der Tourismusbranche können sie dann auch Werbung für ihre modernen Taxis und das umweltbewusste Ägypten machen.«

»Weißt du was, Edeltraud, ich wundere mich nur, wo diese Staaten auf einmal alle das Geld für so viel ›Abwrackprämien‹ her haben, gerade jetzt, wo doch quasi gar kein Geld mehr für nix da ist«, meinte ich.

»Verstehen tu ich's auch nicht ganz, aber irgendeinen Sinn außer der Wahlpropaganda hat es bestimmt. Schau doch bloß einmal uns an! Wären wir ohne all die Prämien sobald nach Cuba gekommen?«

»Bestimmt nicht!«, sagte ich.

»Siehst du! Und weil es viele so wie wir gemacht haben, geht es denen in Cuba jetzt ein ganz klein wenig besser, weil wir unser Geld dort ausgegeben haben und die jetzt über mehr Geld als vorher verfügen«, erklärte mir die Edeltraud und gestikulierte dabei herum, dass ich schon Angst um meinen frisch eingeschenkten Kaffee bekam, als ihre Hand einmal verdächtig nahe an meiner Tasse durch die Luft wedelte.

»Da magst du schon recht haben. Aber das Geld fehlt doch jetzt in Deutschland!«, gab ich zu bedenken.

»Nicht wirklich! Du musst das alles viel globaler sehen! Wie soll ich dir das nur erklären? Pass auf! Wenn wir Deutschen in Cuba Urlaub machen, dann begeistert uns dort die Salsamusik. Und was passiert dann? Wir wollen uns dieses Salsafeeling zu Hause auch noch aufrecht erhalten, kaufen uns entsprechend viele Salsa-CDs und machen vielleicht sogar einen oder mehrere Salsa-Tanzkurse. Dann gehen wir fleißig Salsa tanzen, trinken dort was, brauchen ein Taxi nach Hause, weil wir zu viel getrunken haben und und und.«

»Du meinst, wir geben wegen des Urlaubs in Cuba hinterher mehr Geld in Deutschland aus, das wir so sonst nicht ausgegeben hätten?«, staunte ich.

»Nicht nur das! Schon im Vorfeld haben wir in Deutschland für die Reise Geld ausgegeben, von dem das Reisebüro ja auch verdient hat und all die Geschäfte, in denen wir uns noch Urlaubsklamotten, Sonnenmilch, Reisekoffer und all das Zeug gekauft haben!«

»Toll! So habe ich das noch nie gesehen!«, gestand ich.

»Dabei habe ich jetzt nur einmal versucht, dir die Zusammenhänge an einem kleinen Beispiel zu erklären. Die Weltwirtschaft ist so verwoben ineinander, dass du unsere deutsche Wirtschaft einfach nicht herausgelöst betrachten kannst«, erklärte mir die Edeltraud.

»Man merkt einfach, dass du ein paar Semester Wirtschaft studiert hast. Du hast einfach den Durchblick!«, begeisterte ich mich für meine Edeltraud.

»Danke! Aber eines finde ich schade! Wenn ich eine ›Abwrackprämie‹ für meine alten Schuhe und die Handtaschen bekäme, vielleicht auch noch für das eine oder andere Kleid, und du für deine hunderttausend Überraschungseier und die Gartenzwerge, dann müssten wir auf unseren nächsten Urlaub nicht gar so endlos lange warten!«, bedauerte Edeltraud.

»Ein wahres Wort!«, stimmte ich ihr zu.

Gutscheinsystem

Hast du schon einmal jemandem zum Geburtstag oder so einen Gutschein geschenkt? Bestimmt hast du das schon getan, weil da brauchst du nicht groß zum Einkaufen rennen und irgendwelche unnützen Sachen kaufen, die hinterher sowieso nur rumliegen, weiterverschenkt werden und später einmal vielleicht sogar auf dem Wertstoffhof landen, weil sie nicht mülltonnengeeignet sind. Wenn du Pech hast, dann nehmen die das Teil auf dem Wertstoffhof nicht, weil sie keinen Container für ehemalige Geschenkartikel haben und es von der Zusammensetzung der Materialien her keinem der aufgestellten Container zugeordnet werden kann. Die vom Wertstoffhof schicken dich da eiskalt wieder nach Hause mit dem lapidaren Hinweis:

»Dafür haben wir keinen Container!«

»Und was soll ich jetzt damit anfangen?«, fragst du.

»Zu Hause in die Mülltonne werfen!«, kriegst du zur Antwort.

»Aber dann ist die Tonne ja mit einem Schlag voll!«, jammerst du, um die strengen Sortierer und Aufpasser auf dem Wertstoffhof doch noch zu erweichen.

»Tut uns leid! Da können wir nichts machen!«, speist man dich ab.

»Aber Sie haben doch eine große Tonne für den Restmüll hier! Können Sie denn da nicht bitte eine Ausnahme machen?«

Ob jetzt eine Ausnahme gemacht wird oder nicht, das hängt von mehreren Faktoren ab. Bist du eine junge, attraktive Frau, vielleicht auch nicht in dem am Wertstoffhof üblichen Gartenarbeiterlook gekleidet, kannst hilflos schauen und hast vorab, als du deine Dosen und deine Flaschen entsorgt hast, beim Gehen über den Wertstoffhof schon mal etwas mit deinen Po gewackelt und dir beim Sortieren des Plastikmülls helfen lassen und dabei ganz unabsichtlich Einblicke in den Ausschnitt deines T-Shirts gewährt, dann hast du gute Chancen, dein Teil doch noch ausnahmsweise loszuwerden. Kennst du einen der Helfer auf dem Wertstoffhof persönlich, dann kommt es drauf an, wie gut du ihn kennst und ob ihr euch gut versteht. Die positiven Folgen muss ich hier ja nicht noch weiter ausführen. Vielleicht hast du ja auch in irgendeiner Form eine freiwillige Leistung anzubieten. Dann käme das Sprichwort »Eine Hand wäscht die andere« zum Tragen.

Schlechte Karten hast du, wenn du ein grießgrämiger alter Mann bist, der über die rigorosen Gepflogenheiten auf dem Wertstoffhof zu wettern beginnt. In dem Fall wird deine Mülltonne zu Hause wohl der letzte legale Ausweg sein, los zu werden, was niemand dir mehr abnimmt.

Beim Kauf von Getränken aller Art achtest du ja immer drauf, was davon recycelbar ist und was vielleicht sogar in Mehrwegform Wiederverwendung findet. Die entsprechenden Symbole dafür sind dir geläufig und fehlen auch so gut wie nie. Ganz anders bei den Geschenkartikeln. Da stehen auf den kleinen, mittelgroßen und großen Teilen alle möglichen Sachen drauf, wie z. B. Made in China, Made in Taiwan, Made in Indonesia oder, wenn du Glück hast und etwas mehr Geld auszugeben bereit bist, auch mal Made in Germany. Aber ob das Teil auch mülltonnengeeignet ist, so eine Angabe suchst du vergeblich.

Alternativ könntest du an einen Flohmarkt denken. Da laufen genug Leute herum, die für gebrauchten Ramsch auch noch Geld ausgeben. Aber es ist nicht jedermanns Sache, sich von früh morgens bis mindestens Mittag auf einen Flohmarkt zu stellen und zu warten, ob was geht. Weil ja nicht immer warmes Wetter ist und du am frühen Morgen auch noch nicht wissen kannst, wie der Tag wettermäßig werden wird, bringst du vermutlich am Ende eher eine saftige Erkältung als leicht verdientes Geld mit nach Hause.

Drum leiste deinen Beitrag und verzichte darauf, unnützes Zeug zu kaufen, um es in Geschenkpapier eingewickelt, verborgen vor den peinlichen Blicken anderer Gäste, als Präsent zu überreichen!

Am ehesten gehst du dem ganzen Entsorgungsproblem aus dem Wege, wenn du schlauerweise auf den Geschenkgutschein zurückgreifst. Der besteht aus einem Stück Papier und bedarf nur deiner kreativen Gestaltung und eines bunten Bändchens, das ihn optisch gefällig zusammenhält.

In einer meiner Schreibtischschubladen zu Hause stapeln sich bei mir solche Gutscheine, solche, die ich bekommen habe, und Entwürfe von Gutscheinen, die ich selbst verschenkt habe, damit ich nicht aus Versehen zweimal dasselbe per Gutschein auf den Gabentisch lege. Vielleicht sammelst du diese ›*Wertpapiere*‹ ja in einer Schuhschachtel. Falls du sie einfach achtlos weggeworfen hast, weil sich Papier im Gegensatz zu aus undefinierbaren Materialien zusammengesetzten realen Geschenken leicht entsorgen lässt, tust du mir leid, weil dann hast du dich selbst um einen echten Schatz beraubt.

Denke z. B. an den Gutschein, auf dem steht: ›*Dreimal helfen im Haushalt!*‹ Dein Sohn hat das Versprechen als kleiner Junge mit sieben Jahren unbeholfen auf ein selbst bemaltes DINA4 Papier gekritzelt. Die Zeichnung sollte einen Küchentisch voll Geschirr darstellen, daneben er selbst mit einem Abtrocklappen in der Hand. Für einen 7-jährigen eine künstlerische Leistung, lobenswert genug, als dass er das, was draufstand, auch noch hätte erfüllen müssen. So sah es dein Sohn auch und beließ es bis heute beim Gutschein, der deine Pretiosen-Sammlung nun um eine wertvolle Erinnerung vervollständigt.

Ein weiterer Gutschein, es muss einer an Weihnachten gewesen sein, stammt von deinem zweiten Sohn. Er war damals erst fünf und brauchte die ältere Schwester, die den Text verfasste und für ihren Bruder aufschrieb. Das Bild, wieder ein Kunstwerk, zeichnete das 5-jährige Händchen mit Wachsmalkreiden. Berge von Schnee auf schwarzem Hintergrund. ›*Gutschein für einmal Schneeräumen*‹! Hat er natürlich nie gemacht! Wie auch? Ist fleißig um dich herumgewuselt und hat dich beim Räumen behindert. Aber wie so oft im Leben, ein guter Wille war da! Und das zählt!

Kinder, die Gutscheine verschenken, machen sich meistens auch keine großen Gedanken über das, was sie da versprechen, umso weniger, als ihnen diese Versprechen oft nur von älteren Geschwistern oder einem Elternteil diktiert oder gar aufgeschrieben werden. Sie schenken das Bild, das sie gemalt haben. Es ist nicht nötig, ein Kind wegen eines selbst fabrizierten Bildes zum Künstler hoch zu stilisieren, aber du darfst trotzdem nie versäumen, deine Freude und deine Dankbarkeit zu zeigen. Die erwachende Kreativität und die Bereitschaft, etwas Persönliches herzugeben, würde sonst im Keim ersticken.

»Schön hast du gemalt! Danke!«, und ein Schmatz genügen.

»Wie ein kleiner Picasso!«

Diesen Zusatz kannst du dir sparen. Erstens kennt dein 4-jähriger Pimpf Picasso nicht, zweitens musst du vor den anderen Gratulanten nicht so angeben mit deinem Sprössling und drittens solltest du Picasso posthum nicht gar so sehr beleidigen!

Kann sein, du bekommst anstelle eines Gutscheins zur Abwechslung mal ein Ständchen mit der allseits so beliebten Blockflöte gespielt. Die seit Tagen, wenn nicht Wochen emsig geübte Melodie hast du inzwischen in allen nur möglichen Varianten nicht nur im Ohr. Ein tiefer Schmerz fährt dir in die Knochen, gleich dem, den du empfindest, wenn du auf Stanniolpapier beißt. Es kostet dich große Überwindung, dennoch ein schmerzverzerrtes Lächeln auf deine Lippen zu zaubern. Das Ende der Vorstellung kommt wie eine Befreiung. Glücklich kommen dir die Worte über deine Lippen:

»Danke! Wunderbar! Ein echter kleiner Künstler!«

Wundere dich nicht, wenn ab sofort auf demselben Instrument für den nächsten anfallenden Geburtstag die Proben beginnen. Du kannst von Glück reden, wenn der bald ist!

Oft kannst du es ja nicht verhindern, dass dein Kind die bis dato nicht gesundheitsgefährdende Lärmbelastung im Familienkreis durch die berüchtigte Blockflöte empfindlich an Dezibel erweitert. Das Arbeitskreisangebot ›Flötengruppe‹ in der Schule übt auf die meisten Grundschüler eine magische Anziehungskraft aus. Kein Wunder! Lernen macht immer dann Spaß, wenn nichts davon bei lästigen Prüfungen nachgewiesen werden muss und wenn das Ergebnis bei Auftritten öffentlich zur Schau gestellt werden kann, was für den Einzelnen eine weitaus größere Belohnung für seinen Einsatz bedeutet, als die 5 € für eine gute Note in der Mathearbeit.

Trage die Entscheidung deines Kindes, sich der Flötengruppe mit einer normalen Blockflöte anzuschließen, mit Fassung und bedenke, dass du immer noch zu den glücklichen Eltern zählst, deren Kind sich nicht für eine Piccoloflöte entschieden hat. Sollte du dieses Glück nicht haben, dann sperre zu den Übungszeiten wenigstens deinen Hund weg, wenn du nicht willst, dass Tierarztbesuche nötig werden, da der liebe Hausgenosse aus dem Heulen nicht mehr herauskommt und echte Gehörschädigungen die Folge sein können. Da jeder Flötenformation auch mindestens eine Bassflöte angehört, hast du eine kleine, leider nur sehr kleine Chance, dein Kind darf sie spielen. In diesem Fall muss nicht im Winter im Keller und im Sommer im Garten geübt werden. Ein geschlossener Raum auf der Wohnetage ist in Ordnung.

Wohl dem, der es sich leisten kann, seinem Kind das Klavierspielen lernen zu lassen! Jeder Ton, auch wenn er falsch gespielt ist, ist immerhin, ein gut gestimmtes Klavier vorausgesetzt, ein richtiger Ton, der dein Ohr nicht böse beleidigt und dir die Nackenhaare aufstellt. Sollte sich dein Sprössling als allzu unmusikalisch erweisen oder du mit manchen schrillen Meistern, die der Klavierlehrer ins Programm aufzunehmen beschlossen hat, Schwierigkeiten haben, dann zeigt es sich doch als eine sehr gute Entscheidung, dass du kein günstiges, altes, wurmstichiges Klavier angeschafft hast, sondern ein nigelnagelneues Elektropiano, nicht gerade billig, aber mit Kopfhörer bespielbar. Himmlische Ruhe breitet sich im Haus zu den Übungszeiten aus. Dein Hund dankt es dir!

Ist dann Weihnachten und ihr singt alle ›Stille Nacht‹ vor dem geschmückten und mit Kerzen beleuchteten Tannenbaum, ertönt ausnahmsweise über die eingebauten Lautsprecher des Pianos die gut eingeübte Begleitung in moderater Lautstärke und ist gefällig anzuhören. Ein Gutschein unter dem Baum für dich mit dem Text: ›*Liebe Mama, wünsch' dir ein Lied! Ich übe es und spiele es dir vor, sobald ich es gut kann!*‹ freut dich ganz ehrlich. Dein Problem besteht nun nur noch darin, deinen Musikwunsch den Fähigkeiten des Meisters entsprechend zu wählen.

Das Gutscheinschenksystem haben im Prinzip nicht die Kinder erfunden. Wie so vieles im Leben haben sie es nur den Erwachsenen abgekupfert, die schon seit ihrer Geburt Gott (mit Versprechungen, die nie eingehalten werden) und die Welt mit Gutscheinen beglücken, da sie keines der besagten Geschenke finden, die mülltonnengeeignet sind.

Besonderer Beliebtheit erfreuen dabei Formulierungen auf Gutscheinen, die erwarten lassen, dass eine Einlösung nicht zu erwarten ist und somit wieder einmal der Wille, etwas schenken zu wollen, zum eigentlichen Geschenk gemacht wird. Um so ein Unterfangen erfolgreich werden zu lassen, bedarf es allerdings einiger Recherchen. Willst du z. B. einer jungen Familie deine Person als Babysitter an zwei/drei Abenden zur Verfügung stellen, dann solltest du vorab in Erfahrung bringen, ob dein Angebot angenommen werden würde oder ob das besondere Gluckenverhalten der Mutter nie und nimmer eine Zustimmung zur Fremdbetreuung ihres Goldschatzes zuließe, auch wenn das Babysitten nur stundenweise wäre. In letzterem Fall wäre so ein Geschenkgutschein eine Ideallösung. Es würde nichts übergeben werden, was sinnlos ist, was in der Mülltonne landen müsste, die ohnehin immer chronisch überfüllt ist. Dein Geschenk würde warmherzigstes Wohlwollen und freundschaftlichste Hilfsbereitschaft signalisieren und dennoch weder deine Nerven durch ein schreiendes Baby, noch deinen viel zu vollen Terminplan stören. Handelt es sich um eine Mutter mit großer Verwandtschaft und vielen Freundinnen, die auf dein Angebot durchaus zukommen könnte, hast du mindestens noch die Chance, dass erst die Verwandtschaft und die zahlreichen Freundinnen zum Zuge kommen und deines Gutscheins erst gedacht wird, wenn das Kind dem Babyalter entwachsen ist und dein Angebot damit der Verjährung anheim gefallen ist.

Praktikabel sind auch Gutscheine über Leistungen, die aller Wahrscheinlichkeit nach nicht in Anspruch genommen werden, weil sie zum gegebenen Zeitpunkt nur unter Schwierigkeiten in Anspruch genommen werden können. So etwas wäre z. B. eine Fahrt mit dem Pferdeschlitten in einer Gegend, die nur alle Jubeljahre mit ausreichend Schnee für derartige Unternehmungen gesegnet ist. Sollte die Schlittenfahrt mit deinen eigenen Pferden erfolgen, dann kann im eher unwahrscheinlich eintretenden Bedarfsfall kurzfristig das Gespann auch erkrankt sein oder es Jahre später, wenn das Ambiente endlich einmal vorhanden sein sollte, schon verkauft sein, weil du das Pferdehobby inzwischen mit der Malerei ersetzt hast. Immerhin kannst du jetzt als Ersatzleistung ein Bild von dir anbieten, das ja nicht unbedingt eines deiner gelungenen Werke sein muss. Der Wille ist's, der zählt!

Manchmal empfiehlt es sich im sogenannten Kleingedruckten, das unauffällig in dunkleren Tönen der Hintergrundbebilderung eingefügt werden kann, den Gutschein mit einem Verfallsdatum auszustellen. Im privaten Bereich mag dies nicht unbedingt üblich sein, zumindest rechnet so gut wie keiner damit. Gerade deshalb kann man diese Möglichkeit nutzen, nicht ewig auf dem heißen Stuhl sitzend darauf warten zu müssen, dass ein Anruf kommt, der Versprochenes abrufen möchte.

Geschäfte, Gaststätten, Hotels, Fluglinien usw. bedienen sich schon länger dieser Limitierung von Gutscheinen. Da derartige Gutscheine ja gekauft werden müssen, also einen realen Geldwert besitzen, wäre es ja auch geradezu unverantwortlich von den Verkäufern, auf eine zeitliche Begrenzung der Gültigkeit zu verzichten. Nur allzu oft kann im angegebenen Zeitraum aus unendlich vielen Gründen eine Einlösung nicht erfolgen oder sie wird schlicht und einfach vergessen. Deine Bereitschaft, großzügig zu schenken, wird dadurch nicht geschmälert, das Unternehmen, an das du bezahlt hast, macht einen unverhofften, aber durchaus einkalkulierten Gewinn, und der Beschenkte schaut in die Röhre!

»Selber schuld!«, kann ich dazu nur sagen. Gutscheine über Leistungen Dritter gehören besonders sorgfältig behandelt.

Du schaust nämlich ganz schön dumm drein, wenn du in eine Sauna gehen möchtest mit deiner Geschenkzehnerkarte und feststellen musst, dass es diese Sauna inzwischen nicht mehr gibt, weil der Betreiber pleite gemacht hat, in Rente oder ins Ausland gegangen oder verstorben ist. Deine Jeans, für die du einen Gutschein in dem tollen neuen Jeansladen bekommen hast, die kannst du auch vergessen, weil es den Laden nur ein halbes Jahr gab. Der Gag des Ladens war es, mit Geschenkgutscheinen zu werben. Sobald alle verkauft und erst wenige eingelöst waren, befand sich urplötzlich ein Schild an der Tür: Wir sind umgezogen! Wohin, das stand auch nicht im Kleingedruckten. Nachforschungen ergeben, der Umzug war nach Hamburg. Ein zu weiter Weg für eine Gutschein-Jeans, falls du in München wohnst!

Leider hast du aber nichts davon, wenn dein teuer bezahlter Gutschein nicht eingelöst wird oder nicht mehr eingelöst werden kann. Dein Geld ist ebenso futsch wie der dazugehörige Gutschein!

Auch vor dem Kauf eines Restaurantgutscheins wäre es ratsam, eines zu wählen, das nicht erst neulich Eröffnung feierte, weil da kann es dir sogar passieren, dass du noch nicht einmal zum Verschenken gekommen bist, das wertvolle, bunt bedruckte Hochglanzpapier noch in deinem Wohnzimmerschrank auf Weitergabe wartet, und die Lokalität schon wieder wegen Gästemangels für immer den Pächter gewechselt hat. Der neue Pächter will natürlich von deinem Gutschein nichts wissen. In dem Fall bist du selbst der Gelackmeierte, weil du zu voreilig in die universal bei Freunden und Bekannten absetzbare Geschenkidee investiert hast.

Aufgebracht hat, wenn ich es mir so recht überlege, das ganze Gutscheinsystem die katholische Kirche im Jahre 325 auf dem ›Ersten Konzil von Nicäa‹. Die Bischöfe erhielten das Recht, Sündern bei nachweislich ernst gemeinter Reue einen Teil ihrer Bußzeit abzulassen. Gegen eine entsprechende Geldspende konntest du die Peinigung deiner Seele im Fegefeuer, quasi der Vorstufe zum Himmel, radikal verkürzen, selbstverständlich prozentual zur Höhe der Spende. Wenn du einen verstorbenen Bekannten oder Verwandten gehabt hast, von dem bekannt war, dass er zu Lebzeiten nicht gerade gottgefällig gelebt hat, weil er nebenher zu seiner Frau auch noch ein bisschen mit anderen rummachte, bei Geschäften nicht gerade der Ehrlichste war oder gar jemanden umgebracht hat (ausgenommen, wenn er im Namen Gottes im Krieg Leute massakriert hat), dann war es auch möglich, aus dem Diesseits durch eine Finanzspritze seine üble Läuterungszeit im Fegefeuer zu verkürzen. Weil Gott mit Geld nichts anfangen kann, haben es seine Priester statt seiner angenommen, weil irgendwie mussten die ja auch zu Geld kommen, um neue Kirchen zu errichten und das Kirchenimperium aufbauen zu helfen. Diese bezahlten Sündennachlässe wurden Ablässe genannt. Damit du zu Hause für deine Unterlagen auch was in der Hand hattest, bekamst du eine schriftliche Bestätigung. Das waren eindeutig die Vorläufer unserer heutigen Gutscheine. Und weil früher noch alles besser war und weniger oberflächlich, hatten diese von der Kirche ausgestellten Gutscheine auch kein Verfallsdatum. Es wäre auch ganz schön fies gewesen, im Kleingedruckten eines drauf zu schreiben, weil die meisten Ablasskäufer nicht lesen und schreiben konnten und so eine göttliche Institution wie die Kirche doch nicht durch Betrug Geld erwirtschaften durfte.

Dem Herbert seine Mutter hat sich vielleicht gefreut, wie sie in der Zeitung gelesen hat, dass sie einen sogenannten vollkommenen Ablass erhält, wenn sie zum Papst seiner Messe geht, die er bei uns im Freien abgehalten hat, vorher beichtet und während der Messe kommuniziert. Jetzt weiß ich nicht, ob dir klar ist, was in der Kirche kommunizieren bedeutet. Also, wenn du jetzt denkst, dem Herbert seine Mutter musste besonders viel ratschen mit all den Leuten, die außer ihr auch noch da waren, dann liegst du falsch, weil dann wäre das so ein Kommunizieren gewesen, wie es die Leute im Wirtshaus machen, wenn sie miteinander und durcheinander reden. Aber kirchlich gesehen ist das was ganz anderes! Im Wirtshaus bedeutet kommunizieren tatsächlich ratschen. Auf dem Papstfeld hat das was mit dem Leib Christi zu tun. Mir ist das jetzt zu kompliziert, dir das zu erklären. Am besten fragst du mich das noch einmal, wenn ich mehr Zeit habe.

Dem Herbert seine Mutter hat alles geschafft, beichten, persönliche Anwesenheit bei der Papstmesse und kommunizieren. Einen Gutscheinzettel für die Sünden, für die sie nun nicht mehr nach ihrem Tode büßen muss, hat sie nicht bekommen, weil der Aufwand für die 500.000 Besucher, die fast alle das gleiche wollten, zu groß gewesen wäre. Aber Herbert hat seine Mutter auf dem Papstfeld fotografiert und ihr das Bild ausgedruckt. Das ist fast genauso amtlich, wie ein Ablassgutschein! Und außerdem ist so ein Ablassgutschein auch nicht unbedingt real nötig, weil du ihn ja nicht mitnehmen kannst, wenn du über den Jordan gehst. Du kannst nur hoffen, dass die da drüben ihre Bücher ordentlich führen, weil du dir sonst hier herüben die ganze Mühe umsonst gemacht hast.

Im Mittelalter war so ein Ablass an eine Spende von Geldern für Kirchen, Fürsten und Päpste gebunden. Weil du da einen Ablassgutschein quasi kaufen konntest, war das der echte Vorläufer des heutigen Gutscheinsystems, weil du konntest selbstverständlich auch für jemand anderes einen Ablassgutschein kaufen, wenn der kein Geld hatte. Ein besseres Weihnachtsgeschenk kann es doch gar nicht geben! Die Familie beschenkt sich gegenseitig mit Ablassgutscheinen und kann dann wenigstens für ein paar Wochen, bis sich wieder neue Sünden angehäuft haben, davon ausgehen, dass sie für immer im Himmel vereint sein werden und auch nicht wegen dem blöden Fegefeuer aufeinander warten müssen, falls sie alle zusammen bei einem Autounfall ums Leben kommen, weil der Papa am Steuer eingeschlafen ist. Leider wurde dieses Ablassgutscheinsystem aber von der Kirche irgendwann einmal abgeschafft. Das mit dem Bezahlen wurde aus dem Bedingungskatalog herausgenommen. Eigentlich schade, weil mit so einem Gutschein, mit dem könntest du einer ganzen Reihe von Leuten gerade heute einen großen Dienst erweisen. Da ist ein Essensgutschein nichts dagegen, der doch nur dazu führt, dass du deine Pfunde wieder einmal erfolglos zu verlieren versuchst.

Dabei redet dir heute die Gastronomie mit allen Mitteln der Werbung ein, Essensgutscheine als Geschenkgutscheine zu kaufen. Die von der Gastronomie arbeiten nämlich mit Vollgas gegen deine Abnehmvorsätze, weil sie sonst auf dich als Gast verzichten müssen. Wenn alle so denken würden wie du und nur noch das Abnehmen im Sinn hätten, dann blieben die ganzen Restaurants leer und gingen pleite. Sogar die großen Fast-Food-Ketten legen Gutscheinblöcke in alle Tageszeitungen, damit du dich immer wieder an sie erinnerst und öfter mal auf das lästige Salatputzen zu Hause verzichtest, um was Gehaltvolleres zu dir zu nehmen, was dein überlautes Magenknurren zum Schweigen bringt und deinen Mundgeruch verschwinden lässt, weil deine Magensäure vor lauter Warten auf was Handfestes schon saurer geworden ist, als sie das normalerweise sowieso schon sein muss.

Besonders raffiniert ausgedacht sind die Essensgutscheine, die nur dann eingelöst werden können, wenn du keine Zeit hast, oder die nicht für alle Gerichte gelten. Da musst du vor dem Kauf wieder einmal auf das Kleingedruckte achten, damit dir der Ärger nachher erspart bleibt.

Mit dem Kleingedruckten werden nicht nur die jungen Leute hereingelegt, die es meistens nicht lesen. Die älteren würden es ja gerne lesen, aber oft haben sie ihre Brille vergessen, was sie meist nur ungern zugeben und dann so tun, als würden sie alles lesen, weil Erwachsene ab einem gewissen Alter sich schließlich nicht mehr übers Ohr hauen lassen. Da es aber kein Gesetz gibt, zumindest kenne ich keines, das eine Mindestschriftgröße für das Kleingedruckte vorschreibt, kann da schon mal was schief laufen.

Die meisten und die wertvollsten Gutscheine bekommen wir vom Vater Staat, dem seine gesamte Ordnung ohne sein ausgeklügeltes Gutscheinsystem schon lange den Bach hinuntergegangen wäre. Du glaubst ja gar nicht, welche gedruckten Papiere eigentlich nichts anderes als ganz simple Gutscheine sind, die sich nur hinter einem anderen Namen verbergen, damit du ein wenig mehr Ehrfurcht vor der Komplexität von so einem Staatssystem aufbringst.

Um dich ein bisschen in diese staatlichen Internas einzuweihen, will ich dir das offizielle Gutscheinsystem an einigen ausgewählten Beispielen ein wenig näher bringen. Eigentlich ist das, was ich dir da erzähle, kein wirkliches Geheimnis, aber weil es kaum jemand aus meiner Perspektive betrachtet, fällt es weiter auch niemandem auf. Dabei wäre ein Staat ohne ein ausgeklügeltes Gutscheinsystem undenkbar, kein diktatorischer und schon dreimal kein freiheitlich demokratischer! Dass ein relativ unerfahrener Politiker, was die Großfinanz betrifft, heutzutage Bundeswirtschaftsminister werden kann, das liegt nur daran, dass der vermutlich schon längst die Zusammenhänge zwischen dem Funktionieren der Wirtschaft und den dafür maßgeblichen Gutscheinen erkannt hat, was im Kleinen genauso wie im Großen gilt.

Der bekannteste Gutschein, den es in unterschiedlichen Papier- oder auch Metallausführungen gibt, den herzustellen allein der Staat das Monopol hat, ist das allbekannte Geld.

»Ja, wenn du so denkst!«, wirst du wenig verständnisvoll einwenden.

Nur weil du bisher nicht draufgekommen bist, so zu denken, heißt das doch noch lange nicht, dass ich falsch liege! Geld erfüllt alle Voraussetzungen eines Gutscheins. Du bekommst es für eine erbrachte Leistung oder als Geschenk und kannst dir dafür etwas nach deinem Gusto kaufen. Denke z. B. an eine Abiturfeier! Die besten des Jahrgangs werden geehrt und erhalten einen Gutschein, in der Regel, weil der Gutschein nicht ganz bildungsfremd Verwendung finden soll, einen Büchergutschein. Damit ist er wie bares Geld einsetzbar. Manch einer erhält von Vertretern der Wirtschaft für eine spezielle Leistung einen Scheck, der einer entsprechenden Bargeldsumme gleichwertig ist. Geld als Geschenkgutschein! Im Arbeitsleben ist das nicht anders. Das dir für deine Arbeit überwiesene Geld ist Gutscheinen gleichzusetzen, mit denen du dein tägliches Leben bestreiten kannst. Ob du jetzt in einem Kaufhaus deinen Warenkorb mit realem Geld bezahlst oder mit einem Warengutschein, den du bei einem Preisausschreiben gewonnen hast, ist belanglos, weil beides identisch ist.

Oder denk an dein Lieblingskino! Jedes Mal, wenn du dir einen Film ansiehst, hebst du die entwertete Eintrittskarte zuverlässig auf, weil, wenn du zehn solcher alter Eintrittskarten angesammelt hast, erhältst du eine Freikarte. Und, was ist so eine Freikarte anderes als ein Gutschein oder, wenn du so willst, bares Geld?

Vergiss nicht einen Scheck! Der Unterschied zwischen einem Scheck und Bargeld ist nur der, dass er auf eine beliebige Summe lauten kann, während Bargeld nur in bestimmter Stückelung erhältlich ist. Mit den Wertpapieren ist es ähnlich. Sie sind Gutscheine für Geld, besonders verrückte Gutscheine sogar, weil unabhängig von dem, was auf ihnen steht, ihr aktueller Geldwert sich ständig verändert. Im Extremfall sinkt der Wert eines Wertpapiers auf den Wert des Papiers, auf das er gedruckt ist. Und weil bedrucktes Papier nur noch in großen Massen auf dem Wertstoffhof was wert ist, sinkt dann der Wert eines einzelnen Papiers gegen Null!

Besonders interessante Gutscheine sind Überweisungen. Ich habe keine Ahnung, wie viele Semester Wirtschaft man studieren muss, um so eine Überweisung zu begreifen. Vielleicht muss man sie ja auch nicht wirklich begreifen. Vielleicht reicht es ganz einfach, wenn man sich mit den Klicks auskennt, die auf einem Computer nötig sind, damit so eine Überweisung getätigt werden kann. Im privaten Bereich sind solche Überweisungen auch ohne ein Wirtschaftsstudium möglich. Meine Edeltraud hat zwar ein paar Semester Wirtschaft studiert und erledigt deshalb in unserer Familie auch alles, was mit Geldausgeben zu tun hat. Drum war es für mich nie nötig, mich in die Geheimnisse des elektronischen Geldtransfers einzuarbeiten. Aber zumindest weiß ich so viel, dass wir nicht mehr überweisen können, als sich auf unserem Konto befindet, außer wir machen Schulden. Bis zu einem bestimmten Betrag können wir das machen. So etwas nennt die Bank einen Dispokredit. Wenn der ausgeschöpft ist, dann sind wir quasi pleite, bis wieder Geld reinkommt. Die Edeltraud hat für solche Spezialfälle auf einem anderen Konto, einem Sparkonto, noch einen Notgroschen, damit wir nicht hungern müssen. Diese elektronischen Überweisungsgutscheine, mit denen du alle möglichen Rechnungen bezahlen kannst, stehen also in direktem Zusammenhang mit dem Geld, das du auf deinem Konto hast, plus das, das dir die Bank dazu leiht, wenn du regelmäßig Geld verdienst und somit deine Schulden zurückzahlen kannst.

Und das ist jetzt der Punkt, wo ich unseren Wirtschaftsminister, den Finanzminister und die gesamte Regierung so bewundere. Die helfen pleite gegangenen Unternehmen und solchen, die pleite zu gehen drohen, mit wahnsinnig viel Geld aus der Patsche, mit Geld, das gar nicht vorhanden ist und durch Steuern, das ist das Einkommen des Staates, auch in keinster Weise in absehbarer Zeit zurückkommt. Diese hohen Summen, die da elektronisch angewiesen werden, sind praktisch nicht einmal den Strom wert, den es kostet, sie zu transferieren. Und da glaube ich, da musst du schon mehr als nur ein paar Semester Wirtschaft studiert haben, um das begreifen zu können. Bestimmt ist unser Wirtschaftminister ein Genie oder sein Adelstitel widerlegt einmal mehr die landläufige Meinung, dass Adelige auch nur Menschen sind. Was der in der kurzen Einarbeitungszeit als Minister sofort alles umrissen hat, da kannst du nur noch hilflos mit deinen Ohren schlackern. Mit Jeans und Turnschuhen wäre der nie so weit gekommen. Da sieht man wieder einmal, dass eine ordentliche Kleidung und das passende Haargel untrennbar mit dem beruflichen Erfolg gekoppelt sind. Ich meine, andere haben es auch mit Turnschuhen geschafft, aber frag' nicht, wie viele Jahre die hart arbeiten mussten, bis die Menschen erkannt haben, was in ihnen steckt und ihnen den legeren Auftritt nicht mehr angekreidet haben.

Weil du das ewige Warten im Reisebüro satt hast, gehörst du auch schon lange zu dem Personenkreis, die ihre Reisen online im Internet buchen. Da musst du dich zwar etwas einarbeiten, bis du da was findest, aber, mal ganz ehrlich, die Kataloge, die du vorher immer kiloweise mit nach Hause geschleppt hast, die waren zwar wunderschön bebildert, aber wenn's dann drum ging, eine konkrete Reise zu einer ganz bestimmten Reisezeit herauszufinden bzw. den Preis dafür zu entdecken, alle Zuschläge, Abschläge, Ermäßigungen, einzuberechnen, dann wurde es richtig kriminell. Kann sein, du hattest im Katalog eines Veranstalters endlich mal den Durchblick gewonnen, im Katalog des anderen Veranstalters stellte sich alles wieder völlig anders dar und deine Recherchen begannen von neuem. Irgendwann war dir die Sucherei dann einfach zu blöd und du hast dich im Reisebüro zu einer Reise überreden lassen, weil du inzwischen schon mehr Zeit bei der Suche in den Katalogen verwendet hattest, als der ganze Urlaub hinterher werden sollte.

Im Internet kennst du dich inzwischen aus, und außerdem gibt es da Anbieter, die für dich kostenlos deine Hotelwahl bei unterschiedlichsten Anbietern vergleichen, und du dir dann aussuchen kannst, mit wem du wann ins Geschäft kommst. Wenn du dann alles richtig eingegeben hast, machst du einen letzten Klick, und deine Reise ist gebucht. Wenig später erhältst du eine elektronische Reisebestätigung, eine Art Vorausgutschein für den eigentlichen Reisegutschein, der dann mit der Post oder auch wieder als Email kommt. Weil ›*Reisegutschein*‹ so ein banaler Name ist, werden diese Papiere fürs Hotel, die Bahn, den Flieger oder auch noch für geplante Extras, z. B. für Ausflüge vor Ort, ›*Voucher*‹ genannt. Egal, was sie für einen Namen haben, es sind nur Gutscheine, Scheine für etwas Gutes in einem weltweiten Gutscheinsystem.

Hast du dir eigentlich schon einmal Gedanken darüber gemacht, dass es ja nicht nur Gutes auf der Welt gibt, dass das Schlechte aber auch mit Gutscheinen zu erhalten ist? Vermutlich liegt das daran, dass es das Wort ›*Schlechtschein*‹ nicht gibt oder weil man den Menschen ihr Leben auf der Erde nicht mies machen will. Weil, wer würde schon noch Spaß am Leben haben, wenn er sich beim Umtauschen von Gutscheinen in reale Werte, wie z. B. Lebensmittel, Kleidung, Bildung, Autos, um nur einige wenige ganz durcheinander zu nennen, ständig daran erinnert fühlte, einen unvorteilhaften, wenn nicht gar schlechten Handel zu machen.

Im konkreten Fall, wenn du deine alte Schrottlaube beim Autohändler in Zahlung gibst, dann könnte er dir dafür keine Gutschrift geben, sondern, weil das Teil ja in einem äußerst schlechten Zustand ist, nur eine ›*Schlechtschrift*‹. Bestimmt war das den Menschen in ihrer Sprachentwicklung nicht bewusst, aber sie haben aus dem Bauch heraus darauf verzichtet, Wörter für Anlässe zu schaffen, die in gewissen Zusammenhängen keiner hören will, weil sie negative Zusammenhänge auf einen Schlag offen legen würden.

Die elektronische Datenverarbeitung ist seit der Einführung vom Geld als Zahlungsmittel die letzte absolute Neuheit in Sachen Gutscheinsystem. Es hat sich einiges getan, seit die Menschen noch mit realen Dingen tauschten und der Gutschein, in welcher Form auch immer, noch ein unentdecktes Dasein fristete.

Heute hat er die Welt erobert und regiert sie mehr als alle Regierungen, deren Handlungsspielraum er allein bestimmt.

Tagträumer

Warum zieht eigentlich das eigene Leben immer wieder an manchen Personen gerade dann vorbei, wenn sie zur Ruhe kommen und zudem irgendwo exponiert sitzen, einen tollen Ausblick auf Berge, ein Meer, eben eine grandiose Landschaft oder eine beeindruckende Stadt haben? Erinnerungen tauchen völlig ungeordnet auf, werden wie in einer Diashow vom nächsten Bild einer wahllos bestückten Kassette verdrängt, manifestieren sich kaum, provozieren Gefühle, lassen aber keines davon die Oberhand gewinnen.

Vielleicht ist dir das auch schon passiert, vielleicht sogar zu Hause bei einem Gläschen Wein auf deiner Terrasse oder im ausnahmsweise mal leeren Wartezimmer deines Arztes, wo dein Blick ungestört durch den Raum schweift, aus dem Fenster wandert und das Wiegen der Baumwipfel auf dem gegenüberliegenden Parkplatz verfolgt, das gemäß der Heftigkeit der Windböen mal deutlicher, mal sanfter ausfällt, als wollten dir die Bäume zunicken.

Und dann dazu die Sinfonie der Geräusche. Sie scheint zunächst gar nicht zu den Bildern zu passen, wird nach und nach aber zum Moderator der Bilder, holt diese quasi wie ein automatischer Greifarm aus der Versenkung.

Erinnert alles irgendwie an die gute alte Jukebox aus den 60ern. Da hast du 50 Pfennige eingeworfen und durftest drei verschiedene Titel per Drucktaste wählen. Dann ging's los! Roboterarme beförderten eine Scheibe nach der anderen auf den Teller des Plattenspielers, und du konntest deinen Favoriten lauschen oder den deiner Freundin, für die du letztendlich die 50 Pfennige investiert hattest. Investiert deshalb, weil so eine passende Musik Saiten in ihr zum Schwingen brachte, die dich für sie in rosa Licht tauchten. Optimale Voraussetzungen für den weiteren Verlauf des Abends!

Der Edeltraud passiert so was nie, der Josefine auch nicht. Die denken da beide viel zu mathematisch in eine Richtung, aufgeräumt und nicht so durcheinander wie ich, eben entweder sich bewusst erinnernd an ein ganz bestimmtes Ereignis aus der Vergangenheit oder planend bezüglich einer zu erwartenden Angelegenheit in der nahen oder ferneren Zukunft. Ob so eine Denke typisch weiblich ist oder nicht, das kann ich nicht beurteilen. Ehrlich gesagt, glaube ich es nicht, weil ich auch schon ganz schön chaotische Frauen kennen gelernt habe, die nicht einmal im gegenwärtigen Denken auch nur irgendwas auf die Reihe gebracht haben, geschweige denn beim Tagträumen, wenn sie zum Chillen irgendwo rumsitzen und ihre Gedanken dem Nirwana überlassen.

Die Bäume haben aufgehört zu nicken. Der Wind hat sich gedreht. Er kommt nicht mehr eindeutig aus einer Richtung, wechselt ständig. Mittendrin sind vom Laub der Bäume nur noch die Unterseiten sichtbar, silbrig glänzend, hell. Die anfangs völlig wirren Bilder aus vergangenen Tagen verdichten sich zu einem Kurzfilm. Die Erinnerungen blitzen nicht mehr in einzelnen unzusammenhängenden Dias auf. Du wirst ruhiger, und es gelingt dir, der einen oder anderen Begebenheit eine längere Verweildauer einzuräumen.

An die Kehrseite der Medaille erinnern die einheitlich gedrehten Blätter, an eine helle Seite, eine gute Seite, eine Seite, die eine Grünperiode lang geschont wurde, die nicht den sengenden Sonnenstrahlen und auch nicht den heftigen Regengüssen eines Gewitters ausgesetzt war.

Dein Leben als Schüler kommt dir in den Sinn. Wie sinn- und freudlos schien es über lange Strecken zu sein. Die Lehrer schafften es nicht oder versuchten es gar nicht, dein Schülerdasein positiv zu gestalten, deine Freude am Lernen zu wecken. Immer wieder hat es dir schon am Morgen auf dem Weg zur Schule den noch leeren Magen verkrampft, den du nach deiner Morgentoilette nicht in der Lage warst, auch nur mit dem Nötigsten anzufüllen, weil die Übelkeit dich daran hinderte, eine Übelkeit, die dich jedes Mal befiel, wenn angesagte oder unangesagte Prüfungen zu erwarten waren, auf die du deinem Gefühl zufolge nur wenig oder zumindest nur unzureichend vorbereitet warst.

Die freundliche Kehrseite eines dunklen Schüleralltagstrotts ist beileibe nicht nur die Tatsache, dass die schließlich doch noch erfolgreich abgeschlossene Schulzeit dir den Weg für deinen heutigen Beruf geebnet hat, mit dem du dein Geld verdienst, der dich ausfüllt, glücklich und zufrieden macht. All das wäre kaum Grund genug dafür, die vielen Stunden der Angst zu vergessen. Wie der Wind die Blätter mit ihrer silbrigen Unterseite nach oben dreht, ihre selten gesehene Schönheit dem Betrachter zur Schau stellt, so vernebelt die Zeit alles Unschöne der Vergangenheit und lässt nur noch gute Erinnerungen aus deinem Schülerleben aufblitzen, stilisiert deine gesamte Jugend zu einem Lebensabschnitt der Superlative empor. Diese Erinnerungen manifestieren sich, und du hast kein schlechtes Gewissen dabei, wenn du sie Jahre später subjektiv und schön gefärbt als Anekdoten im Kreise deiner Freunde oder gegenüber deinen eigenen Kindern zum Besten gibst.

Der Kurzfilm ›Schulzeit‹ wird fortan geprägt von schulischen Feiern, Freundschaften, guten Lehrern, Witzen, die man über schlechte Lehrer machte, eigenen Erfolgen, kurz all dem, was diese Jahre an Hochgefühlen mit sich brachten. Eine Tafel dunkle Schokolade, von einem nicht ernährungsbewussten Menschen gegessen, vermag kaum mehr Glückshormone frei zu setzen, als diese ausgesuchten positiven Erinnerungen, die alles Negative äußerst erfolgreich überlagern.

Der Wind lässt nach, die Bäume nehmen wieder ihr angestammtes und allseits gewohntes Erscheinungsbild ein. Die Arzthelferin reißt dich jäh aus deinen Träumen, als sie dich aufruft, ins Sprechzimmer zu kommen. Der Kurzfilm endet mitten im Geschehen, von einem Abspann ganz zu schweigen.

Es kommt nicht gerade oft vor, ein lauschiges Plätzchen an einem buchtenreichen See mit Schilfgürtel- und Waldabschnitten zu finden, an dem du dich alleine einige Minuten oder auch mehr niedersetzen kannst, um deinen ungestörten Blick übers dunkle Wasser auf das gegenüberliegende Ufer zu richten, das von mächtigen alten Erlen gesäumt ist.

So muss die Szenerie gewesen sein, die in Karl Mays ›*Old Surehand*‹ im Kapitel ›*Am Blauen Wasser*‹ nachzulesen ist. Lächerlich dagegen die Filmkulisse im ehemaligen Jugoslawien, die wegen ihrer kargen Landschaften nicht immer ein echtes Karl May Feeling aufkommen ließ. Ich sehe förmlich Old Shatterhand kraftvoll und doch kaum sichtbar, nur durch ein Schilfröhrchen atmend, knapp unter der Oberfläche durchs Wasser gleiten und perfekt jede Tarnung nützend, im Unterholz des anderen Ufers verschwinden. Wenig später trägt er den baumlangen, stark bemuskelten Old Shurehand wie einen Sack über seine Schultern zum Wasser, legt ihn quer über sich und bringt ihn schwimmend außer Reichweite der feindseligen ›*Indsmen*‹ zurück über den See.

Wasservögel fliegen, durch den Lärm eines auf der nahen Straße vorbeiknatternden Motorrades aufgeschreckt, vom nahen Schilf auf und lassen sich mitten im See wieder nieder. Kurzfilmende! Meine tagträumenden Augen werden gewaltsam aus dem Abenteuer der beiden Westmänner herausgerissen, streifen meine Armbanduhr und stellen erschrocken fest, dass es längst Zeit zum Heimgehen ist. Schade!

Wieder so eine Situation, in die meine Edeltraud nicht käme.

»Tagträumen?«, fragte sie mich, »Natürlich kenne ich das Wort! Aber so etwas gibt es nicht bei mir! Was meinst du?«, wandte sich die Edeltraud an unsere Josefine.

»Ich? Nee! Hab' zu so etwas keine Zeit! Ich studiere, Papa!!!«

Da haben sie's mir wieder einmal gegeben, meine zwei Schönen, die Edeltraud und die Josefine. Ob die eine Ahnung haben, warum es auch Kurzfilme gibt und nicht nur diese Endlosstories mit einer Mindestlänge von dreieinhalb Stunden, wie sie neuerdings üblicherweise in den Kinos gezeigt werden. Schließlich gibt es doch auch Kurzflüge! Muss doch nicht jeder Flug ein Mittelstrecken- oder gar Langstreckenflug sein. An meinen Kurzgeschichten, die ich hin und wieder schreibe, haben sie doch auch nichts auszusetzen! Für die reicht die Zeit einfach immer! Selbst die täglichen Sitzungen auf dem Klo lassen es zu, schnell mal eine zu lesen. Hab' zwar auch bei Freunden, die wir besuchten, auf dem Klo schon echte Romane liegen sehen, aber mal ehrlich, welcher normale Mensch verbringt so viele Stunden auf der Toilette, dass er in einer vernünftigen Zeit einen ganzen mehrere hundert Seiten langen Roman durchbekommt? Doch wohl höchstens jemand mit chronischer Verstopfung, der meint, man müsse nur lange genug auf der Schüssel sitzend warten, dann würde sich ein positives Ergebnis ganz von allein einstellen. Ich behaupte, dass dem gerade ein guter Roman ganz energisch entgegenwirkt. Wie sollen da die Körperfunktionen noch in Gang kommen, wenn alle Muskeln angespannt sind, weil irgend so ein Kranker seinen 17ten bestialischen Toilettenmord verübt?

Ortswechsel! Nichts Aufregendes, kein Hochgebirgsgipfel und auch kein noch so verlassener Meeresstrand tief unter den Cliffs of Moher in Irland. Nur der armselige, dringendst renovierungsbedürftige Balkon einer Zweizimmer-Etagenwohnung am Stadtrand einer Kleinstadt. Gegenüber liegen andere Balkone: Wäschetrockenbalkone, Grillbalkone, Satellitenschüsselbalkone, Nudistenbalkone, Raucherbalkone, Telefonzellenbalkone, Blumenbalkone, verlassene Balkone ohne jeden Hinweis auf eine Benutzung.

Der braune Rattanstuhl, auf dem ich es mir mit einem Buch bequem gemacht habe, hat auch schon bessere Tage gesehen. Das Taschenbuch, einer der Thriller, bei denen du dir erst eine ›Wer ist wer?‹-Liste anlegen musst, damit zumindest ein Minimum an Durchblick aufkommt, wird immer schwerer in deinen Händen. Je mehr das Buch nach unten sinkt, desto weiter gerät es aus dem Scharfsehfeld deiner Lesebrille. Schließlich beginnst du über den Rand der Brille hinweg zu starren, die fetten Maden, die aus der Leiche auf Seite 75 bereits eine Hülle ohne Inhalt gemacht hatten, verblassen, und du fängst an, deine eigene Geschichte mit offenen Augen zu träumen.

Es muss kein Thriller sein, keine Liebesgeschichte, kein Drama, kein Lustspiel, keine Geschichte aus deiner Vergangenheit oder eine, die in der Zukunft liegt. Dein Tagtraum ist ein reiner Selbstläufer, der nicht geträumt werden will, nicht geträumt werden muss, der einfach entsteht, aus dem Nichts auftaucht, der übers ferne Balkonien des Wohnblocks von gegenüber in die dahinterliegenden Wohnungen eintaucht und dort seine Nahrung findet.

Und wieder beginnt er mit einer Diashow völlig unzusammenhängender Bilder, die in perfekter Überblendtechnik vorüberrattern, kaum Bruchteile von Sekunden verharren, Konturen annehmen, deutlicher werden und gleich wieder verblassen. Plötzlich ein Defekt des Projektors. Ein Bild bleibt hängen, lässt sich nicht mehr verdrängen, steht dem Betrachter scheinbar unbegrenzt zur Verfügung. – Ein neuer Tagtraum ist geboren!

Nicht etwa einer zum Fabulieren über die einladenden Balkone gibt den Ausschlag. Es ist der verlassene Balkon, der ohne jeden Hinweis auf seine Bewohner. Er hält den Blick nicht unnötig auf mit Rätselraten, wer hier das grüne Händchen für den farbenfrohen Blumenschmuck hat, ob zwischen den T-Shirts an der Wäscheleine auch Höschen und BHs der drallen Blondine hängen, die ab und an, auf trockene Kleidung wartend, prüfend ins Freie tritt, selbst die rassige Brünette, die hinter einem Paravent ein unbekleidetes Sonnenbad nimmt, gewinnt nicht im Wettstreit um die größtmögliche Aufmerksamkeit meiner Phantasien.

Gleich einem Einbrecher betrete ich über den wenig einladenden, leeren Balkon die dahinterliegende Wohnung. Die verschlossene Balkontüre stellt dabei kein Hindernis für mich dar, da ich mich doch als Tagträumer außerhalb der Gesetzmäßigkeiten von Raum und Zeit bewege, ähnlich wie im richtigen Traum frei agieren, schweben, alle Mauern durchdringen kann und noch vieles mehr, ohne dass dafür besondere Fähigkeiten von Nöten wären. Der im realen Leben so hinderliche Körper verliert seine physische Existenz, ist zu allem und zu nichts gleichzeitig in der Lage, ein Anachronismus, wie es scheint und doch auf dieser Ebene sehr real.

Diesmal ist es irgendeine Szene aus einem der vielen Bücher, die ich in meinem bisherigen Leben ›*konsumiert*‹ habe. Wie ein ›*déjà-vu-Erlebnis*‹ kommt sie mir vor, zwar selbst nie wirklich erlebt, aber beim Lesen mitempfunden, als wäre ich als unsichtbarer Beobachter dabei gewesen. Es war einer dieser Momente einer Lektüre, den du in dich aufsaugst, den du nicht überfliegen kannst, wo du auf deine Fähigkeit, Langweiliges im Diagonalleseverfahren abzukürzen, verzichtest, weil du jedes Wort, mit dem der Autor diese Szene gestaltete, für wichtig erachtest.

Es ist eine konspirative Einzimmerwohnung, in die ich da soeben eingedrungen bin, außer mit dem allernötigsten Mobiliar, nur mit zwei auf dem Boden liegenden Matratzen ausgestattet, die eine halbwegs komfortable Schlafgelegenheit für den Notfall abgeben sollen. Heute dienen sie einem Gefangenen und seinem Bewacher als Liegemöglichkeit. Weder Geld noch politische Motive waren der Grund für das Kidnapping des Mannes, der an seiner Bekleidung schnell als Priester derer aus Rom zu erkennen ist.

Ich weiß, was kommen wird, kenne jedes Wort ihrer Unterhaltung im Voraus, erwarte mit Schrecken die Lüftung des weltverändernden Geheimnisses ...

»Ludwig, kannst du mir bitte mal helfen? Ich kann den Topf nicht zur Seite rücken! Meine Fingernägel sind noch nicht trocken!«

Jäh reißt mich Edeltrauds Stimme zurück in die banale Realität. Schwindel erfasst mich. Zu schnell, wie ein gespanntes Gummiseil, das losgelassen wird, schnalze ich gleichsam aus der fremden Wohnung, bleibe halb am Gestänge des leeren Balkons hängen, werfe noch schnell einen Blick auf die Nudistin vom Nachbarbalkon, zische zurück in meinen Korbstuhl und finde dort mühsam zurück in meinen realen Körper.

»Ich komme schon!«, antworte ich, noch nicht vollständig zurück in der Realität.

»Oh, du hast geschlafen! Habe ich dich geweckt? Das tut mir leid! Hättest du doch was gesagt!«, entschuldigt sich meine Edeltraud.

»Schon gut! Kein Problem!«, antworte ich. Vielleicht war es ja ganz gut, dass mich die Edeltraud aus der Wohnung von gegenüber zurückgeholt hat. Wer weiß denn schon, was da hätte passieren können, wenn der Aufpasser meine Anwesenheit bemerkt hätte, auch wenn diese Möglichkeit noch so unwahrscheinlich erscheint.

Sonntagnachmittags in einer REHA-Klinik. Verglichen mit den vereinzelten Besuchern, die hier die Woche über anzutreffen sind, herrscht heute fast ein Gedränge. Ehegatten, Kinder, Onkel, Tanten, Freunde und Sportkameraden sind gekommen, um einige Zeit mit ihren noch nicht ganz wieder hergestellten Lieben zu verbringen. Ich sitze mit meinem Minilaptop im Cafébereich bei einem Cappuccino und schreibe an einer Kurzgeschichte, für die es hier an Anregungen nicht mangelt, da das Redebedürfnis vieler Patienten sehr groß ist und sie mir überall und zu jeder Zeit erzählen, was immer ich hören möchte, auch dann, wenn ich mal lieber meine Ruhe hätte. Umso verwunderlicher finde ich jetzt das Verhalten eines älteren Ehepaares, das in meiner Nähe an einem runden Tisch sitzt, er, der Besuch, bei einem Glas Weißbier und sie, die Patientin, bei Kaffee und Kuchen. Ich kenne sie, habe schon des Öfteren mit ihr über dies und jenes gesprochen. Eine kurzweilige Erzählerin, der ich immer gerne zuhörte.

Heute scheint es ihr die Sprache verschlagen zu haben. Seit mehr als einer Stunde sitzen die beiden nun da und keiner sagt auch nur ein Wort. Ich liebe das Stimmengewirr im Café, habe da mehr Einfälle als in der Grabesruhe auf meinem Zimmer. Die Stimmen regen meine Phantasie an, und oft schnappe ich auch den einen oder anderen Satz auf, der mir so typisch erscheint, wie ihn sich kaum ein Schriftsteller ausdenken kann. Ich notiere ihn mir in der Hoffnung, bald dafür Verwendung zu finden.

Das Nichtreden meiner Nachbarn stört mich, ihre Ruhe bringt mich aus dem Konzept. Mein Schreibfluss ist unterbrochen und kommt trotz aller Formulierungsversuche nicht mehr in Gang. Ich blicke über den Rand meiner Lesebrille und mustere die beiden Schweigsamen. Man kann sich anlächeln, anschmachten, anschreien, anbrüllen, man kann sich aber ganz offensichtlich auch anschweigen, wie es scheint sehr leidenschaftlich und konsequent. Die Frage nach dem ›Warum?‹ geht mir nicht aus dem Sinn. Warum besucht ein Ehemann seine Frau an einem Sonntagnachmittag in der REHA-Klinik und redet dort kein Wort mit ihr?

Bilder einer Ehe tauchen vor mir auf. Ein kinderloses, nicht mehr ganz junges, aber auch noch nicht wirklich altes Ehepaar in einer schmucklosen Dreizimmerwohnung. Düster! Muss wohl gegen Abend sein, vermutlich nach der Arbeit. Er sitzt vor einem Glas Weißbier am Küchentisch, der zum Schutz vor fleckenverursachenden Koch- und Essspritzern mit einer geblumten Plastiktischdecke geschützt ist. Sein Blick ist auf die Bildzeitung geheftet, aus der er seine täglichen Politik- und Sportinfos bezieht. Filzpantoffeln wärmen seine kalten Füße, die er um diese winterliche Jahreszeit unweigerlich bei seiner Arbeit auf der Baustelle bekommt. Sie, seine Frau, befindet sich nur einen Schritt von ihm entfernt und ist mit Abspülen beschäftigt. Anstelle von Konversation Radiogedünsel. Volksmusik!

Er faltet die Zeitung zusammen, steht auf, verlässt die Küche, schlurft zum Wohnzimmer, schaltet den Fernseher ein: Fußball! Hat sein Bier vergessen! Die Frau hat es schon bemerkt. Muss nicht erst gerufen werden. Nimmt das halb volle Glas, trägt es ins Wohnzimmer und stellt es auf das Tischchen neben dem Sessel ihres Mannes. Humpelt zurück in die Küche. War noch vor ihrer Hüftgelenk-OP!

Schnitt! Ein anderes Ehepaar will sich an die zwei noch freien Plätze am Tisch im Café der REHA-Klinik zu meinem Ehepaar Schweiger setzen. Ich nenne sie in Gedanken ›*Schweiger*‹, weil sie nur schweigen. Wer weiß, vielleicht stammt der Familienname ›*Schweiger*‹ ja tatsächlich von solchen Leuten ab, entstand in längst vergangenen Zeiten einmal aus einem Spitznamen.

Der Mann des fremden Ehepaares fragt:
»Sind die beiden Plätze hier noch frei?«

Ein angedeutetes Nicken der Frau bejaht die Frage. Wüsste ich's nicht besser, ich würde meinen, die beiden hätten was an den Stimmbändern oder wären womöglich total stumm.

Die Neuankömmlinge beginnen sich intensiv über das REHA-Dasein zu unterhalten, stellen sich unendlich viele Fragen und geben sich genauso viele Antworten. Die Geräuschkulisse hat sich wieder normalisiert, das Schweigen der ›*Schweigers*‹ fällt nicht mehr auf.

Mein Tagtraum ist beendet. Ich finde mich in meinem eigenen Leben wieder und andere Erinnerungen drängen sich zuhauf, Erinnerungen vom quirligen Leben und nicht dem Zombiedasein, in das ich soeben als Beobachter eingetaucht war.

Warum auch immer und vor allem gerade jetzt, der noch nicht allzu lang zurückliegende Irland-Urlaub drängt sich in mein Unterbewusstsein. Vielleicht ist es die Sehnsucht danach, hervorgerufen durch den Blick aus dem Fenster auf den nahen Tegernsee.

Mein innerer Blick ist aufs Meer gerichtet, von einem exponierten Punkt auf den Cliffs of Moher in Irland aus. Da fällt das Tagträumen nicht nur leicht, es bietet sich geradezu an.

»Du darfst dort nicht weiter rausgehen! Siehst du nicht das Verbotsschild!«, versucht mich meine Edeltraud davon abzubringen, den gesicherten Touristenweg zu verlassen, um noch näher an den Abgrund der Steilküste heranzukommen, um eventuell sogar von oben über den 200 Meter tiefen Abgrund die haushohen Wellen weit unten an die Felsen klatschen zu sehen.

»Keine Angst! Da ist ein Pfad! Ich bin offensichtlich nicht der erste, der hier schon mal unterwegs war. Lass mich doch an dem Aussichtspunkt dort vorne nur ein Viertelstündchen verweilen, um diesem grandiosen Naturschauspiel zuzusehen!«, antworte ich.

Die Edeltraud ist immer noch mehr als skeptisch, da sie aber meine Sturheit kennt, versucht sie nicht länger, mich abzuhalten. Mehr noch! Auch sie klettert mühsam hinter mir über die Absperrung, nicht um sich selbst zum Klippenrand vorzuwagen, vielmehr um mich im Auge zu behalten und etwaige Waghalsigkeiten meinerseits durch ihr verbales Eingreifen im Keim zu ersticken.

Ich suche mir eine uneinsichtige Position, von der aus ich alles beobachten, selbst aber nicht gesehen werden kann, mit Ausnahme von der Edeltraud, die es sich zaghaft im sicheren Abstand zur steilen Felswand auf einem Stein ›gemütlich‹ macht. Auf dem Bauch liegend, krieche ich so weit auf den Abgrund zu, bis mein Kopf über ihn hinausragt.

Fasziniert betrachte ich das aufgewühlte Meer, das sich über tausend kleinere Klippen bricht, bevor es tosend an die Steilküste donnert, gleich einer Computeranimation mit einer Handlung, wie ich sie schon oft im Kino gesehen hatte, wenn irische Freiheitskämpfer sich zum Anlanden nach einer Seefahrt einen besonders gefährlichen Küstenabschnitt ausgewählt hatten, weil dieser kaum bewacht wurde. Vielleicht sind es aber gar keine irischen Freiheitskämpfer, die dort unten auf ihren Booten mit der rauen See um ihr Leben rudern. Vielleicht gehören sie zu dem Schiff, das ich, halb von der Gischt verdeckt, gekentert und nur noch zu einem Teil aus dem Meer herausragend, zu sehen glaube. Gewehrschüsse ertönen! Erschrocken zucke ich zusammen. Ein Kanonendonner folgt, dann noch einer, noch einer und noch einer.

Eine moderne Hochseejacht erscheint wie aus dem Nichts hinter einer Felsenwand und stampft gegen die Wellen durch die Bucht. Aus der Perspektive dieser Jacht bieten die Cliffs of Moher einen Reiz der besonders spektakulären Art, nicht zu empfehlen für Touristen mit schwachen Mägen.

Die Jacht passt nicht in meinen Tagtraum. Trotz aller Naturschönheiten der Cliffs ernüchtert sie meine Beobachtungen und holt mich ins 21. Jahrhundert zurück. Vorsichtig krieche ich vom gefährlichen Abgrund zurück, erhebe mich und verlasse mit meiner Edeltraud den für Touristen gesperrten Bereich, zu meinem Bedauern, aber zur Erleichterung der Edeltraud, deren Herz erst wieder ruhiger schlägt, sobald wir wieder im Bus sitzen und unterwegs zum nächsten Highlight Irlands sind.

Auch auf einer Fahrt im Bus, vielleicht sogar ganz besonders auf einer Fahrt im Bus lässt es sich träumen, vor allem dann, wenn die Edeltraud die Zeit nutzt, sich im Reiseführer schlau zu machen oder noch besser dann, wenn sie sich zu einem kleinen Nickerchen entschließt.

Was wäre das Leben ohne Träume?

Die des Nachts reizten schon in der Bibel die Menschen dazu, sie zu deuten. Spätestens seit Sigmund Freud wurden sie auch zum festen Bestandteil der Psychoanalyse.

Die des Tags finden weit weniger Eingang in die akademische Literatur, da sie bei vollem Bewusstsein geträumt werden, kaum je einem Psychoanalytiker zu Ohren kommen und somit wenig Rückschlüsse auf die Psyche eines Menschen zulassen.

Wer sich tagsüber in Träume verliert, der eignet sich wohl weniger für die harte, reale Arbeitswelt, die keine Zeit dafür zur Verfügung stellt, surrealen Beschäftigungen, wie der des Fabulierens, nachzugehen.

So gesehen dürfte zumindest kein Topmanager ein Tagträumer sein. Oder vielleicht doch? Mir erscheint zumindest eine Abfindung von einigen Millionen für eine schlecht geleitete Arbeit sehr wohl traumhaft!

Berufswahl

Es gibt ja so einiges im Leben, das mehr oder minder passiert, ohne dass man auch nur die geringste Möglichkeit hat, es passieren zu lassen oder nicht. Das geht schon einmal mit der Geburt los. Auch wenn einige religiöse oder zumindest pseudoreligiöse Vorstellungen die Möglichkeit ins Auge gefasst haben, ein Kind wählt sich seine Eltern aus, weil es ein bestimmtes Karma abarbeiten muss, das sich nur mit diesen ganz speziellen Eltern erledigen lässt. Wie alles, was mit Religion zu tun hat, ist so etwas Glaubenssache und steht, was seine Überprüfbarkeit anbelangt, auf sehr wackeligem Untergrund.

Eines steht zumindest fest, sobald so ein Baby auf der Welt ist, hat es selbst erst mal für einige Zeit kaum etwas zu melden. Alles entscheiden die Eltern oder zumindest die Mutter, wenn sie alleinerziehend ist. Das vielfach nicht enden wollende Geschrei in den ersten Lebensmonaten weist zwar darauf hin, dass der kleine Erdling mit diesen Entscheidungen keineswegs immer konform geht, ist aber auch kein wirklicher Beweis dafür, dass er selbst andere Entscheidungen wünscht. Das Anlaufen der Verdauung nach der Autoversorgung im Mutterleib ist bekanntlich mit Schwierigkeiten verbunden, die dem Baby Bauchschmerzen verursachen, was eher als Grund für die Schreiorgien angesehen werden kann, als der Wunsch nach einem Mitspracherecht beim Kauf eines neuen Stramplers. Da sich kaum jemand bewusst an seine Babyzeit zurückerinnern kann, wird die Frage nach dem tatsächlichen kognitiven Erfassen der Lebensumstände wohl der Interpretation der ›schlauen‹ Erwachsenen überlassen bleiben. Und die haben ganze Berufszweige geschaffen, die sich damit auseinandersetzen und unentwegt weiterforschen. Das läuft fast so ab, wie in der Religion: Alles, was nicht bewiesen werden kann, fordert die Menschen geradezu heraus, wenigstens Pseudobeweise zu erbringen. Da kann's dann schon mal vorkommen, dass die Behauptung aufgestellt wird, so ein ungeborener Fruchtzwerg wird in seinem Leben nach der Geburt einmal ein großer Musiker werden, wenn die Mutter nur lange genug ihren schwangeren Bauch einer entsprechenden Musik aussetzt. Kopfhörer tun's da natürlich nicht, weil wie sollen die Töne da bis in den Bauch kommen! Und wenn sie es doch schaffen, nachdem sie so einige Organe, Muskeln, Sehnen und Knochen zum Schwingen gebracht haben, dann ist inzwischen aus dem Straußwalzer irgendwas Schräges geworden, das den Fötus eher schockt als erfreut. Er gibt bisher keine empirischen Untersuchungen, ob ein Kind später einmal in Abhängigkeit des von der Mutter bevorzugten Musikgenres klassischer Musiker, Rockmusiker, Volksmusiker oder sonst einen Beruf mit Musik erlernt. Aus welchen Gründen auch immer haben die Entwicklungspsychologen überwiegend die klassische Musikvariante im Visier.

Wundert es da noch, wenn nach neun Monaten Mozart begleitender Schwangerschaft der erste angeschlagene Klavierton weitere neun Monate nach der Geburt bereits als Zeichen einer musikalischen Genialität gewertet wird und die künftige Berufswahl zweifelsfrei festzustehen scheint?

Hat es die werdende Mutter versäumt, ihr Kind auf eine große musikalische Karriere vorzubereiten, hat sie vielleicht einen Großteil der Schwangerschaft nur am Fließband einer Flaschenfabrik gearbeitet, dann muss es sie später nicht wundern, wenn ihr Spross jeglichen Ehrgeiz für Höheres missen lässt und bestenfalls noch in einer Künstlerkneipe als Kellner arbeiten wird, da er im Unterbewusstsein diesen Beruf als erstrebenswert erachtet, weil er doch zumindest mit einem gewissen Grad an Glasgeklimpere verbunden ist.

Wenn man nun den Faden der Entwicklungspsychologie konsequent weiterspinnt, dann sind die jungen Menschen, zumindest was ihre pränatale Entwicklungsphase betrifft, am wenigsten in ihrer späteren Berufswahl eingeengt, deren Mütter in der Schwangerschaft möglichst vielfältige akustische Reize an ihren Bauch ließen. So ein Kind muss sich dann nicht zwanghaft zu einem Beruf als Schauspieler, einem als Lehrer oder einem als Telefonsexanbieter entscheiden, nur weil entsprechende Tonimpulse den schwangeren Bauch löcherten.

Wenig findet man in einschlägigen Fachpublikationen darüber, inwieweit Gerüche zum Ungeborenen vordringen, die in der Umgebung der Schwangeren vorherrschen. Da Gerüche bekannterweise durchaus das Wohlbefinden eines Menschen sowohl positiv als auch negativ beeinflussen können, wäre es doch ohne Weiteres denkbar, dass sie auch vom Kind im Mutterleib über den Versorgungskreislauf registriert werden und dann im Zusammenhang mit den dazu mitgelieferten Emotionen der Mutter abgespeichert werden. Arbeitet die Mutter gerne in einer Fischfabrik, dann wundert es nicht, wenn der oder die Kleine schon sehr früh den Wunsch äußert, einen fischbezogenen Beruf zu wählen. Das junge männliche Leben mag im einen oder anderen Fall sogar seine Geruchsvorliebe für Fischgerüche über die beruflich mehrere Stunden am Tag Fisch verarbeitende Mutter erworben haben und diese künftig dahingehend ausleben, dass es sich mehr als seine Zeitgenossen fürs andere Geschlecht interessiert. Abwegig ist diese Idee keineswegs! Don Juan de Austria wurde in Regensburg als außerehelicher Sohn Kaiser Karls V. und der bürgerlichen Regensburger Gürtlerstochter Barbara Blomberg geboren. Sein späterer Ruf als Herzensbrecher und Verführer ist mindestens ebenso bekannt wie seine politische Karriere. Was die Politik betrifft, da wurde der Grundstein sicher in seiner Erziehung in Spanien gelegt, wo er unter dem Namen Gerónimo bei Pflegeeltern aufwuchs, nachdem er seiner leiblichen Mutter weggenommen worden war. Seine weltweit bekannte und berüchtigte Leidenschaft für Frauen, na ja, seine Mutter trug ihn, nur einige Schritte vom Fischmarkt in Regensburg entfernt wohnend, neun Monate unterm Herzen. Muss kein Beweis sein, aber doch immerhin ein Gedankengang wert!

Im Gegensatz zu den nur fadenscheinig beweisbaren Fixierungen des noch ungeborenen Menschen auf einen späteren Lebensberuf, sozusagen einer Berufung, kristallisiert sich nach der Geburt relativ bald, zumindest bei einigen wenigen eine Tendenz heraus, welche Art von späterer beruflicher Tätigkeit der Lebensinhalt sein wird.

Womit das eingangs bereits erwähnte Babygeschrei auf seine Begründung hin unter völlig anderen Aspekten zu betrachten ist. War somit die nächstliegende Vermutung die, dass es durch banale körperliche Dysfunktionen angeregt wird, die Unwohlsein, wenn nicht gar Schmerzen verursachen, so kann es, in einem neuen Zusammenhang betrachtet, durchaus auch sein, dass das Baby durch sein Schreien Charakterzüge zum Ausdruck bringt, die für einige Berufe unabdingbar sind, will es Karriere machen.

So kann ein wehleidiges Schreien beispielsweise ein erster Hinweis sein, dass die Berufswahl solche Berufe favorisieren, die dafür bekannt sind, dass ihre Vertreter das Jammern gepachtet haben. Im Normalfall wird man in diesen Beruf zwar hineingeboren, aber er lässt sich auch erlernen oder gar erheiraten. In Abhängigkeit vom Wetter ist die Jammerei bisweilen durchaus verständlich. Aber man beklagt sich auch über Subventionen aus Brüssel, weil die zu ungleichmäßig verteilt würden und zudem zu gering ausfielen.

Wenn man als Baby diese Leidensfähigkeit noch nicht genügend unter Beweis stellen kann, weil eventuell grundlegende Veranlagungen dazu fehlen, lässt sich dieser Mangel durch eine konsequente Erziehung durchaus bereinigen. So kann jedes Tragen von Schuhen dieses hohe Erziehungsziel fördern, vorausgesetzt die Schuhe werden jeweils eine Nummer zu klein gekauft.

Es kann aber auch ein zorniges Schreien sein. Zorn ist eine Emotion, die, richtig eingesetzt, absolute Chefqualitäten im Handgepäck hat. Nur wer aus voller Seele zornig sein kann, hat die Gabe, auch über Leichen gehen zu können. Zu viel spontaner Zorn, man nennt so etwas wohl Jähzorn, kann sogar zum Töten im Affekt führen. Wie bei allen Veranlagungen ist daher eine verstärkende, ausgleichende oder gar dämpfende Erziehung nötig, um vorhandene Anlagen zu fördern und in berufsgeeignete Bahnen zu lenken.

Diese können sich sehr voneinander unterscheiden, wenn man mit einbezieht, in welchen gesellschaftlichen Systemen erzogen werden soll. Ein Soldat in der ehemaligen DDR war von seiner inneren Einstellung her keinem Soldaten der BRD gleichzusetzen. Einstellungen gründen auf Erziehung und Anforderungen des Dienstherren und dessen Gesinnung, die er maßgeblich für den ganzen Staat vertritt. Und doch einte sie alle eines; jeder einzelne wähnte sich im Recht und glaubte für die richtige Sache einzustehen, der Soldat Ost wie der Soldat West. Das macht das Leben so sympathisch! Es reicht, eine Anlage zu haben, mittels derer ein Beruf erlernt werden kann. Für alles andere sorgt die Erziehung, die schon jedem den rechten Weg weisen wird, in obigem Zusammenhang den Weg Ost oder den Weg West.

Kinder zeigen in aller Regel ein großes Interesse an Märchen. Bisweilen tun das sogar die Erwachsenen, die allerdings kaum mehr Märchen lesen, weil sie sich aus dem Märchenlesealter entwachsen wähnen. Sie bevorzugen es, welche zu erzählen. Diese Fähigkeit ist unterschiedlich ausgeprägt und vom Beruf des Politikers zur Perfektion kultiviert. Ehemänner stehen den Politikern darin kaum nach. Im Zeitalter der Emanzipation üben sich allerdings auch die Ehefrauen durchaus erfolgreich darin. Im Gegensatz zu ihren männlichen Partnern verrät eine gewisse körperliche Veränderung ab und an ihr scheinbar angeborenes verbales Geschick, phantasievolle Variationen ihres tatsächlichen Lebenswandels derart märchenhaft abzuwandeln, dass hauptberufliche marokkanische Märchenerzähler in den Souks von Marrakesch vor Neid erblassen würden.

Doch zurück zur Erziehung, die trotz aller Anlagen, die ein Mensch in Abhängigkeit der zur Verfügung stehenden Elterngene von Geburt an mitbringt, das Spektrum der späteren Berufswahl maßgeblich beeinflusst. Sie ist eine sehr komplexe Angelegenheit und einem Cocktail vergleichbar, der seine Qualität aus der Zusammensetzung der Zutaten gewinnt und seine Wirkung dem alkoholischen Anteil verdankt. Die Zutaten entsprechen all den einzelnen Personen: Eltern, Lehrer, Pfarrer, Freunde, Verwandte und Bekannte, nicht zu vergessen alle Medien bzw. den Personen, die diese betreiben und deren Botschaften bestimmen. Und wieder ist es wie beim Cocktail: Nur beste Zutaten können ein brauchbares Endprodukt erzeugen. Der Alkohol steht stellvertretend für den Teil der Erziehung, der den Geist vernebelt und den Blick für die Realität trübt. Im Leben wären das alle radikalen Strömungen, politischer wie religiöser Natur.

So entwickeln sich dann bei manchen schon in der Kindheit, bei einem weitaus größeren Teil im Jugendalter und bei einigen sogar erst im Erwachsenendasein Berufswünsche, die dann irgendwann in einer ganz konkreten Entscheidung münden.

Anfangs stehen Berufswünsche noch im Vordergrund, die durch Initialerlebnisse ausgelöst werden können. So wollten zu den Zeiten, zu denen wöchentlich die Augsburger Puppenkiste über die Bildschirme flimmerte, Tausende von Buben Lokomotivführer werden, vermutlich mit Jim Knopf als Vorbild. Die erste Mondlandung 1968 hat sicherlich den Wunsch, Astronaut zu werden, in vielen Köpfen entstehen lassen. Heutzutage haben diverse Fernsehsendungen den seriösen Informationsveranstaltungen der Arbeitsämter längst den Rang abgelaufen, was die individuelle Berufsorientierung betrifft. Da werden in zahllosen TV-Produktionen irgendwelche ›Superleute‹ gesucht. Wie die Motten durch das Licht, so werden hier Tausende dazu animiert, so ein ›Supermensch‹ zu werden, so einen ›Superjob‹ zu ergattern. Außergewöhnliche Berufswünsche werden bei den Zuschauern und erst recht bei den Teilnehmern dieser Wettbewerbe geweckt. Natürlich schwirrte der Gedanke, ein Model zu werden, vielen Mädchen auch schon vor diesen Sendungen durch den Kopf. Aber um so einen Wunsch in die Realität umzusetzen, bedurfte es mehr als nur das Glück, in einem Schickimicki-Lokal jemandem aus der Branche über den Weg zu laufen. Schließlich reichte ja ein zufälliger Treff nicht. Man musste dabei ja auch noch Aufmerksamkeit erregen, positive Aufmerksamkeit! So ein Modedesigner oder besser noch einer der Modebarone ist schließlich den ganzen Tag über nur mit den Schönsten der Schönen umgeben. Wie soll man da als Neuling noch zur Wirkung kommen? Das Wackeln mit dem Po und die freizügige Bedeckung der Brüste, auch wenn diese perfekt geformt sind, mag grandios auf den Adonis vom Fitnessstudio wirken, der Modezar ist gegen diese Reize unempfänglich. Erstens betrachtet er alles mit professionellem Blick, der selbst den kleinsten Fehler erkennt, und zweitens berührt es ihn selbst als Mann kaum, da er in dieser Hinsicht fremdorientiert ist, was in seinem Beruf nur Vorteile hat, da er so weitaus objektiver urteilen und arbeiten kann. Wer es schafft, ein Casting erfolgreich durchzustehen, der hat es irgendwie schon geschafft, seinen Traum zu verwirklichen, weil es nicht unbedingt nötig ist, zu siegen. Auf dem Weg dahin hat man schon tausend Möglichkeiten, entdeckt zu werden. Ob es sich dabei um eine Model-Karriere, Köchin, Sängerin, Tänzerin oder was auch immer handelt, der Weg nach oben kann schon zum Ziel werden. Und weil dem so ist, macht sich ein großer Teil der gutgewachsenen Mädchen der Republik auf diesen Weg, zumindest mal so als Versuch. Kann ja nicht schaden! Wenn gesungen oder getanzt werden soll, kommen zur Abwechslung auch mal die jungen Männer zum Zuge. Ihr Fan-Kreis kann enorm anwachsen, wenn sie sich als Traumtypen vieler Frauen entpuppen.

Weil aber nicht jeder einen dieser Traumjobs ergattern kann und weil auch nicht jeder die optischen Voraussetzungen für so einen Beruf mit sich bringt, ist zum Glück das Interesse an weniger medienabhängigen Berufen ungebrochen.

Die Entscheidung fällt so gegen Ende der Schul- bzw. Studienzeit, welchem Beruf man nun den Vorzug geben soll, und ist in den meisten Fällen keine echte und freie Entscheidung, weil sie von variablen Faktoren beeinflusst wird, von denen die Qualität des Abschlusszeugnisses der wichtigste ist.

Was soll so ein Beruf, letztlich egal welcher, im Leben bewirken? Er soll das nötige Geld für den angestrebten Lebensstil abwerfen und nebenher nach Möglichkeit auch noch Spaß machen und befriedigen. Weil diese Ansprüche, so wenig wie sie erscheinen, nur in Ausnahmefällen realisiert werden können, ist es oft nötig, im Laufe des Lebens ein neues oder zumindest ein weiteres Arbeitsfeld zu finden, um allen Bedürfnissen gerecht zu werden.

Geld soll so ein Beruf also bringen und Spaß machen! Gut, dass die Menschen die Fähigkeit haben, sich was schön zu reden, was aber gar nicht stimmen muss. Wenn man sich's nur erst mal richtig einredet, dann wird's bald zur subjektiven Wahrheit. Oder soll es etwa objektiv wahr sein, dass die Arbeit immer Spaß macht? Wenn man die Betonung auf ›*immer*‹ legt, dann wohl kaum!

In vielen Fällen, bestimmt sogar in sehr vielen Fällen, wird dieses ›*immer*‹ sogar wirklich und glaubhaft erreicht. Da hat einer das Glück gehabt, etwas arbeiten zu dürfen, was echt befriedigt, worüber er sich jeden Tag – zumindest fast jeden Tag – freut, es tun zu dürfen. So ein Glückspilz! Die Arbeit ist super, die Kollegen sind seine Freunde, seine Vorgesetzten schätzen ihn! Eine Steigerung gibt es höchstens dann, wenn die Chefetage ganz fehlt, weil man selbst dort sitzt und eigenverantwortlich alles zum Besten regeln kann. Wenn dafür auch noch etwas mehr als das absolut nötige Geld reinkommt, wo wäre da noch eine Steigerung der Lebensqualität möglich? Höchstens im privaten Bereich, aber der muss mit der Arbeit nicht unbedingt in Abhängigkeit stehen.

Meint man! Fakt ist, dass es sehr wohl in den meisten Fällen entscheidend ist, was einer macht, welche Position er bekleidet und was monatlich an Barem reinkommt. Potentielle Partner checken das meist zumindest in ihrem Unterbewusstsein mehr ab, als das Aussehen, von dem man letztendlich nicht abbeißen kann und das sowieso einem Altersverfall unterliegt. Außerdem macht schließlich Geld mehr sexy als jeder noch so trainierte Muskel.

Natürlich gibt es auch sogenannte Singles, die ein Leben ohne Partner einem Leben mit einem solchen vorziehen. Früher waren das die typischen Klosterbrüder und Klosterschwestern. Der Rückgang dieser Spezialberufe aufgrund einer allgemeinen Religionsmüdigkeit ließ die Zahl der alleinstehenden Personen, die keine Partnerschaft, aus welchen Gründen auch immer, anstreben, drastisch ansteigen. Kann auch sein, dass das mit der Religionsmüdigkeit gar nicht so viel zu tun hat. Vielleicht liegt es auch weit mehr an der allgemeinen Emanzipation, die ein längeres oder gar lebenslängliches Zusammenleben nicht mehr so einfach macht, weil beim Aufeinanderprallen von zwei gegensätzlichen Meinungen nicht mehr von vorneherein klar ist, welche Meinung sich durchsetzt. Diesen vorprogrammierten Beziehungsstress muss man ohne größere Katastrophen verkraften können, was sich aber letztendlich weitaus schwieriger erweist, als es scheint.

Singles tun sich in jedem Fall nicht nur, was ihre Berufswahl angeht, leichter, sie füllen den Beruf auch später besser aus, weil er ihr ganzes Leben in einem weitaus größeren Umfang unter Beschlag nehmen kann. Auch sind Singles weitaus flexibler, was den Ort ihrer beruflichen Tätigkeit angeht. Sie treffen für sich ganz allein die Entscheidung, ob sie für die Firma ins Ausland gehen wollen oder ob sie als Selbständige irgendwo arbeiten werden, eben da, wo ihre Arbeit Geld bringt und auch da, wo sie sich ganz persönlich gerne aufhalten, auf dem Lande oder in einer quirligen Metropole.

Kinderlose Paare sind Singles, in Bezug auf ihre Möglichkeiten vergleichbar, da sie nur aufeinander Rücksicht nehmen müssen und anstehende berufliche Entscheidungen von keinen Kindern beeinflusst werden.

›Single‹ – ›kinderloses Paar‹ – ›Paar mit Kindern‹ in einer Tabelle in Verbindung gebracht mit ›*Flexibilität*‹, ›*maximal gewünschte Arbeitszeit*‹, ›*vorstellbares Engagement*‹, macht deutlich, dass das Singledasein die besten Voraussetzungen für die besten Jobs hat.

Trotzdem falsch! Was mit so einer Tabelle nicht erfasst werden kann, das ist die hormonelle Lage eines jeden Menschen, die unterschiedlicher nicht sein kann und aus keinem Lebenslauf hervorgeht, außer vielleicht aus dem eines Triebtäters. In jedem Single tickt nämlich eine biologische Uhr. Und wie das mit dem Ticken von Uhren so ist, manche ticken leise und manche lauter, manche so laut, dass man neben so einer Uhr keinen Schlaf findet. Also führen all diese Überlegungen zu nichts, wenn man als junger, eingefleischter Single eine Berufswahl passend zu seinem Status trifft, weil all die lieben Hormone jede Entscheidung zu einem Singledasein oder zu einem Dasein mit Partner ohne Kinder irgendwann spontan zunichtemachen und somit völlig neue Voraussetzungen schaffen können. Selbst der schon in jungen Jahren angestrebte Zustand ›*Partner mit Kind(ern)*‹ ist nichts, was wirklich berechenbar bleibt, was die jährlichen Trennungs- und Scheidungszahlen belegen.

Wie soll man daher im zarten Alter von 16 Jahren, im Abiturfall mit 18 Jahren oder gar erst viel später, wenn noch ein Universitätsstudium angehängt wird, entscheiden, welche berufliche Tätigkeit soll man aufnehmen, wenn die Zukunft jede diesbezügliche Planung wieder durcheinander bringen kann?

Da bleibt nichts anderes über, als einfach mal so vorab eine Vorentscheidung zu treffen, in dem Bewusstsein, dass man sie später bei Bedarf entsprechend abändern, vielleicht sogar gänzlich umstoßen wird. Ohne ein Ziel, sei es auch noch so kurz gesteckt, lässt sich nichts erreichen! Und Ziele sind nicht dazu da, ein Ende in Sichtweite zu rücken, Ziele sind Fixpunkte, von denen aus man neue Ziele ansteuern kann.

Eine Erstorientierung in Bezug auf ein zukünftiges Berufsleben stellt sich somit gar nicht mehr so wahnsinnig endgültig und übertrieben lebensentscheidend dar. Der Weg vom berühmten Tellerwäscher zum Millionär, vom unbekannten Schriftsteller zum weltbekannten Bestsellerautor, vom Jurastudenten zum Staatschef, er ist immer möglich. ›*Die Hoffnung stirbt zuletzt*‹, diese Tatsache greift hier ganz besonders. Nur wer resigniert, hat schon verloren.

Jeder Mensch bringt bestimmte genetisch bedingte Anlagen mit. Diese können während der Erziehungsphase verkümmern oder zur Perfektion gelangen. Beides kann, je nach Art der Anlagen und den damit verbundenen Neigungen positiv oder auch negativ sein. Sind positive Anlagen perfektioniert worden, wird die Berufswahl automatisch dadurch erleichtert, sofern Berufe zur Auswahl stehen, in die diese Anlagen eingebracht werden können. Sind sie verkümmert, kann ein dennoch passender Beruf vielleicht eine Neuentfachung bewirken. Sind negative Veranlagungen unbewusst gefördert worden, kann das durchaus in einem Berufsbild enden, das nicht gerade in der Handelskammer registriert ist und auch vom Arbeitsamt nie vermittelt wird. Solche ›*Pseudoberufe*‹ haben dann auch eine ganz spezielle Altersversorgung in staatlichen Einrichtungen, die gegen Einbruch mit Gitterfenstern geschützt sind. Lässt man negative Veranlagungen verkümmern, bringt das nicht unbedingt positive Anlagen hervor, gibt dem Positiven aber zumindest eine Chance. Ein guter Chef im Beruf, einer mit viel Einfühlungsvermögen und Menschenkenntnis, unter so einem gedeiht so manche Distel zur Rose, die zwar immer noch Dornen trägt, die aber wegen ihrer überragend schönen Blüte dennoch Beachtung findet, geliebt und gut bezahlt wird.

Insgesamt gesehen ist es nicht nötig, Kinder schon vor ihrer Geburt, gleich ab der Geburt oder auch während ihrer Kindheit auf einen bestimmten Beruf hinzutrimmen, es sei denn, es handelt sich um eines dieser privilegierten Kinder aus reichen Häusern, die sich einmal einer Familientradition verpflichtet fühlen sollen. Diese hoffentlich eher wenigen Kinder im Vergleich mit all den ›normalen‹ Kindern haben das Privileg einer Berufswahl nicht. Ihre Privilegien befinden sich auf einer anderen Ebene. Die ›normalen‹ Kinder bleiben umso normaler und werden ihren beruflichen Weg einmal um so selbstverständlicher beschreiten, je mehr die Erwachsenen helfend und fördernd für sie da sind, ohne sie entgegen ihrer offensichtlichen Fähigkeiten in eine Schiene drängen zu wollen, die mehr eine Schiene ihrer ganz persönlichen Eitelkeit ist, als ein wirklicher Leitstrahl, auf dem ihre Kinder zum Berufsziel ihrer Träume gelangen können.

Schneller als gedacht und auch bestimmt schneller als gewollt kann ein schlecht justierter Leitstrahl in die Arbeitslosigkeit oder gar zu Hartz IV führen. Nicht unbedingt ein Synonym für einen Beruf, der auf eine abgeschlossene Berufsausbildung folgen sollte. Kommt einem vor wie eine erfolgreiche Gipfelbesteigung im Nebel, der sich ganz oben plötzlich auflöst und den Blick auf einen unbezwingbaren Bergriesen frei gibt. Der eigene Erfolg schrumpft mit jedem Höhenmeter, den die gewaltige Felswand in Sichtweite nach oben führt. Nur wenige Auserwählte können sich an den kaum Erfolg versprechenden Einstieg in diese Wand noch wagen. Alle anderen müssen sich zurück ins Tal begeben und über neue Möglichkeiten nachdenken, die sie vielleicht irgendwann doch noch zum Erfolg führen könnten, oder im Tal bleiben und den Rest ihres Lebens nur noch sehnsuchtserfüllt nach oben sehen.

Solche Gedanken kamen bei mir auf, als ich von einem tatsächlichen Schicksal erfuhr, das eine junge Frau ereilte, die zum Abschluss ihrer Ausbildung einen erfolgreichen und gefeierten öffentlichen Auftritt hatte, ihre Arbeit präsentieren durfte, um dann feststellen zu müssen, dass all die Mühen umsonst waren, weil ihre Arbeit zwar Anerkennung fand, sich damit aber kein Geld verdienen ließ.

Das Alter

Es gibt ja nichts Relativeres als das Alter. Du betrachtest es dein ganzes Leben hindurch von deiner persönlichen Perspektive aus, und die ändert sich quasi von Sekunde zu Sekunde.

Ein Problem ist die Altersfrage zu jeder Lebenszeit, also praktisch in allen Altersstufen, soweit sich Alter überhaupt in Stufen einteilen lässt. Vieles darfst du erst, wenn du soundso alt bist, und vieles darfst du nicht mehr, wenn du soundso alt bist.

Dein Alter fängt ja schon an, dir Unannehmlichkeiten zu bereiten, wenn du noch gar nicht geboren bist. Nur weil du am 31. Dezember 1999 eine Minute vor Mitternacht die Dunkelheit im Bauch deiner Mutter nicht mehr ausgehalten hast, musst du dich dein ganzes Leben über damit zufrieden geben, einer aus dem letzten Jahrhundert zu sein. Gelang es dir aber, diese eine Minute doch noch mit Hängen und Würgen drinnen zu warten, dann bist du zwar einer aus dem 21sten Jahrhundert, sogar einer der allerersten, aber zumindest im Schulsport, wo der Geburtsjahrgang zählt, sind dir alle die an körperlicher Entwicklung weit voraus, die in den folgenden 365 Tagen geboren werden, und zudem das Privileg genießen, im Jahr 2000 zur Welt gekommen zu sein.

Wenn wir die Babyzeit einmal ausklammern, wo dein Gehirn sich erst mal so ›peu à peu‹ mit deinen Existenzdaten anreichert, die dir ein Bewusstsein über dich selbst verschaffen, dann folgen nun noch eine ganze Reihe von Jahren, wo mehr oder minder alle älter sind als du, und die Gleichaltrigen allenfalls Spielkameraden werden, über die du dich selbst ins System einzuordnen in der Lage bist. Sie sind Kind, wie du, sie haben nichts zu sagen, wie du, sie brauchen sich noch nicht benehmen, wie du, sie werden viel gelobt, wie du, sie müssen abends schlafen, wie du. Sie stehen in keinster Weise über dir, aber du versuchst ständig, sie unter dich zu zwingen, um, sie als Trittbrett benutzend, diesem Babykleinkindsumpf zu entkommen.

Und dann hast du's endlich geschafft! Hurra! Du feierst einen Geburtstag, an dem du, wenn du gefragt wirst, wie alt du bist, schon mehr Finger in die Luft strecken kannst als der eine oder andere deinesgleichen, der zu diesem Geburtstagsfest eingeladen worden ist. Über das Alter aller anderen Anwesenden machst du dir noch wenig Gedanken. Sie sind alt, vielleicht sogar uralt, zumindest die Uroma, weil sonst würde sie ja nicht ›Uroma‹ heißen. Wie alt das ist, wenn man alt oder gar uralt ist, darüber sinnierst du jetzt noch nicht nach. Du findest die ›alten‹ Leute ganz nett, weil sie dir alle sehr wohlgesonnen sind, dir viele Geschenke machen und dir jeden Benimm-Ausrutscher verzeihen

»Ach, lass ihn doch, er ist ja noch ein kleines Kind!«, sagen sie meistens und strahlen dich dabei an.

Mit Sicherheit haben die alle noch nie was von der klassischen Pawlowschen Konditionierung gehört, sonst wären sie mit ihrer Großzügigkeit im Vergeben oder schlimmer noch im gutmütigen Belächeln deiner Unarten vorsichtiger. Die haben ja keine Ahnung! Ein paar Jahre später, da bist du dann der Dumme, und alle fragen kopfschüttelnd, wenn du wieder mal aus der Rolle fällst: »Wo der das nur her hat? Von uns kann er so ein Benehmen nicht abgeschaut haben. Und diese Wörter? Bestimmt hat er die im Kindergarten aufgeschnappt! Man weiß ja, wie ungezogen die Kinder mancher Eltern sind! Und im Kindergarten lernen sie diese Dinge sehr schnell voneinander!«

Dabei hattest du das ›Kruzifixsakrament!‹ zum ersten Mal von deinem Vater gehört, als er mit dem Hammer seinen Daumen getroffen hat, anstatt den Nagel, den er in die Wand schlagen wollte.

Die Jahre vergehen wie im Fluge. Du lebst ein wahnsinnig wichtiges Leben, zumindest empfindest du dein Dasein bisweilen so, und plötzlich bist du alt. Du bist nicht nur alt aus der Sicht eines Kindes, nein, jetzt bist du es wirklich. Am Ende deines Arbeitslebens kamst du schon vor Jahrzehnten an. Der Tod hat dich anscheinend vergessen oder du stehst einfach zu weit unten auf seiner Liste, als dass er sich schon um dich hätte kümmern können. Auf alle Fälle besteht sogar eine berechtigte Hoffnung, die 100 noch lebend zu erreichen. Nicht dass du vor Gesundheit strotzt. Das wäre auch zu viel erwartet. Aber dein Körper hat anscheinend mit all den kleineren und größeren gesundheitlichen Problemen einen Deal gemacht: Er stellt sich jeder Krankheit zur Verfügung, ohne dieser die Grundlage ihrer Existenz durch dein vorzeitiges Ableben zu entziehen. So hat jeder was von deinem Dasein: Die Krankheiten können nach Lust und Laune austesten, wie lange sich so ein Körper malträtieren lässt, und dir bleibt in dieser schon fast mumifizierten Hülle zumindest dein Bewusstsein erhalten, soweit das nicht auch einem Leiden zum Opfer gefallen ist. In diesem schlimmsten aller Fälle dienst du gleich einer Petrischale Erregern nur noch als Nahrungsquelle und darfst erst ableben, sobald diese endgültig aufgebraucht ist.

Vorausgesetzt, dein Bewusstsein ist zeitweise noch intakt, wirst du trotzdem weniger den Augenblick des Lebens genießen. Es werden mehr die Erinnerungen sein, ausgelöst durch Besuche oder mediale Reize, soweit du noch in der Lage bist, diese für dich zu nutzen, die dir retrospektiv noch Freude bereiten können.

Deine Geschmacksnerven haben sich längst verabschiedet oder sind zumindest nicht mehr das, was sie einmal waren. Darum beschwerst du dich auch ständig übers Essen, weil du es nicht mehr zu genießen in der Lage bist. So manche Großküche, die ein Altersheim beliefert, ist sich dieser Tatsache bewusst und legt auf kulinarisch interessante Zubereitung von Speisen keinen gesteigerten Wert, da die geringe Zahl der noch halbwegs funktionstüchtigen Gaumen auch mit Nachwürzen zufriedengestellt werden kann.

Deine sexuellen Freuden: Sie sind ja mehr oder minder ein Tabu. Niemand der jüngeren Generationen setzt sich groß mit ihnen auseinander. Altes Fleisch im Erregungszustand! Wer mag sich das vorstellen? Es ist nichts, was sich werbetechnisch ausschlachten ließe. Es ist nichts, worüber man nachdenken möchte, solange man noch nicht zu den biologisch ›Alten‹ gehört. Es ist nichts, was sich mit der Dynamik des Lebens, seinen Erdbeben und Vulkanausbrüchen an Gefühlen in Verbindung bringen ließe. Es ist kein Thema, das, von wenigen Ausnahmen abgesehen, filmische Erfolge verbuchen könnte. Es ist allerhöchstens eine Thematik, die sich literarisch aufgreifen lässt und selbst dann in der Regel nur in dem Zusammenhang, dass Sex zwischen Personen höchst unterschiedlichen Alters ins Spiel gebracht und die sich daraus ergebende Problematik beleuchtet wird.

Mitte der 60er Jahre hat sich beispielsweise Christof Stählin mit seinem Lied ›Ein Gespenst trifft ein Gespenst‹ ins Seniorensexualleben verirrt.

›*Ein Gespenst trifft ein Gespenst, eins männlich und eins weiblich ... Da fehlt das Blut, das Blut, das tat so gut ... Mir deucht, mir deucht, da war's mal feucht ...*‹. So ähnlich und teilweise noch viel frivoler lautete der Text.

Da bleiben im hohen Alter letztendlich nur die Erinnerungen, die Emotionen wiederbeleben können, die das alltägliche ›*Warten auf den Fährmann ins Jenseits*‹ in positiver Weise zu unterbrechen in der Lage sind.

Ein Bild aus deiner Kindheit, von den Eltern ›geschossen‹, und schon bist du dort, 85 Jahre zurück. Eine mentale Zeitreise ohne den technischen Schnickschnack, den Romanciers heutzutage in ihren Büchern benötigen, wenn sie Menschen durch die Zeit reisen lassen.

Dein erster Tag im Kindergarten.

»Tschüß Mama!«, hast du gerufen und bist zu den anderen gelaufen, die schon am Spielen in einer Spielecke waren. Deiner Mutter hat es schier das Herz gebrochen, dich nun ›hergeben‹ zu müssen. Sie kam sich wie eine Verräterin vor, dich abgegeben zu haben.

Und doch flammt gleichzeitig auch ein befreiendes Gefühl in ihr auf. Endlich hat sie wieder einmal ein paar Stunden Zeit für sich, kann sich um den Haushalt kümmern, ohne dich ständig im Auge haben und beschäftigen zu müssen. Endlich kann sie wieder einer Arbeit nachgehen und Geld verdienen, Geld für Anschaffungen, die schon längst überfällig sind. Vielleicht hat sie jetzt auch etwas mehr Zeit für deinen Papa oder, falls es den nicht gibt, für einen Liebhaber, wer weiß, vielleicht sogar für beides. Schließlich ist die Mama noch jung und ihre körperlichen Bedürfnisse erschöpfen sich nicht im Essen und Trinken und so mancher weiteren Alltäglichkeiten.

Es gab da ja auch einmal eine Zeit ohne Kind, als die Mama schon erwachsen, aber doch noch sehr flippig war. Eine Wahnsinnszeit!

Weil diese Zeit keinen eigenen Namen hat, nenne ich sie hier einfach nur ›DIE ZEIT‹.

Egal aus welcher Perspektive du diese Zeit betrachtest, es war ›DIE ZEIT‹ des Lebens, ›DIE ZEIT‹ für Mama, aber auch ›DIE ZEIT‹ für jeden Menschen unseres Kulturkreises in diesem Alter.

Wann vorher und wann nachher konntest du je noch mal so die Sau rauslassen wie in diesen Jahren, die deiner Spontaneität ein Maximum an Spielraum gewährten? Ich meine, spontan sein zu können, das hat natürlich nicht nur was mit ›DER ZEIT‹ zu tun. Ist schon sehr auch eine Geldfrage. Aber ein großer Unterschied zwischen unvermitteltem Tun- und Lassen können, weil man Geld hat oder weil man noch jung und ungebunden ist, besteht durchaus. Wenn du 75 bist, noch vor Gesundheit strotzt und viel Geld hast, kannst du auch spontan sein, aber trotzdem nur wegen des Geldes. Du bekommst vielleicht sogar eine junge Frau, die dich anhimmelt oder einen jungen Lover, der nicht von deiner Seite weicht. Aber, auch wenn du's nicht wahrhaben willst, ohne dein Geld sähe dein Leben doch trister aus. Dein allgemeiner Fitnesszustand mag noch so hervorragend sein, du bist trotzdem keine 20 mehr! Auch Solarium, Muckebude, die eine oder andere Schönheits-OP und diverse Präparate, mit denen kein Sportler eine Dopingkontrolle überstehen würde, ändern unterm Strich daran nur wenig. Kann sogar gut sein, dass dein sportlicher Übereifer dir eher ein ›ausgemergeltes‹ Aussehen verleiht, das dich jeglicher Erotik beraubt.

Das Leben ist total alterskopflastig! Deine Kindheit und Jugend vergeht wie im Flug, auch wenn dir jedes Jahr an der Schule endlos erscheint. Im Nachhinein war es nur eine überschaubar kurze und trotz aller Mühen unbeschwerte Epoche. Bei vielen schon in der Jugend beginnend und im zeitigen Erwachsenenalter schon wieder endend, schiebt sich nun diese schon angesprochene ›DIE ZEIT‹ zwischen das Erwachsenwerden und das Erwachsensein. ›DIE ZEIT‹ umfasst nicht die Pubertät, wenngleich sie gegen Ende dieser allgemein bekannten Problemzeit ihren Anfang nimmt. Wenn ich jetzt behaupten würde, diese ›DIE ZEIT‹ ist drei oder zehn Jahre lang, dann läge ich in beiden Fällen falsch, denn sie ist schlicht und einfach unterschiedlich lang, meist länger als drei Jahre, selten länger als zehn Jahre. Im Vergleich zum ganzen Leben, ausgehend von der durchschnittlichen Lebenserwartung bei uns im laufenden 21. Jahrhundert, ist sie auf alle Fälle eine kurze Epoche, quasi nur eine Übergangsepoche!

Immerhin, trotz der Kürze, die aufregendste Übergangsepoche überhaupt, aufregend im Sinn von neuartig, großartig, herausragend und vieler weiterer Superlative. Das gilt sowohl aus der subjektiven Sicht von Leuten, die sich in dieser ›DIE ZEIT‹ aufhalten, als auch aus der Sicht alter Menschen, die sich an diese ›DIE ZEIT‹ mit Wehmut erinnern. Zumindest in der Erinnerung erstrahlt diese ›DIE ZEIT‹ in einem Glanz, der sich wie bei einer abgewetzten Wildlederhose erst nach vielen Jahren einstellt.

Da kommen sogar eingefleischte Sozis und erzkonservative Christdemokraten ins Schwärmen, wenn sie aus ihren Tagen in der Hitlerjugend Erlebnisse zum Besten geben. Selbst dem Ausrasten eines Vorgesetzten kann man im Nachhinein noch positive Seiten abgewinnen, der verschüttete Fäkalien aus dem Latrinenkübel mit Zahnstochern vom Boden abkratzen und wegschaffen ließ. Er, der im Normalfall eigentlich als recht menschenverachtend galt, tat es schließlich nur aus erziehlichen Gründen.

Einer Verwendung als Flakhelfer gegen Ende des 2. Weltkrieges fieberte so mancher Hitlerjunge entgegen und war bitter enttäuscht, wenn bei seiner freiwilligen Meldung herauskam, dass er erst 15 Jahre alt war und somit noch nicht als wehrtauglich eingestuft wurde.

Die Erziehung im Dritten Reich war's, die diese Knaben, verblendet für ihren Führer, auch noch in den letzten Kriegstagen vom Rockzipfel ihrer Mutter losriss, um ihr junges Leben dem Vaterland bedingungslos zur ›Abschlachtung‹ zu überlassen. So zumindest argumentieren die heute sich im letzten Sechstel ihres Lebens befindlichen Männer, die in ihrer Jugend dieser ›Abschlachtung‹ entgangen waren.

Und dennoch scheinen nicht alle dieselbe Indoktrinationserziehung genossen zu haben, für die junge Menschen gerade dann, wenn sie sich in

›*DER ZEIT*‹ befunden haben, ganz besonders anfällig sind. Zumindest gab es auch damals Querdenker und Aufmüpfige, wie sie heute gegen Ende der Pubertät üblicherweise zuhauf auftreten, wie sie heute kennzeichnend für das Leben in ›*DER ZEIT*‹ sind. Da kam es dann schon mal vor, dass sich so ein junger Mann tapfer selbst verstümmelte, sich ins Bein hackte oder so etwas in der Art, um dem Kriegswahnsinn zu entkommen. Wenn du dir überlegst, welche Energie ein Mensch, der sein Leben noch in Gänze vor sich hat, aufbringen muss, um so etwas zu tun, dann können schon auch einmal berechtigte Zweifel aufkommen, ob die Verblendung im Dritten Reich für viele schlicht und einfach nicht nur eine Art Herdenverhalten war. In der Herde zu bleiben, bedeutet selbst für Schafe, die von Wölfen bedroht werden, mehr Sicherheit, als aus der Herde auszubrechen. Und nicht nur Schafe haben ein Bedürfnis nach Sicherheit.

Es gibt immer eine ›*Zeit danach*‹! So gab es selbstverständlich auch eine Zeit nach dem Krieg. Obwohl es immer noch eine Zeit des Darbens war, eine Zeit der Entbehrungen, eine Zeit des Wiederaufbaus, eine Aufbruchszeit, eine Neuorientierungszeit, eine Zeit neuer Feind- und Freundbilder, es war trotzdem nach wie vor auch ›*DIE ZEIT*‹ für alle diejenigen, die sich aktuell gerade in diesem postpubertären Alter befanden.

›*DIE ZEIT*‹ ist der Zeitraum, an den du dich dein Leben lang am intensivsten zurückerinnerst, weil du in ihm eine Phase durchläufst, die dein ganzes späteres Leben mehr als jede vorangegangene und meist auch mehr als jede noch folgende prägt. Vorher wurden weitgehend Entscheidungen für dich gefällt, um dich erwachsen werden zu lassen. Du wurdest auf die Kultur hin, in der du lebst, erzogen und ausgebildet. Nun beginnst du, eigene Entscheidungen zu fällen, dir bezüglich Politik, Mode oder Musik eine persönliche, wenn auch sehr subjektive Meinung zu bilden. Bildende Künste hinterlassen erste tiefgreifende Spuren, Religionen werden bewusst erfahren oder abgelehnt, der Blick über den Tellerrand weitet sich zum Blick ins Universum. Ob du dieses Lebensalter nun glücklich durchwanderst oder es unglücklich zu überstehen versuchst, dein ganzes späteres Leben denkst du mit Wehmut an diese ›*DIE ZEIT*‹ zurück, denn es sind die

Jahre, in denen dich dein biologisches Alter noch nicht negativ belastet. Du bist in einem Alter, in dem dein Körper fertig entwickelt ist, sich in optimaler Leistungsbereitschaft befindet und in aller Regel mit Krankheiten noch ein leichtes Spiel hat.

Viele Jahre vergehen. Du findest einen Partner fürs Leben. Du arbeitest dich zu einem Beruf vor, positionierst dich darin, empfindest ihn im Idealfall vielleicht sogar als Berufung. Du hast Kinder.

Vielleicht läuft auch alles gar nicht so toll ab. Die Partnersuche ist weniger erfolgreich oder muss nach vermeintlichen Erfolgen erneut gestartet werden. Neue Bindungen zwingen dich zu einem Patchworkfamiliendasein. Dein Beruf erweist sich als Fehlentscheidung. Vielleicht bist du mit dem Gesetz in Konflikt gekommen und atmest für einige Jahre gesiebte Luft. Wie auch immer dein Leben abläuft, ›DIE ZEIT‹ erscheint dir von Jahr zu Jahr, in dem du dich von ihr entfernst, rosiger denn je. Klassentreffen, wehmütige Besuche alter Freunde und Plätze, selbst wenn es Kriegsschauplätze waren, an denen du dich unter Todesgefahr tummeln musstest, das Auflegen alter Schallplatten, Essen und Trinken in alten, immer noch existierenden Lokalen, all das verschafft dir ein nostalgisches Gefühl des Glücks. Das ändert sich nicht bis hin zu deinem Tode. Das heißt, doch: Es verstärkt sich mit jedem Tag bis dahin!

Und wie das so ist, mit vergangenem Glück, jeder will es zurückhaben, will es zumindest noch einmal durchleben.

Da war die Hüttenwanderung in den Bergen Österreichs, die du in zwei unvergleichlich schönen Wochen bei herrlichstem Kaiserwetter mit Freunden als Auftakt zur Volljährigkeit gemacht hattest. Warum so etwas nicht zum Renteneintritt mit 65 Jahren wiederholen? Alle alten Freunde sind zwar nicht mehr am Leben, der Josef hatte mit 42 Jahren einen tödlichen Motorradunfall und der Alois starb mit 55 Jahren an einem Herzinfarkt. Aber die Marianne, die Katrin, der Jochen und der Herbert leben noch. Bestimmt können sich die für ein paar Tage wenigstens von ihren Familien loseisen. Einen Versuch ist's wert!

Marianne hat ein behindertes Kind. Sie ist unabkömmlich. Die Katrin ist, nach drei verkorksten Ehen, wieder mal unsterblich verliebt. Ohne ihren neuen Stecher geht die nirgendwo hin! Und der hasst Wandern! Der Jochen liegt zurzeit wegen einer Knieoperation in der Klinik. Es bleibt nur der Herbert. Der macht auch wirklich mit, zumindest bis zur ersten Übernachtung. Das Matratzenlager auf der Hütte beendet euren gemeinsamen Ausflug in die Vergangenheit. Er wacht mit einem Hexenschuss auf und muss mit dem Hubschrauber ins Tal geflogen werden. Und du? Du hast Blasen an den Fersen, weil dir die alten Wanderschuhe nicht mehr so richtig passen. Es hat zu regnen begonnen, und deine Gedanken kreisen mehr und mehr um deine kuschelige und warme Wohnung in Regensburg, wo du genau genommen hättest bleiben sollen.

Nachdem dich die Monika nach 30 Ehejahren in die Wüste geschickt hat – deine nörgelnde, unzufriedene Art konnte sie einfach nicht mehr ertragen – erinnerst du dich an Barbara, der du mit 20 nachgestiegen bist. Ein Anruf genügt. Sie ist nicht verheiratet, zumindest nicht aktuell, und trifft dich gerne. Im Café ›Schau-mich-an!‹ erwartest du sie. Schon von Weitem siehst du sie über den Haidplatz watscheln. Ja watscheln! Anders kann man diesen Gang nicht bezeichnen, in dem ein Mensch sich zwangsläufig fortbewegt, wenn eine zu umfangreiche Körperfülle ihn dazu nötigt. Du hast Glück. Sie hat dich noch nicht bemerkt und du kannst noch rechtzeitig verschwinden. Dem Ober legst du einfach 10 € hin. Wird für die Tasse Kaffee und das Croissant reichen! Uff!

Du hast etwas sehr Wichtiges gelernt! Es ist schön, an glückliche Tage in der Vergangenheit zu denken, von ihnen zu träumen. Aber sie lassen sich nicht reproduzieren, nicht auf diese Weise, nicht mit denselben Personen. Du musst dich mit deinem Alter arrangieren, darfst dich von deinen gesundheitlichen Problemen nicht runterziehen lassen, musst auf neue Ufer zusteuern. Dass es auch die Ufer des Styx oder des Jordans sein können, nach deren Überquerung du nicht mehr unter den Lebenden weilen wirst, diese Möglichkeit solltest du nicht außer Acht lassen.

Wie unbeschwert war es da doch in deiner Kindheit. Du empfandest das Leben nicht als endlich, nicht für Menschen. Selbst auf dem Friedhof, als der Opa beerdigt wurde, begannst du zwar, ihn zu vermissen, aber dass er nicht mehr leben würde, dir nicht mehr würde nahe sein können, das lag außerhalb deines Begreifens. Andere Personen nahmen schnell seinen Platz ein. Erst viel später wurde sein Tod Realität für dich.

Als dein erster Hund starb, das tat dir unendlich weh. Du liebtest ihn mehr als alles andere auf der Welt. Er hörte dir zu, wenn du ihm dein Herz ausschüttetest, er verstand dich, er ging schwanzwedelnd und Stöckchen apportierend neben dir her, er vermittelte dir das Gefühl, alles sei halb so schlimm, alles sei im Lot. Er tadelte dich nie. Er freute sich Tag und Nacht über deine Anwesenheit. Er liebte dich, auch wenn alle anderen böse auf dich waren, weil du was ausgefressen hattest. Dafür liebtest du ihn wieder, hast ihn gepflegt und bist jede freie Minute mit ihm spazieren gegangen.

Ein neuer Hund lenkte deine Gedanken ab. Er war so ungestüm, so quirlig. Bald wurde auch er dir zu deinem besten Freund. Aber du hattest ihn nicht vergessen, ihn, der vor dem kam, dem jetzt deine ganze Zuneigung gehörte.

Und dann kam eine Zeit in deinem Leben, die Zeit vor ›DER ZEIT‹, wo es durchaus vorkam, dass ein Mädchen dich auf den Spaziergängen mit deinem Hund begleitete. Sie war ganz vernarrt in deinen Hund. Du warst glücklich, wie immer, wenn du mit deinem Hund unterwegs warst. Aber du warst dir plötzlich nicht mehr so sicher, ob der Hund alleine der Anlass für deine Endorphin-Ausschüttungen war. Hand in Hand bist du bisher nur mit deiner Mutter gegangen. Oft widerwillig, weil sie dich nur führte, damit du ihr nicht unversehens weg und auf die gefährliche Straße laufen konntest. Jetzt waren deine Handflächen feucht vom Schweiß, vom Schweiß, der wegen deiner Aufregung entstand, die sich deiner bemächtigte, wenn du dieses Mädchen an der Hand hieltst und ihre Nähe fühltest. Du wusstest nicht, dass deine Kindheit, ja auch ein Großteil deiner Jugend auf dem direkten Weg war, in ›DIE ZEIT‹ zu münden, dass es nur noch weniger Erlebnisse bedurfte, um diesen Wechsel zu vollziehen.

Die schmerzliche Erkenntnis, dass ›*DIE ZEIT*‹ sich für dich dem Ende zuneigt, spätestens als du das erste Mal in der Disco mit ›*Opa*‹ tituliert wirst, trifft dich wie ein Paukenschlag. Du beginnst fortan konstant älter zu werden. Es sind immer die Feiern: Geburtstage, Beförderungen, aber auch Beerdigungen lieber Angehöriger oder Freunde, die dich mit dieser Tatsache gnadenlos konfrontieren. Der bittere Beigeschmack des Alterns verstärkt sich mehr und mehr. Zunächst noch kaum wahrnehmbar, ist er mit einem Male sehr dominant. Die Zeit dazwischen war verronnen im Nu. Familie und Beruf hatten dich so in ihren Fängen, dass sie vorbeirauschte wie ein Wirbelsturm, 40 Jahre hinwegfegend.

Nun steht dir ein neuer Wechsel bevor. Vorboten künden sich an, obwohl du noch im Berufsleben stehst. Du hasst sie, diese Vorboten, schickst sie alle zur Hölle. Einstweilen scheint sich diese Taktik zu bewähren. Wer keine Beachtung findet, der zieht seine Konsequenzen daraus, verhält sich unauffällig und lauert auf seine Stunde. Hält er diese für gekommen, betritt er mit Pauken und Trompeten die Bühne und zwingt dich, seine Präsenz anzuerkennen.

Noch sind sie lebendig, die Erinnerungen, noch besteht die Möglichkeit, weitere für die Zukunft hinzuzufügen. Noch kannst du sie selbst aufrufen und dich an ihnen erfreuen. Styx oder Jordan, welchen Fluss von beiden du auch immer zuletzt überqueren wirst, an ihnen musst du deine Erinnerungen zurücklassen und sie denen anheimstellen, die sie vielleicht für dich in Ehren halten werden.

USB-Stick

Die Kids werden's nicht mehr wissen, aber wir Erwachsene haben fast alle die Computersteinzeit noch miterlebt, als Daten noch auf sogenannte Disketten gespeichert wurden. War schon irgendwie eine Revolution, den Papierwust einer ganzen Doktorarbeit auf so einem kleinen flachen, quadratischen Ding in die Innentasche eines Sakkos stecken zu können.

Wenn du heute in die Computerabteilung von einem beliebigen Kaufhaus gehst und ein neues Diskettenlaufwerk willst, weil dein altes nach 20 Jahren endgültig den Geist aufgegeben hat, dann schauen die dich erst einmal an, als ob du von einem fremden Stern wärest. Ist schon fast so, als ob sie nach einem Farbband für deine geerbte Schreibmaschine fragen würdest.

»Aber Ludwig«, sagte da neulich meine Edeltraud zu mir, »Computer mit Diskettenlaufwerk sind doch schon lange out!«

»Und von wo soll ich dann meine alten Dokumente laden? Ich habe meine Geschichten immer auf Disketten gespeichert!«, fragte ich meine Edeltraud.

»Ja, hast du sie denn nicht auch auf der Festplatte?«, fragte meine Edeltraud mit überraschter Miene zurück.

»Natürlich, aber die ist ja nun hinüber! Drum arbeite ich doch inzwischen auf dem ausrangierten Laptop vom Hans. Der Hans hat gemeint, für ihn ist der Laptop nicht mehr gut genug, ich meine für seine Arbeit als Architekt. Hat irgendwas von Speicherkapazität und DVD-Brenner gefaselt. Versteh da sowieso nichts davon. Auf alle Fälle hat der alte Laptop vom Hans kein Diskettenlaufwerk«, erklärte ich mit fachmännischer Miene weiter. »Der Hans sagt, dass Diskettenlaufwerke kein Mensch mehr benutzt, aber sein alter Laptop trotzdem um Längen besser ist als mein PC, der ja nun eh den Geist aufgegeben hat.«

»Und, wie willst du jetzt an deine Dateien rankommen, wenn sie deine alte Festplatte nicht mehr hergibt und du alles nur auf Disketten hast?«, wollte meine Edeltraud nun von mir wissen.

»Keine Ahnung! Drum hab' ich dich ja gefragt, was ich machen soll!«, antwortete ich.

»Ja, ja, ich versteh schon!«, erwiderte meine Edeltraud, die mir anscheinend vorher gar nicht so richtig zugehört hatte. »Sprich doch einfach mit dem Lukas! Unser Sohn weiß bestimmt, wie dir zu helfen ist!«

»An den Lukas hab' ich auch schon gedacht. Der hat in seinem Zimmer aus seinen Kindertagen noch seinen ersten PC rumstehen. Der müsste mindestens genauso alt sein wie mein kaputtes Teil! Vielleicht kann mir der Lukas meine Disketten irgendwohin überspielen!«, hoffte ich.

»Das macht er bestimmt gern, wenn es geht! Frag ihn am Wochenende! Da kommt er eh nach Hause, weil er mir seine Wäsche zum Waschen bringt!«, antwortete meine Edeltraud.

»Das mach' ich!«, beendete ich unser Gespräch über meine schon fast für immer verloren geglaubten Geschichten auf den Disketten und wandte mich meiner Tageszeitung zu.

Immer, wenn man sich mit irgendwas beschäftigt, dann hat es plötzlich den Anschein, als ob das eigene Problem 1000 andere Leute auch haben. Mir geht es jedenfalls oft so. Weil kaum habe ich begonnen, mehr oder weniger aufmerksam meine Tageszeitung durchzublättern, da fällt mir ein Artikel über eine Schule im Landkreis auf, die ihren Computerraum mit neuen Computern bestückt bekommen hat, weil die alten nur Diskettenlaufwerke hatten, was nicht mehr zeitgemäß sei. Weil ich den Leiter der Schule kenne – er hatte mich schon einmal zu einer Autorenlesung an seine Schule eingeladen – greife ich sofort zum Telefon, um ihn anzurufen.

»Sekretariat Grundschule Erlhofen. Meine Name ist Hofmann! Was kann ich für Sie tun?«, meldet sich eine mir bekannte Stimme.

»Guten Morgen, Frau Hofmann. Ludwig Ferstl am Apparat. Sie erinnern sich an mich?«

»Ja guten Morgen, Herr Ferstl! Das ist aber eine Überraschung! Wie geht es Ihnen?«, begrüßt mich freundlichst die Sekretärin.

»Prima! Danke! Und Ihnen?«

»Kann nicht klagen! Gibt es einen speziellen Grund für Ihren Anruf? Wollen Sie wieder mal zu uns zu einer Lesung kommen?«, fragt Frau Hofmann.

»Irgendwann einmal gerne! Aber heute habe ich nur eine Frage, weil ich das mit euren neuen Computern in der Zeitung gelesen habe«, erwidere ich.

»Vielleicht kann ich sie Ihnen ja auch beantworten! Der Chef hat nämlich gerade Unterricht«, meint Frau Hofmann.

»Bestimmt! Ihr Sekretärinnen habt mit Computern doch mehr am Hut als die meisten anderen User!«, sage ich und bin unheimlich stolz, dass mir das Wort ›User‹ so locker über die Lippen kommt. Bis vor wenigen Tagen hatte ich noch keine Ahnung, was ein ›User‹ sein soll. Erst durch ein Gespräch zwischen dem Lukas und einem Freund, der ihn besuchen kam, das ich zufälliger Weise mithörte, wurde ich schlau, was diesen Computer-Fachjargon betrifft.

»Wir wollen's nicht übertreiben!«, lacht Frau Hofmann. »Aber ein bisschen kenn ich mich schon aus!«

»Gut!«, sage ich. »Dann frag' ich einfach mal Sie! Was geschieht mit den alten Computern, wo Ihr doch jetzt lauter neue bekommen habt?«

«Herr Ferstl, Sie werden sich doch nicht so ein Steinzeitgerät in die Wohnung stellen wollen!«, sagt die Frau Hofmann, weil die natürlich gleich merkt, dass ich auf einen der ausrangierten Computer scharf bin.

«Nein, eigentlich nicht! Aber die haben bestimmt noch alle ein Diskettenlaufwerk, so wie der meine zu Hause«, antworte ich.

»Damit arbeitet heute kein Mensch mehr. Hat ja kaum Speicherkapazität, so eine Diskette«, sagt Frau Hofmann.

»Für meine Geschichten hat's immer gereicht!«, entgegne ich.

»Und warum sind Sie dann an einem unserer alten interessiert, wenn Sie selbst so ein Gerät haben?«, fragt Frau Hofmann.

»Weil meiner hinüber ist und ich nun meine Disketten nirgendwo mehr abspielen kann«, erkläre ich.

»Und da wollen Sie sich wieder so ein altes Ding aufhalsen, das auch bald den Geist aufgeben wird?«, fragt sie.

»Eigentlich wollte ich mir einen dieser neuen Laptops kaufen. Aber auf denen lassen sich eben besagte Disketten nicht mehr abspielen«, sage ich. »Mein Sohn, der Lukas, der studiert Informatik. Am kommenden Wochenende kommt er auf Besuch. Da wollte ich ihn fragen, wie das Problem zu lösen wäre, aber heute ist erst Montag und ich müsste dringend schon jetzt an meine Disketten ran!«

»Jetzt verstehe ich Ihr Problem! Da wird Ihnen unser Chef sicher weiterhelfen. Wenn Sie uns Ihre Disketten vorbeibringen, dann überspielt sie Ihnen unser Informatiklehrer auf einen USB-Stick. Der Chef ist da bestimmt einverstanden. Ich leg' ein gutes Wort für Sie ein!«

»Auf einen Stick!? Aha! Ja, wenn Sie meinen!«, antworte ich. »Und was mache ich dann mit dem Stick?«

»In ihren neuen Laptop stecken und arbeiten!«, meint Frau Hofmann.

»Den muss ich mir aber erst noch besorgen«, sage ich.

»Das wollten Sie doch sowieso tun!«, sagt Frau Hofmann.

»Klar! Natürlich! Dachte nur nicht, dass ich das so schnell tun müsste! Dann komme ich in einer Stunde vorbei. In Ordnung?«, frage ich.

»Wunderbar! In einer Stunde hat der Informatiklehrer gerade eine Freistunde. Dann kann er Ihnen die Dateien gleich überspielen«, sagt Frau Hofmann.

»Und der Stick, oder wie das Ding heißt, woher bekomme ich den?«, frage ich.

»Kein Problem! Wir haben da ein paar als Werbegeschenke von einem Schulbuchverlag bekommen. Geht sicher, dass wir Ihnen einen überlassen. Haben ja nichts gekostet. Dafür kommen Sie uns bei Ihrer nächsten Dichterlesung hier an der Schule honorarmäßig etwas entgegen!«, antwortet Frau Hofmann, und ich kann mir richtig vorstellen, wie sie dabei mit den Augen zwinkert.

»Selbstverständlich!«, sage ich. »Also dann bis gleich!«

»Bis gleich!«, sagt Frau Hofmann und beendet das Gespräch.

Und schon ist's vorbei mit meinem Stolz auf den ›User‹, der mir so locker über die Lippen gekommen war. Gut, dass die an der Schule einen ›USB-Stick‹ für mich haben. Kann mir nämlich gar nicht recht vorstellen, wie so ein Stick aussehen soll. Klar kenne ich Sticks! Diese ›*Maître Truffout Chocolate Sticks Mint*‹! Ich liebe diese Teile. Schmecken abgöttisch gut! Außerdem gibt es da noch diese ›*TeaSticks Grüner Tee Geschmack*‹. Revolutionär! Aufreißen, in heißes Wasser schütten, fertig! Und dann die leckeren ›*Lakritz Mint Magic Sticks*‹. Wenn die mir nicht immer den Magen verderben würden! Ich könnte sie tonnenweise naschen! Oder die ›*Chocolat Schönberger Bio Schoko Stick weiße Schweizer Schokolade*‹ Da vergisst du sogar, was du eigentlich vorhattest, wenn dir so ein Teil auf der Zunge zergeht.

»An was denkst du, weil du gar so verzückt dreinschaust?«, fragt mich meine Edeltraud, die gerade ins Zimmer kommt, um mir ein Glas Kräutertee zu bringen.

»Ah, eigentlich nichts Besonderes! Hab' mir nur grad überlegt, wie viele Arten von Sticks es doch gibt!«, antworte ich, abrupt meinen süßen Träumen entrissen.

»Stimmt! Vor gar nicht so langer Zeit war ein Gigabit noch unbezahlbar. Jetzt werfen sie dir die Sticks mit 1 Gb schon als Werbegeschenke nach!«, meint meine Edeltraud.

Ich hüstle, weil ich nur ›Bahnhof‹ verstehe und das gerade gegenüber meiner Edeltraud nicht zugeben möchte. Was meine außerschriftstellerischen Fähigkeiten betrifft, da hat sie sowieso nicht die allerbeste Meinung von mir. Wie es aussieht, nicht einmal zu Unrecht. Da fallen dir 1000 Ideen zum Thema ›*Stick*‹ ein, eine wohlschmeckender als die andere, der Magen pappt dir fast beim Denken zusammen, du brauchst schon beinahe einen Schnaps, um da drunten wieder ›*Klar Schiff*‹ zu machen, und da sagt dir jemand aus deiner Generation, weil 100 Jahre jünger als ich ist die Edeltraud ja auch nicht, dass es sich bei dem Stick gar nicht um was Süßes handelt. Und schlimmer noch: Die Edeltraud hat offensichtlich nicht nur eine vage Ahnung, was ein Stick ist, sie weiß alles über Sticks schlechthin.

»Wenn Sticks mit 1 Gigabit von manchen Firmen als Werbegeschenke hergegeben werden, dann können die Dinger ja kaum was taugen!«, antworte ich meiner Edeltraud. Nicht, dass ich so richtig verstanden hätte, was ich da sagte, aber immerhin habe ich nicht den Mund aufgerissen und doof aus der Wäsche geguckt. Da sagst du jetzt aber nichts mehr! Ich meine, das war doch echt schlagfertig und raffiniert im Quadrat geantwortet.

»Warum sollen diese Dinger nichts taugen? Sind einfach kaum mehr was wert, seit es auch Sticks bis zu 64 Gb gibt. Und diese Entwicklung geht bestimmt noch weiter!«, meint meine Edeltraud.

Natürlich könnte ich jetzt das Handtuch werfen und zugeben, wie sehr mir dieses Gespräch zu entgleiten droht. Aber das würde mich auf den Kaffeekränzchen meiner Edeltraud wieder einmal wochenlang zum Tagesgespräch machen, wenn nicht gar zum Tagesgespött. Also, keine Blöße geben und irgendwas Schlaues sagen.

»Ich habe gerade mit der Schule telefoniert, die mich vor ein paar Wochen zu einer Autorenlesung eingeladen hatte. Du erinnerst dich sicher daran. Die rangieren ihre alten Computer aus und schaffen neue ohne Diskettenlaufwerk an. Ich soll in einer Stunde mit meinen Disketten vorbeikommen. Der Informatiklehrer überspielt sie mir dann auf einen Stick.«

»Warum lässt du dir das nicht vom Lukas machen?«, fragt meine Edeltraud.

»Weil der frühestens am Wochenende kommt und ich wegen einer Zusammenstellung für den Verlag über meine Geschichten eher verfügen muss. Du weißt ja, wie die Verlage sind: Erst lassen sie Monate lang nichts von sich hören und dann wollen sie alles am besten gleich sofort!«, antworte ich.

«Aha! Na, dann beeil' dich mal! Warte! Ich hab da einen Ministick, den gebe ich dir mit!«, meint meine Edeltraud.

»Mit einem Ministick kann ich nichts anfangen, weil die einen richtigen Stick brauchen!«, sage ich.

»Ach Ludwig! Ein Ministick heißt doch nur so, weil er sehr klein ist. Sonst ist er genauso funktionstüchtig wie ein großer Stick«, sagt meine Edeltraud mit einem mitleidigen Lächeln.

»Kann schon sein, aber auf meinen Disketten sind an die 300 Seiten abgespeichert. Die passen doch nie auf deinen Ministick!«, gebe ich zu bedenken.

»Hast du eine Ahnung! Wenn es nur Word-Dateien sind, dann passt da locker das 10fache drauf!«, meint meine Edeltraud.

Ich gebe auf, mich weiter auf ein längeres Stick-Gespräch einzulassen, weil ich eh nur immer wieder mein Unwissen verraten würde und weil ich außerdem los muss, um rechtzeitig in der Schule sein zu können.

Herr Kaiser, der Informatiklehrer, erwartet mich schon.

»Hallo, Herr Ferstl!«

»Hallo, Herr Kaiser!«

»Der Chef und Frau Hofmann haben mich schon instruiert. Ich mache das gerne für Sie. Aber eine Widmung müssen Sie mir dafür in Ihr Buch ›ABGESACKT‹ schreiben. Meine Frau hat es mir kürzlich aus der ›Joglibuchhandlung‹ mitgebracht«, sagt Herr Kaiser und gibt mir zur Begrüßung die Hand.

»Selbstverständlich, wann immer Sie wollen!«, verspreche ich.

»Am besten gleich nachher! Ich hab das Buch zufällig dabei, weil ich in meiner Freistunde ein wenig drin schmökern wollte.«

»Das passt ja prima!«, sage ich und ziehe dabei schon mal meine Disketten aus einem mitgebrachten Stoffbeutel hervor. Den Ministick, den mir meine Edeltraud mitgegeben hat, wage ich nicht anzubieten, weil ich diesem Miniteil nicht so recht vertraue. Die Edeltraud mag ja recht haben, aber sicher ist sicher.

»Nicht mehr?«, fragt da der Herr Kaiser, sobald er mein Diskettenpäckchen sieht. »Das haben wir gleich.«

Er holt einen Stick aus seiner Tasche, so einen mit einem Werbeaufdruck von einem Schulbuchverlag. Überrascht bin ich schon ein bisschen, weil sein Stick kein Stück größer ist als der von meiner Edeltraud.

»Ein Mini?«, frage ich, um mit meiner Kompetenz in Sachen Datenspeicherung anzugeben.

»Ja!«, antwortet Herr Kaiser. »Ist ein Werbegeschenk! Die Dinger werden ja immer kleiner.«

»Und haben dabei eine wahnsinnige Speicherkapazität!«, ergänze ich wissend.

»Das können Sie laut sagen. Auf so einem Ding kann man den Lehrstoff einer ganzen Jahrgangsstufe in allen Fächern speichern!«

Das haut mich fast um. Ich habe insgeheim schon Angst gehabt, meine Geschichten könnten vielleicht doch nicht alle draufpassen. Jetzt wird mir erst bewusst, wie wenig ich in Bezug auf diese modernen Errungenschaften der Datenspeicherung Bescheid weiß.

»Setzen Sie sich doch ein Viertelstündchen ins Lehrerzimmer! Es dauert kaum länger!«, meint Herr Kaiser.

Da ich nicht allzu gerne in weitere Gespräche über Informatik verwickelt werden möchte, in denen ich nur Gefahr laufe, durch Unwissenheit zu glänzen und mich dabei noch glänzender zu blamieren, bin ich schnell einverstanden und nehme im verwaisten Lehrerzimmer Platz. Die gute Frau Hofmann bringt mir eine Tasse Kaffee.

»Damit Ihnen die Warterei nicht zu lange wird!«, meint sie und verschwindet wieder, weil fürs Ratschen wird sie schließlich nicht bezahlt.

Versonnen hole ich Edeltrauds Ministick aus meiner Hosentasche und betrachte ihn. Ist schon ein Hammer, was da alles draufpassen soll. Dabei fällt mir ein, dass meine Edeltraud so ein elektronisches Teil mit einem Minibildschirm hat, in das sie eine Fingernagel große Speicherkarte reinsteckt und dann 100 englische Bücher anwählen und auf dem Bildschirm lesen kann. Wahrscheinlich passen dann auf so einen Stick auch noch Geschichten, wenn ich schon längst tot bin und alle meine geistigen Ergüsse schon abgespeichert sind.

Eine Horrorvision, wenn so ein Stick verloren geht! Ich muss mir unbedingt ein paar Kopien von Lukas anfertigen lassen. Oder wenn ich vergesse, den Stick aus der Hosentasche zu nehmen, wenn ich meiner Edeltraud die Hose zum Waschen gebe. Ob die Daten nach einem 30°C Waschgang noch drauf wären? Glaube kaum. Möcht's auch nicht ausprobieren.

Das Wissen der ganzen Menschheit auf Sticks! Wie viele Sticks da wohl nötig wären? Die Begeisterung für Sticks lässt mich nicht mehr los. Auch an die süßen Sticks muss ich wieder denken.

Die ganze Welt reduziert sich plötzlich auf lauter Sticks für mich. Mp3-Player sind ja auch so etwas wie Sticks, zumindest im weitesten Sinn. Du kannst Musik draufladen, und, wenn sie zu den Multimediateilen gehören, sogar Videos. Und die kleinen Dinger für Frauen. Ich komm' momentan nicht auf den Namen. Man kann zwar keine Daten auf ihnen abspeichern, aber sie können summen wie ein Handy, das auf Vibration geschaltet ist. Sind echt spannende Stickvarianten. Haben zwar selber keinen Datenspeicher, rufen aber im Gehirn dafür so allerhand Dateien ab, die die Userinnen ganz schön auf Trab bringen können. Drohe gerade auf der Stickautobahn surfend auf Abwege zu kommen, da ist der Herr Kaiser auch schon wieder da.

»Hoffe, es hat Ihnen nicht zu lange gedauert!«, sagt er und reicht mir meine Disketten und den Werbestick. »War kein Problem!«

»Danke! Tausend Dank! War echt lieb von Ihnen. Wollten Sie nicht eine Widmung?«, frage ich.

»Gut, dass Sie mich erinnern! Ich hab' das Buch hier in meinem Fach liegen«, sagt Herr Kaiser und holt mir das Buch, das neuste von mir, das in den Buchhandlungen zu haben ist.

»Meine Frau hat noch überlegt, ob sie es mir als richtiges Buch oder als E-Book kaufen soll, hat aber dann doch das klassische Buch genommen. Gute Entscheidung, wie wir jetzt feststellen können. In ein E-Book könnten Sie mir schlecht eine Widmung schreiben.«

»Oder Sie hätten es auf einen Stick überspielt und ich hätte Ihnen dort eine persönliche Widmung dazu geschrieben. Ohne Unterschrift, aber trotzdem persönlich, weil's ja sonst niemand hätte!«, meine ich.

»Auf die Idee wäre ich gar nicht gekommen. Sie werden ja noch richtig zum Fachmann!«, sagt Herr Kaiser.

Mit diesem Lob und dem Werbestick der Schule ausgestattet, kehre ich zufrieden mit mir und der Welt zu meiner Edeltraud nach Hause zurück.

Sommerhitze

So richtig recht machen kannst du es gewissermaßen niemandem, weil regnet es mehrere Tage oder es ist kalt oder sogar beides zusammen, dann siehst du nur depressive Gesichter und hörst maulende Stimmen, weil der Sommer wieder einmal keiner zu werden verspricht. In den Geschäften bekommst du den Sommerfummel mit oder ohne Schlussverkauf zu Schleuderpreisen. Für die wenig wärmenden und deine Haut nur notdürftig bedeckenden Klamotten, die du wegen des Sauwetters eh nur für nächstes Jahr aufheben könntest, willst du verständlicherweise nicht groß Geld investieren, weil bis dahin wieder ganz andere Farben und so gefragt sind.

Aber dann kommt er doch, der Sommer, urplötzlich, intensiv, natürlich ebenso unerwartet wie die alljährlichen Wintereinbrüche im Spätherbst und gegen Weihnachten, die regelmäßig staunende Autofahrer überraschen, die vor lauter Sommerfeeling ihren Fahrzeugen noch keine Winterreifen verpasst haben.

So eine Hitzewelle, die hat schon was! Da brauchst du gar nicht in Urlaub fahren, weil an den Stränden unserer heimischen Baggerseen findest du dasselbe Gedränge wie auf Mallorca oder an der Türkischen Riviera. Und der Bismarckplatz, der Haidplatz, der Kohlenmarkt und viele andere Plätze sind belebt bis in die Morgenstunden. Leid tun können dir nur die Bedienungen und Kellner in all den Kneipen, die schwitzend und gestresst eine Vielzahl mehr an Gästen zu bewirten haben, und das auf viel längeren Wegen, weil die Gäste natürlich einen Aufenthalt im Freien dem in einem muffigen Lokal vorziehen. Aber der Rubel rollt. Die Hitze bewirkt durstige Kehlen. Die Gastronomie boomt, zumal an den Getränken eh mehr zu verdienen ist, als an mühsam zubereiteten Speisen.

Nicht dass du jetzt aber meinst, die Gastronomie ist der einzige Berufszweig in Regensburg, dessen Kassen sich durch die Hitze füllen. Solltest du ein Mathematiker sein, dann könntest du gewiss eine Kurve erstellen, aus der sich ablesen ließe, wie der witterungsbedingt erhöhte, aushäusige Alkoholkonsum die Anzahl der Verkehrsstrafmandate in die Höhe schnellen lässt. Also quasi staatliche Extraeinnahmen. Wegen der ewigen Finanzkrise doppelt interessant. Weil an jedem Führerscheinentzug auch die Fahrschulen mitverdienen, wird langsam eine Verflechtung erkennbar. Würde mich zuletzt gar nicht wundern, wenn es da nicht eine durchaus beachtliche Lobby gäbe, denen die Erderwärmung ganz gelegen kommt, weil sie neue Geldquellen eröffnet, die dann nicht nur an den paar Hitzetagen im Hochsommer sprudeln. Und da geht es bei Gott nicht nur um ein paar Markisenbauer oder Solarzellensetzer, deren Reichtum jeder Sonnenstrahl mehrt. Swimmingpools kämen wieder mehr in Mode, und für eine Fahrt durch die Stadt würde sich mancher anstelle des geländetauglichen Allrad-Jeeps ein Cabrio besorgen.

Natürlich bist du mit deinem Cabrio nicht der einzige, der seinen Wohlstand zeigen möchte. Aber finanzielle Gründe zwingen viele, auf eine Billigversion zurückzugreifen. Leider ist ein Auto ohne Dach eben noch lange kein passables Cabrio! Außerdem dient der offene Sportwagen, zumindest wenn er von einem Mann gesteuert wird, oft der Verdeutlichung gewisser potenzieller Fähigkeiten. Eine Tieferlegung des Fahrzeugs ist in diesem Zusammenhang auch sehr aussagekräftig und durchaus empfehlenswert!

Heiße Tage bieten auch Frauen beste Voraussetzungen, einen gewissen Reichtum unübersehbar zu präsentieren. Während der endlos anhaltenden Schafskälte blieb alles verhüllt. Aber jetzt endlich Sonne pur und wohlige Wärme bis in die Morgenstunden! Jedes freimütig gezeigte Speckröllchen lässt zumindest vermuten, dass Frau ihr Leben nicht immer in Armut fristen musste.

Waschtag

So richtig gelernt habe ich das Wäschewaschen bei meiner Mutter nicht, aber zugesehen habe ich ihr dabei schon ab und zu, weil die ganze Wäscherei im Keller stattfand, in einem eigenen Waschraum, wo in der Mitte im Boden ein Gully war, durch den das Schmutzwasser ablaufen konnte, wenn die Mutter mit dem Waschen fertig war.

Sonst bin ich als Kind ja nicht so gern in den Keller gegangen, weil mir das schrecklich unheimlich war. Die Kellertreppe ging so fünf/sechs Stufen von der Diele aus hinter einer Türe zuerst gerade nach unten. Da waren dann an der Wand so allerlei Haken, an denen Hausputzsachen hingen, wie z.Bsp. ein langer Besen, ein Mopp, Wischtücher, eine Kehrschaufel mit einem Handbesen und solche Sachen. Davon was für die Mutter zu holen, das war weiter nicht aufregend, weil bei offener Tür hatte ich ja immer eine schnelle und freie Rückzugsmöglichkeit, wenn mir eine der Gefahren, die unten im Keller auf mich lauerten, zu nahe kam. Mein Herz klopfte zwar etwas schneller, wenn ich gerade damit beschäftigt war, einen Besen vom Haken zu pulen, weil so ruck-zuck ging das ja nicht, da ich noch so klein war und schon mit etwas Geschick den Besen von unten anheben musste, damit sich sein Aufhänger oben vom Haken löste. Manchmal dauerte das ein paar endlose Sekunden, aber zumindest mit einem Auge hatte ich dabei immer die rechtwinkelig nach unten abbiegende Kellertreppe im Blick, da mir von dort die größte Gefahr zu kommen schien, und mit dem anderen Auge beobachtete ich die Tür zur Diele, damit die ja nicht durch einen Windzug zufiel und mich damit unweigerlich den schrecklichen Kellermächten ausliefern würde. Das Herunterpulen des Besens musste ich daher auch mit einer Hand erledigen, weil meine andere, meistens war es die linke, sich der immer noch offen stehenden Dielentür entgegenstreckte, um im Fall des Falles schnell genug reagieren zu können. Damit wurde ich beim Besenholen einerseits zu einem Chamäleon, das mit jedem Auge in eine andere Richtung schaut, und lernte gleichzeitig, eine Aufgabe blind zu erledigen, weil ich fürs Herunterpulen des Besens gar kein Auge mehr frei hatte. Zum Augenarzt habe ich wegen dieser verrückten Augenbewegungen nie müssen. Als Kind verkraftest du so was noch leichter. Wenn ich da bloß drandenke, wie wir Kinder uns oft gegenseitig im Grimassenschneiden zu überbieten versucht haben. Da war extremes Schielen ja noch nicht einmal was Besonderes. Und zum Augenarzt hat trotzdem keiner von uns müssen.

Im Waschraum im Keller stand gleich links hinter der Tür, wenn du reingingst, das Kernstück des Waschzimmers, nämlich ein großer, beheizbarer Waschkessel mit einem abnehmbaren Deckel. Und was das Tollste war, über dem Kessel befand sich ein Wasserhahn mit fließend Wasser. So was hatten damals nur ganz wenige Leute auf dem Dorf. Natürlich deshalb, weil es noch keine öffentliche Wasserversorgung gab, weil die kam erst eine Ewigkeit später. Aber wir hatten im Garten einen eigenen Brunnen, und das Besondere daran war, im Brunnen war eine elektrische Tauchpumpe, die uns das Wasser in einen Druckkessel in unseren Keller gepumpt hat. Druckkessel deshalb, weil dort das Wasser so unter Druck gesetzt wurde, dass wir in der Waschküche, im Bad, in der richtigen Küche und an einem Wasserhahn im Garten fließendes Wasser hatten. Kaltes Wasser natürlich! Warmes Wasser gab es nur, wenn man es erst einmal erhitzt hatte. Dazu musste unter dem Wasserkessel ein Ofen geschürt werden. So was hatten wir an zwei Stellen im Haus, in der Waschküche im Keller und im Bad. In der Küche gab's warmes Wasser, wenn der Ofen eingeheizt wurde. Weil man einen Kaffee schlecht mit kaltem Wasser machen kann und mein Vater zum Frühstück auf seinen Kaffee nicht verzichten wollte, musste gleich nach dem Aufstehen Sommer wie Winter erst mal in der Küche Feuer gemacht werden. Da hab' ich immer gern geholfen und Holzscheite nachgesteckt, wenn die ersten feineren Späne den Flammen zum Opfer gefallen waren. Unter dem Ofen, da war so ein Holzschub, in dem immer Holzvorrat zum Nachschüren gelagert war. Für das Nachfüllen war ich zuständig, auch schon als kleiner Bub von vier oder fünf Jahren. Nur da gab's eben ein Problem: Unser Holzvorrat lagerte nur in den Sommermonaten im Freien. Dann wurde er in einen großen Kellerraum verfrachtet. Und zum

Auffüllen des Holzschubs in der Küche, da wurde das Holz das ganze Jahr über nur von dem wirklich trockenen Vorrat aus dem Keller geholt. Für den Badeofen und den Kachelofen im Wohnzimmer galt natürlich dasgleiche, aber um die beiden Öfen musste ich mich nicht kümmern.

Wenn ich sage, da gab's ein Problem für mich, dann meine ich eher, dass es da gleich eine ganze Reihe von Problemen gab. Das erste war der Kellerabsatz und die ums Eck nach rechts weiter nach unten führenden fünf Stufen. Woher ich diese abgrundtiefe Angst vor dem Keller hatte, das weiß ich nicht, aber ich weiß noch sehr gut, dass es die gab. Dabei war ich bestimmt noch nicht von wilden Fernsehsendungen, aufregenden Radiohörspielen, geschweige denn von medialen Einflüssen versaut, an denen heute selbst unsere Kleinsten nicht vorbeikommen, weil sie sich schon als Babys in Wohnräumen aufhalten, in denen Erwachsene ihre Freizeit vor derartigen Geräten verbringen, ohne darauf zu achten, ob vielleicht auch schon unbewusstes Konsumieren von akustischen und visuellen Reizen sich negativ auf das Kleine auswirken könnte. Zu diesem Zeitpunkt hatten wir zu Hause noch keinerlei Medien verfügbar, abgesehen von einem Radio, das von meinem Vater aber fast ausschließlich wegen der Sportnachrichten und der normalen Nachrichten genutzt wurde und an dem sich meine Mutter mehr oder minder regelmäßig eine Sendung anhörte, von der ich noch weiß, dass sie ›Wunschkonzert‹ hieß. ›Max und Moritz‹ und ›Der Struwwelpeter‹ waren auch die einzigen Bücher, mit denen ich mich bisher befasst hatte und deren Inhalt ich auswendig kannte, weil Mutter sie mir schon so oft vorgelesen hatte und zu den bösen Buben, die in den Büchern vorkommen, auch oft zusätzliche Kommentare abgegeben hatte, damit mir ja klar wurde, dass ich nicht so werden dürfe. ›Dickie Dick Dickens‹, das erste Hörspiel meines Lebens, dem ich ein/zwei Jahre später 20 Minuten wöchentlich am Radio vollkommen gebannt zuhörte und das mich bis zur nächsten Sendung jede Nacht im Traum verfolgte, konnte auch nicht der Grund für meine Kellerangst gewesen sein, weil die hatte ich ja auch schon vorher. Auch fürchtete ich mich im Keller nicht vor der Londoner Unterwelt, sondern vor einer Unterwelt, für die ich weder Namen noch eine konkrete Vorstellung hatte. Im Nachhinein gesehen, konnte diese Angst nur durch religiöse Erzählungen bei mir ausgelöst worden sein. Dass die Hölle unten war, das wusste ich zumindest schon.

Und diese Hölle lauerte nach dem ersten Treppenabsatz abwärts. Zumindest eine Vorstufe davon! Besonders gefährlich war dabei der Keller in Verbindung mit Dunkelheit. Im Normalfall war ja die ganze Treppe durch eine Glühbirne ausreichend ausgeleuchtet, aber wenn oben die Tür offen stand, das Licht an und niemand zu sehen war, dann kam es schon mal vor, dass Vater oder Mutter oder eine meiner beiden Schwestern den Lichtschalter auf ›Aus‹ drehten und die Kellertüre schlossen, weil sie der irrigen Meinung waren, jemand hätte aus Versehen das Licht brennen und die Türe offen gelassen. Die Kellergeister hatten ja sogar vor mir kleinem Knirps noch einen gewissen Respekt, wenn das Licht brannte, aber in der Dunkelheit würden sie sich sofort auf mich stürzen, da war ich mir bombensicher. Damit nun das Holzholen zeitlich nicht lange dauern würde, wäre es am besten gewesen, ich hätte den Holzkorb, einen geflochtenen Weidenkorb, schnellstens randvoll gemacht und ab damit in die Küche. Du kannst dir aber bestimmt vorstellen, dass mir dazu die Kraft hinten und vorne nicht reichte.

Überlege einmal, du musst, immer auf der Hut vor eventuellen heimtückischen Angriffen, weil wer weiß, ob es denen nicht mittendrin sogar egal ist, ob Licht brennt oder nicht, über die Kellertreppen bis in den hintersten Kellerraum, wo das Holz lagert. Wenn du Glück hast, dann hat schon irgendwer vor dir den ausgeleerten Korb bei einem Gang in den Keller mitgenommen und ihn zum Auffüllen für dich stehen lassen. Wenn nicht, dann hast du auf dem Weg nach unten keine Hände frei und somit schon mal schlechte Karten, wenn du angegriffen wirst. Also nehmen wir einmal an, du hast Glück und der Weidenkorb ist schon im Keller. Schnell, schnell, Holzscheite reinwerfen und ab damit durch den Kellerflur, rauf über die Treppe und geschafft! Bis die da unten so richtig geschnallt haben, dass du da bist, bist du quasi schon wieder weg. Ich meine, die warten auch nicht den ganzen Tag auf dich, also hast du schon ein gewisses Überraschungsmoment auf deiner Seite. Aber leider geht das eben nicht so, wie ich es dir gerade beschrieben habe. Du bist mit deinen vier oder fünf Jahren nämlich noch viel zu klein, um einen vollen Holzkorb auch nur einen Meter weit zu tragen. Also kannst du nur ein paar Holzscheite reinwerfen und musst, bis der Holzschuber in der Küche unterm Ofen voll ist, einige Male gehen. Damit ist es auch vorbei mit dem Überraschungsmoment, was die Kellergeister angeht. Um endgültig alle Probleme zu minimieren, das eine, dass wer das Licht ausschalten und die Türe schließen könnte, das andere, dass dich etwas Grauenvolles von hinten packt und in Stücke reißt (ob ich mir das damals so gedacht habe, das weiß ich nicht mehr, aber wenn ich heute irgendwas vom Wolfgang Hohlbein lese, dann wird mir klar, vor was ich mich damals gefürchtet habe), wenn ich nicht ganz wehrlos beim Raufbringen des Korbes sein will, obwohl ich beide Hände zum Tragen brauche, dann habe ich nur noch eine allereinstigste Möglichkeit, ich muss was tun, was Kellergeister nicht mögen und wovor sie sogar selbst große Angst haben, ich muss laut singen.

Da kannst du jetzt hin und her überlegen, welches Lied sich da wohl am besten eignet, um diese grauenvollen, unheimlichen, in jedem Keller wohnenden, sicher aus alten Zeiten und aus tiefen Tiefen der Erde kommenden Wesen nicht an dich heranzulassen. Ich kannte nur ein einziges Lied, und das war bestimmt genau das richtige, sonst hätte ich nicht so viel Erfolg damit gehabt: ›*Hänschen klein, ging allein, in die weite Welt hinein. Stock und Hut, steht ihm gut, ist ganz wohlgemut. Aber Mutter weinet sehr, hat ja nun kein Hänschen mehr. Da besinnt, sich das Kind, eilet heim geschwind.*‹

Ich glaube, es gab da sogar mindestens noch eine zweite Strophe, aber in Erinnerung bis heute habe ich nur die erste.

Durch das tägliche Holzholen und das laute Singen dabei perfektionierte ich meinen Gesangsausdruck damals dermaßen, dass mein Vater, der mit einer Laienschauspielertruppe mehrmals im Jahr im einzigen Dorfwirtshaus Theaterstücke einübte und vor Publikum aufführte, mich mit in sein Repertoire aufnahm und ich in der Pause zwischen zwei Akten mit einer kurzen Lederhose bekleidet im Rampenlicht auf der Bühne stehen durfte und mein ›Hänschen klein‹ allen im Saal vorträllerte.

Der Hutterer Toni, der war ein erwachsener Mann aus dem Nachbardorf und ging aber oft statt in seinem Dorf in unserem Dorf ins Wirtshaus. Vielleicht haben sie ihn in seinem eigenen Dorf nicht so gemocht, vielleicht hat ihm aber auch das Bier bei uns besser geschmeckt. Auf alle Fälle muss der Hutterer Toni gewusst haben, dass man die grauenvollen Mächte der Finsternis durch Singen in Schach halten kann, weil jedes Mal, wenn der Toni in der Nacht die zwei Kilometer von unserem Dorf in sein Dorf gegangen ist, wenn ihm die Wirtin kein Bier mehr gegeben hat, weil der Toni ihr sonst in der Wirtsstube eingeschlafen wäre, dann musste er auch an unserem Haus vorbeigehen. Und der Hutterer Toni hat die ganzen zwei Kilometer aus vollem Hals gesungen, so laut, dass du ihn noch hören konntest, wie er schon fast zu Hause war. Klar, dass diese schlimmen, uralten Wesen aus den tiefsten Tiefen unserer Erde, die nachts manchmal nach oben kommen, dem Toni nie was getan haben.

Wenn diese Geister fest genug drangeblieben wären, dann hätten sie dem Toni mindestens einmal schon was antun können, weil einmal, da hat ihm die Wirtin doch mindestens ein Bier zu viel gegeben. Da hat der Toni dann zwar auf dem Heimweg trotzdem wie immer gesungen, aber er hat von den zwei Kilometer nur einen geschafft und ist dann in den Straßengraben gefallen und dort eingeschlafen. Zum Glück war's eine warme Sommernacht und im Straßengraben war kein Wasser. Und weil die dunklen Mächte dem Toni sein Missgeschick verpennt haben, konnten sie ihm auch nichts antun, weil um 4.00 Uhr ist's dann ja auch schon wieder hell geworden, und sobald es hell ist, hilft es den üblen Geistern auch nichts, wenn der Toni im Straßengraben liegt und pennt.

Und noch was gibt's, was dich quasi unangreifbar macht, wenn es um diese schlimmen, lichtscheuen und gesangallergischen Gestalten geht, denen es einen Heidenspaß macht, wenn sie uns Angst einjagen können, bei denen man aber auch nie weiß, zu was sie sonst noch fähig sind, weil sonst könnte ja nicht ein Schriftsteller wie der Wolfgang Hohlbein Tausende von

Seiten über diese unsagbar schrecklichen und uralten Mächte schreiben und immer wieder noch was finden, was die noch auf Lager haben, du bist so gut wie unangreifbar, wenn du mindestens zu Zweit bist. Drum hab' ich auch nie Angst im Keller gehabt, wenn meine Mutter, mein Vater oder eine meiner zwei Schwestern mit mir im Keller waren. Natürlich hab' ich das mit dem ›zu Zweit sein‹ damals nicht wirklich gewusst. Und doch muss ich es irgendwie im Unterbewusstsein geahnt haben. Aber was weißt du als 5-jähriger Bub schon von einem Unterbewusstsein. Du merkst einfach, dass es zu Zweit okay ist.

Drum war so ein Waschtag im Keller mit meiner Mutter immer okay. Dass ich ihr sicherheitshalber nicht vom Rockzipfel gewichen bin, das hat meine Mutter nicht gestört, weil solange ich da war, hat sie sich wenigstens keine Sorgen machen müssen, dass ich irgendwo, wo sie mich nicht sieht, irgendwas anstelle, was ich nicht tun sollte.

Ich glaube, dass für die Hausfrauen damals der in aller Regel wöchentliche Waschtag der arbeitsintensivste Tag der ganzen Woche war. Fast den ganzen Tag über in der sogenannten Waschküche stehen, Wäsche auskochen oder zumindest in warmem Wasser so lange mit den Händen bearbeiten, bis sie sauber war, dann mit frischem Wasser, frisches Wasser im wahrsten Sinne des Wortes, weil meist nahm man aus Zeit- und Kostengründen dazu kaltes Wasser, alle noch verbliebenen Kernseifenreste herauswaschen und schließlich die Wäsche wieder mit bloßen Händen auswringen, um sie dann noch zum Trocknen Sommer wie Winter im Freien aufzuhängen. Ich durfte mich darum kümmern, dass im Waschkessel das Feuer nicht ausging, solange warmes Wasser gebraucht wurde.

Neben all den vielen revolutionären Erfindungen, die seit meiner Kindheit die alltäglich anfallende Haushaltsarbeit minimieren halfen, war die Waschmaschine sicherlich eine der herausragendsten, wenn nicht die herausragendste überhaupt. Ich glaube sogar, dass die Frauen es der Erfindung der Waschmaschine zu verdanken haben, dass sie in ihrer Emanzipation einen Siebenmeilenschritt vorwärts gekommen sind. Bevor die Waschmaschine ihren Siegeszug auf der ganzen Welt antrat, hat so gut wie nie ein Mann den Waschtag im Keller übernommen, außer vielleicht, er war Witwer, unverheiratet und ohne Mutter, weil die sich schon totgeschuftet hatte, oder er war berufsmäßig in einer Wäscherei tätig. Es waren immer nur die Frauen, die mindestens einen Waschtag pro Woche hatten, sich dabei vom langen Stehen Krampfadern und Kreuzschmerzen holten, abgearbeitete Hände in Kauf nehmen mussten und höchstens wegen der hohen Luftfeuchtigkeit im Waschraum ihrer Gesichtshaut etwas Gutes getan hatten, worauf sie aber in Anbetracht der übrigen Schinderei gerne verzichtet hätten.

Das Wäschewaschen mit einer Maschine sahen nun plötzlich unzählige Männer gar nicht mehr so skeptisch. Dabei stand in keinster Weise die Tatsache des Wäschewaschens im Vordergrund. Die war zunächst im Hinterkopf der Männer nach wie vor als Frauenarbeit verankert. Aber der Begriff ›Maschine‹! Da kamen eben jene unzähligen Männer nicht dran vorbei. Endlich mal Hausarbeit für echte Männer! Ich meine, ein Staubsauger ist irgendwo auch eine Maschine, aber da kannst du ja nur eine Einstellung falsch machen, nämlich die, dass du einen echten Perser so oft mit Turbo 2000 absaugst, bis nur noch ein Gerippe davon übrig ist. Nein, solche Dilettantenmaschinen sind nichts für echte Männer! Dann lieber gleich ein Rasenmäher! Der fällt zwar nicht direkt unter die Kategorie ›Haushaltsgeräte‹, aber der macht wenigstens ordentlich Lärm. Und wenn er einen Benzinmotor hat und zudem noch mit Eigenantrieb ausgestattet ist, die dich vom lästigen Schieben befreit, dann kannst du sogar richtig Gas geben und Spaß bei der Arbeit haben und machomäßig mindestens einmal wöchentlich deinem Gartengrün eine Rasur verabreichen, die deinem Dreitagebart um nichts nachsteht.

Trotzdem, eine Waschmaschine ersetzt der beste Rasenmäher nicht, nicht einmal der Selbstfahrer, auf dem du öffentlich dein fahrerisches Können und deine finanziellen Möglichkeiten zur Schau stellen kannst, weil was der kostet, da bekommst du schon ein kleines Auto dafür.

Wenn dein Rasen zu Hause zu klein ist, und du so einen Selbstfahrer unbedingt fahren möchtest, auch wenn du ihn nicht brauchst und ihn dir sowieso nicht leisten kannst, dann hast du immer noch die Möglichkeit, in einen Fußballverein einzutreten. Weil die bald merken, dass du ein elendiglich schlechter Fußballer bist, lassen sie dich bestimmt ab und zu wenigstens den Fußballplatz mähen, damit du nicht nur als sinnlos zahlendes Mitglied geführt wirst.

Aber wenn du wirklich schlau sein möchtest und dir an dem, was andere von dir denken, gar nicht so viel liegt, dann kauf' dir eine Waschmaschine!

Eine Waschmaschine macht dich unabhängig, beschleunigt ungemein den Abnabelungsprozess von deiner Mutter und lässt unter Umständen sogar die Überlegung zu, auf eine eigene Frau zu verzichten, vorausgesetzt, du hast mit so einem Gedanken schon mal gespielt.

Mit einer 0/8/15 Waschmaschine kriegst du so etwas freilich nicht gebacken. Dafür sind die heutigen Textilien viel zu empfindlich. Und wenn du eine echt gute Maschine kaufst, also auch mal tiefer dabei in die Tasche langst, eine, die dir auch noch Strom sparen hilft und so die erhöhten Erwerbskosten bis zur Verschrottung letztendlich doch wieder senkt, wenn du dir so eine Waschmaschine kaufst, dann fang um Himmels Willen nicht einfach an, damit deine Wäsche zu waschen! Entweder du liest erst mal ganz aufmerksam und intensiv die Gebrauchsanleitung, oder du machst einen Probewaschgang mit den Klamotten deiner älteren Tochter, wenn du eine ältere und eine jüngere hast, weil dann hast du ja immer noch die Möglichkeit, wenn was schief geht, dass die Klamotten deiner älteren Tochter nachher wenigstens der jüngeren noch passen. Wenn du die Gebrauchsanleitung nicht verstehst und deine Mutter nicht fragen kannst, weil die sich nur mit ihrer Uraltmaschine auskennt und deine Frau nicht fragen kannst, weil du noch keine hast und nach dem Erwerb der neuen Maschine auch nicht mehr sicher bist, ob du noch eine willst, dann bleibt dir nur noch der Weg in eine Männergruppe. Am besten tust du dann so, als wärst du alleinerziehender Vater. Die helfen dir dann bestimmt weiter.

Ich hab's da ja Gott sei Dank einfacher, weil meine emanzipierte Edeltraud, die lässt mich in so einem Fall nicht hängen. Die liest mir die Gebrauchsanweisung vor. Das hört sich zwar so langweilig wie die Predigt eines Pfarrers in der Kirche an, erzeugt aber vom Sound her eine ähnliche Wirkung.

Der Pfarrer predigt bezüglich seiner Grundaussagen immer dasselbe. Das ist einfach so ein Trick, den auch die Politiker gut draufhaben. Man muss den Leuten einfach immer wieder dasselbe sagen und dabei nur den Wortlaut abändern. Dann kapier'n sie's einfach besser und du hast sie bald auf deiner Seite. Wenn du als Pfarrer oder als Politiker so anfangen würdest, wie das heutzutage viele Lehrer tun, vor allem die abgehobenen Lehrer an den Universitäten, wenn die ihren Unterricht mit den Worten einleiten: »Gut aufpassen, was ich sage, weil ich sag's nur einmal!«, dann brauchst du es auch dieses eine Mal nicht sagen, weil: ›*Einmal ist Keinmal!*‹

Die Ausdauer meiner Edeltraud, was konstant wiederholendes Erklären betrifft, ist so unermüdlich, als hätte sie Theologie oder Politik studiert. Mit dem Lesen von Gebrauchsanleitungen hab' ich's ja nicht so recht. Eigentlich lese ich so zum Vergnügen recht gerne, wenn es sein muss, sogar um mich weiterzubilden. Aber eine Gebrauchsanleitung bietet mir weder ein Vergnügen, noch bildet sie mich irgendwo weiter, weil jedesmal, wenn ich endlich rausgefunden habe, wie ich beispielsweise unseren DVD-Recorder bedienen muss, dann kaufen wir uns einen neuen. So oft nimmt man ja auch nichts auf, dass man alle die speziellen Funktionen intus haben muss. Drum dauert es ja dann auch ewig, bis ich das Gerät halbwegs durchschaue. Und, wo habe ich mich da jetzt bitte jahrelang weitergebildet, wenn diese Art Weiterbildung auf ein neues Gerät nicht übertragbar ist?

Der Unterschied zwischen einem DVD-Recorder und einer Waschmaschine ist nur leider der, dass du eine Aufnahme, die du gerne gehabt hättest, einfach sein lassen kannst, wenn dir so auf die Schnelle wieder mal nicht einfällt, welche Grundeinstellungen du vorab treffen musst, das Waschen mit der Waschmaschine aber nicht ebenfalls einfach sein lassen kannst. Weil wie solltest du deine Wäsche sonst gewaschen bekommen? Und wenn dir die Edeltraud tausendmal erklärt hat, wie du die Wäsche anhand der Farben und der eingenähten Behandlungshinweise vorsortieren musst, bevor du dann an der neuen Waschmaschine den richtigen Waschgang einstellst, und du dann immer noch aus einem tollen Kaschmirpullover ein Oberteil für die Puppe deiner Tochter herausbekommst, dann hast du echt ein Problem.

Dann kannst du es drehen und wenden, wie du es willst, da hast du deiner Edeltraud wieder einmal, ohne es zu wollen, bewiesen, dass die Erfindung der Waschmaschine die Emanzipation der Männer sicher nicht vorangetrieben hat.

Auch wenn du jetzt wieder einmal hoch und heilig versprichst, in Zukunft besser aufzupassen, dann rettet dich dein zerknirschtes Verhalten nur über die nächsten Stunden, weil spätestens morgen musst du den eben auch erst neu erworbenen Wäschetrockner mit sogenannter intelligenter Automatik leeren. Und da kann leicht sein, dass du diesmal vielleicht richtig gewaschen hast, aber falsch trocknest. Wer kann aber denn auch schon zwei verschiedene Gebrauchsanleitungen lesen und dann nichts durcheinander bringen? Und das mit der angeblichen Intelligenz des Trockners, die musst du auch erst mal durch Drücken auf das richtige Knöpfchen in Gang setzen.

Wenn du vorher noch meinen Worten geglaubt hast, du könntest eventuell in Erwägung ziehen, dir anstelle einer Frau eine Waschmaschine anzuschaffen, dann möchte ich zum Schluss aber auch noch ergänzend erwähnen, dass du deine Frau, falls du schon eine hast, eventuell aufs Spiel setzt, wenn du dich zu einer neuen Waschmaschine überreden lässt, weil so ein Kauf deinen respektablen Status als Familienoberhaupt total zunichte machen kann.

Ersatzdienst

Heute versteht keiner mehr, was gemeint ist, wenn jemand vom ›Ersatzdienst‹ spricht. Heißt ja auch heute ›Zivildienst‹! Und selbst den gibt es seit der Abschaffung der allgemeinen Wehrpflicht nur mehr auf freiwilliger Basis!

Wenn der ›Ersatzdienst‹ immer noch ›Ersatzdienst‹ heißen würde, dann wäre der, der den ›Ersatzdienst‹ leistet, ja kein ›Zivi‹, sondern ein ›Ersatzi‹. Und das würde doch echt blöd klingen. Ich glaub, das war auch der Grund, warum sie den ›Ersatzdienst‹ in ›Zivildienst‹ umgetauft haben.

Für mich war's jedenfalls wirklich ein ›Ersatzdienst‹, weil ich ihn direkt als Ersatz für den ›Militärdienst‹ abgeleistet habe. Wenn ich mir das ganze früher überlegt hätte, dann wär's ja vielleicht gar kein ›Ersatzdienst‹ geworden, dann wäre vielleicht von vorneherein mein Dienst ein ›Zivildienst‹ geworden, aber bei mir war eben klar, dass ich da was ersetzen muss, nämlich den Rest meiner Militärdienstzeit gegen einen Dienst im zivilen Bereich. In diesem ursprünglich ganz speziellen Zusammenhang machte es sogar etwas Sinn, den ›Zivildienst‹ ›Ersatzdienst‹ zu nennen.

Toll würde ich es finden, wenn man überhaupt nicht diese diskriminierenden Unterscheidungen in ›Militär-‹ und ›Ersatz-‹ bzw. ›Zivildienst‹ treffen würde. Ein Teil der Bevölkerung findet es absolut richtig und gut, dass ein junger Mann einen ›Militärdienst‹ ableisten muss, weil, wo kämen wir denn da hin, wenn keiner mehr bereit wäre, uns gegen unsere Feinde zu verteidigen. Du kannst denen gerne entgegenhalten, dass wir uns in den letzten Jahrzehnten doch um uns herum nur Freunde gemacht haben und wir eigentlich gar keine echten Feinde mehr haben. Da kriegst du aber eine ganz schlaue Antwort auf so ein Argument.

»Das mit den neuen Freunden, das stimmt schon, aber damit haben wir auch die große Aufgabe übernommen, diese neuen Freunde zu beschützen. Sie wissen schon: *Deine Freunde, meine Freunde, aber auch deine Feinde, meine Feinde*.«

Und schon bist du sprachlos und deine so gut vorbereiteten Gegenargumente zappeln hilflos in der Luft, weil du nämlich jetzt gar keine eigenen

Feinde mehr brauchst, gegen die du mit Waffen gerüstet sein musst. Es reicht jetzt auch, wenn du dir ein paar Freunde zulegst, die noch so richtig gute Feinde haben, weil dann macht das Militär sofort wieder Sinn. Schließlich musst du deine Freunde gegen ihre Feinde verteidigen, weil die Feinde deiner Freunde ja jetzt deine eigenen Feinde geworden sind. Kann natürlich sein, dass diese Vorgehensweise im Laufe der Zeit nicht mehr so recht klappt mit deinen Nachbarländern, weil die alle zusammen inzwischen zu so einem undurchsichtigen Freundschaftssumpf verwoben sind, dass weit und breit keine Feinde mehr zu finden sind. Das soll aber dann auch nicht wirklich zu einem Problem werden, weil irgendwo auf der Welt wird sich schon noch ein Volk finden, das wir in unsere Freundesclique aufnehmen können, ein Volk, das noch so echte Feinde hat, gegen die es sich lohnt, unsere gut geölten Waffen ab und zu auszuprobieren, damit wir nicht das ganze Pulver zu Hause auf unseren Übungsplätzen verschießen müssen und von unseren wirklich wirksamen Waffen nicht einmal wissen, wie die im Ernstfall funktionieren.

Und ganz nebenbei, wenn quasi alle Stricke reißen sollten, weil tatsächlich alle zu Freunden geworden sind, dann ist man schon jetzt ganz intensiv auf der Suche nach Leben auf anderen Planeten, sogenanntes extraterrestrisches Leben. Wenn wir Glück haben und welches entdecken, dann werden wir uns die bestimmt nicht gleich zu Freunden machen, weil das wäre ja noch schöner, wenn man jemandem das freundschaftliche ›*du*‹ anbietet, den man nicht kennt. Selbst wenn es sich am Ende herausstellen wird, dass wir gegen diese Außerirdischen nicht kämpfen müssen, weil die über ein so kindisches Machogehabe wie gegeneinander Kämpfen schon lange hinaus sind, dann bleiben uns doch erst mal noch viele, viele Jahre, uns bis an die Zähne zu bewaffnen, falls die Anderen doch nicht friedlich sind. Eine echte Gefahr, dass der Soldatenstand ausstirbt, sehe ich somit eigentlich nicht wirklich!

Das aktuelle Problem liegt eher in der Lautstärke, die bei der Ausbildung vom Zivilisten zum Soldaten unvermeidlich ist. Ich meine, Gewehre und Pistolen könnte man ja vielleicht noch mit Schalldämpfern versehen, aber so etwas ab der Größenordnung eines Panzers, das wäre technisch kaum möglich und irgendwo auch lächerlich. Weil wenn der Soldat seine Waffen nicht krachen hören würde, dann wäre zum einen der Spaß nur halb so groß, und dass ein Beruf, wenn jemand gut drin sein soll, Spaß machen muss, das ist allgemein bekannt, und zum andern würde er sich im Ernstfall womöglich vom Geknalle der anderen erschrecken. Also egal wie, ohne Lärm geht eine Ausbildung zum Soldaten beim besten Willen nicht ab.

In meiner Kindheit, da haben die vom Militär noch mit ihren Starfightern Tiefflugübungen über unser Dorf gemacht, weil gleich neben dem Dorf der Regensburger Truppenübungsplatz für die amerikanischen und für die deutschen Soldaten war. Wenn die über uns drübergedonnert sind, dann war das ein Höllenlärm, wo sogar der Herr Pfarrer bei der Beerdigung seine Rede unterbrechen musste, weil ihn niemand mehr verstanden hätte. Dass so etwas auf Dauer nicht geht, das mussten die vom Militär zwangsläufig einsehen, weil sie Druck von der Regierung bekommen haben. Die Regierung hatte Angst, dass sie keiner mehr wählt, wenn sie nicht dafür sorgen, dass der Lärm aufhört. Sogar das Amt für Denkmalschutz hat denen Probleme gemacht, weil der Fluglärm Risse in alten, denkmalgeschützten Gemäuern hatte entstehen lassen. Geflogen sind die Starfighter natürlich nach wie vor, aber nicht mehr bei uns, weil das kann man mit den Starfightern genauso machen wie mit dem Schmutz vor der eigenen Haustüre. Bevor man sich die Mühe macht, ihn wegzukehren, schiebt man ihn einfach zum Nachbarn rüber und tut so, als ob der Wind daran schuld gewesen ist. Und für was hat man sich schließlich inzwischen Freunde in anderen Ländern gemacht, die sich vielleicht noch freuen, wenn sie unsere tollen Starfighter über ihren blauen Himmel donnern sehen.

Ich glaube, wir hätten viel mehr Militär in Deutschland, wenn sich die damit unvermeidbare Lärmentwicklung vermeiden ließe. Aber, obwohl sich heutzutage jeder mit Kopfhörern abgeschirmt, die seine Ohren in jeder freien Minute mit voller Konzertlautstärke zudröhnen, wenn es um Kopfhörer unabhängigen Lärm geht, da wollen's die Deutschen eher still, wenn man so mancher Radio-, Fernseh- oder Zeitungsmeldung Glauben schenken darf.

Da hab' ich beispielsweise erst gestern am Radio gehört, dass ein Fischbauer, also ein Bauer, der auf seinem Grund Teiche angelegt hat, um sich sein Geld durch Fischzucht zu verdienen, dass so ein Fischbauer große Probleme mit einem oder mehreren Kormoranen bekommen hat, weil die ihm schon für angeblich 150.000 € im vergangenen Jahr Fische weggefressen haben. Irgendwann ist dem Bauern dann der Kragen geplatzt, und er hat Schreckschussanlagen installiert, die, gekoppelt mit Bewegungsmeldern, zu knallen beginnen, wenn ein Kormoran gerade mal wieder Hunger bekommen hat und eines seiner Fischchen aus dem Wasser fangen will. Der Kormoran mag die Schießerei auch tatsächlich nicht und traut sich nicht, seinen Hunger zu stillen.

Die Anwohner rund um die Teiche herum, denen passt die Schießerei ganz und gar nicht. Ihre Kinder schlafen nicht mehr richtig, man fühlt sich wie im Krieg, von 7.00 Uhr morgens bis um 19.00 Uhr abends ist keine Ruhe mehr. Also klagen sie gegen den Fischbauern mit dem Ziel, dass der sein Geknalle einstellen soll. Was dabei herauskommt, das steht noch nicht fest. Eine einstweilige Verfügung konnten die Anwohner inzwischen schon bewirken: Der Fischbauer darf nur noch viertelstündig schießen, also nicht mehr auf Anforderung. Als ob das dann noch Sinn machen würde! Langfristig soll erreicht werden, dass er gar nicht mehr schießen darf.

Als zum Dult-Beginn in Regensburg ein besonders attraktives Feuerwerk angekündigt wurde, weil quasi als Gegengewicht zur allgemeinen Krise wieder einmal so richtig gefeiert werden sollte, da erhoben die Tierschützer Einspruch, weil das Geknalle der Raketen so viele Tiere in Angst und Schrecken versetzen würde. Ich hab' zwar keine Ahnung, an was für Tiere die da in erster Linie gedacht haben, weil die Fische in der Donau konnten sie ja nicht gemeint haben und die paar Hunde und Katzen rund um den Dultplatz, die sind den Dultlärm bestimmt schon seit Jahren gewöhnt, und den Kanarienvogel zu Hause, den kann man vor dem Lärm ja schützen, wenn man das Fenster zumacht und dafür den Fernseher etwas lauter dreht, weil den Fernseherlärm ist er gewohnt und vor dem fürchtet er sich nicht mehr.

Jetzt kannst du dir vorstellen, wie sich da die Anwohner rund um einen Übungsplatz für das Militär erst beklagen würden, wenn auf dem Übungsplatz tagein, tagaus rumgeballert würde und noch dazu mit Kalibern, die einen heftigeren Krach machen, als es die Schreckschussböller vom Fischbauern oder die Feuerwerkskörper eines Dultfeuerwerks tun. Die Anwohner würden sofort klagen. Da ist es doch viel besser, die Übungen auf Gebiete im möglichst fernen Ausland zu verlegen, wo gerade Krieg herrscht und auf die Klagen von irgendwelchen Leuten, die sich in ihrer Ruhe gestört fühlen, nicht geachtet werden muss, weil im Krieg ja die normalen Gesetze keine Geltung mehr haben und eine Klage wegen Lärmbelästigung nichts bringen würde. Was da der Truppentransport dorthin kostet, das kommt locker wieder rein, wenn zu Hause nicht so viel auf Staatskosten wegen des Lärms geklagt werden muss, weil das Militär wird vor Gericht ja durch den Staat vertreten. Der trägt dann auch die Kosten dafür. Also, Krieg im fernen Ausland ist nicht unbedingt ein Negativgeschäft, weil die alten Militärfahrzeuge müssen ja auch nicht zu Hause für teures Geld verschrottet werden, und bezahlt werden müssen die Soldaten zu Hause fürs Nichtstun ja sowieso. Im Ausland kriegen die zwar ein paar € mehr, aber auch das kommt insgesamt gesehen locker wieder rein, weil all die Firmen, die unsere Soldaten im fernen Ausland mit Lebensmitteln und sonstigen Konsumgütern versorgen, die verdienen dabei auch nicht schlecht. Und mehr verdienen bedeutet, auch wieder mehr Steuern zahlen, womit wieder die Soldaten und der Krieg insgesamt finanziert werden können. Und weil alles, was im Krieg kaputt gemacht wird, hinterher wieder aufgebaut werden muss, gibt's da schon wieder was, woran man verdienen kann.

Also, wenn man einmal von der zwar für viele traurigen, für die Macher eher nebensächlichen, weil unumgänglichen Tatsache ausgeht, dass so ein Krieg vielen Menschen das Leben kostet, ein finanziell negatives Unterfangen ist er zumindest für unseren Staat nicht, weil wir ihn ja nicht in unserem eigenen Land führen. Und so ein bisschen Staatstrauer, wenn es wieder einmal in heimtückischer Weise einige von unseren Soldaten tödlich erwischt hat, zeigt uns allen wenigstens, wie mitfühlend unsere Regierung doch trotz alledem ist.

Es gibt natürlich auch einen großen Teil innerhalb unserer Bevölkerung, der den Militärdienst nicht mag. Dazu gehören bestimmt viele Mütter, die es nicht so gerne sehen, wenn ihre Söhne beim Militär sind und da, vielleicht doch etwas eher, als wenn sie's nicht wären, einen gewaltsamen Tod riskieren. Dazu gehören aber auch viele der jungen Männer selber, die das ganze kindische Spiel mit ›*deine Freunde, meine Freunde, deine Feinde, meine Feinde*‹ nicht mitspielen möchten, vor allem, weil die Spielregeln für dieses Spiel ständig abgeändert werden. Solche ›*Spielverderber*‹ verweigerten dann schon im Vorfeld den Dienst an der Waffe beim Militär und stellten dem Staat lieber ihre Arbeitskraft in einer zivilen Einrichtung zur Verfügung, damals, als es noch die allgemeine Wehrpflicht gab. Drum hießen die dann ›*Zivildienstleistende*‹ oder kurz einfach nur ›*Zivis*‹.

Dass die allgemeine Wehrpflicht inzwischen abgeschafft worden ist, klingt zwar gut, aber man darf denen da oben nicht trauen. So schnell, wie sie abgeschafft worden ist, so schnell wird sie bei Bedarf auch wieder angeschafft. Ob in der Demokratie oder in der Diktatur: Gesetze gelten nirgendwo ewig! Der einzige Unterschied zur Diktatur: Wenn nur einer dafür ist, reicht das nicht. In der Demokratie muss dieser Eine zumindest erst einmal viele überzeugen. Aber so problematisch, wie das zu sein scheint, ist das letzten Endes doch nicht. Eine gewünschte öffentliche Meinung kann auch gebildet werden. Wie? Muss ich dir das jetzt wirklich erklären? Oder kennst du nicht den Slogan: ›*Bild*‹ dir deine Meinung!

Zu meiner aktiven Zeit gab es noch den ›*Militärdienst*‹. Ein halbes Jahr lang hat auch mich der aktive Dienst an der Waffe erwischt. Aber das hat gereicht! So wechselte ich nach einem komplizierten Verfahren zum ›*Zivildienst*‹. War dann quasi ›*Zivi*‹, der sich damals aber noch, ›*Ersatzdienst*‹ schimpfte. Genannt wurden wir ›*Wehrdienstverweigerer*‹. Ein langes Wort, aber wie willst du das gefällig abkürzen? Bestimmt der Grund, warum schon sehr früh der Begriff ›*Zivi*‹ aufkam.

Bevor ich zum Militärdienst eingezogen wurde, war ich mir sicher, in einer freiheitlichen Demokratie zu leben. Als Soldat belehrte man mich ganz schnell, dass du das mit der Demokratie innerhalb des Militärs vergessen kannst, weil da gelten nur Befehl und Gehorsam und dein nächster Vorgesetzter ist so etwas wie ein Diktator für dich, der, wenn auch in gewissen Grenzen, alles mit dir tun kann, was er will. Drei Monate lang lernte ich den Truppenübungsplatz, an dessen Rand in einem Dorf ich meine Kindheit und Jugend verbracht hatte, mehr auf dem Bauch rutschend als ihn überschreitend so intensiv kennen, dass ich bald jede Ameise mit Vor- und Familiennamen anreden konnte. In weiteren drei Monaten wurde ich zum Funker ausgebildet, eine Tätigkeit, die sich als nicht besonders arbeitsintensiv herausstellte und mir genug Zeit ließ, meinen geistigen Horizont durch regelmäßige Micky Mouse Lektüre zu erweitern. Die üblichen Wichtigtuer aus meiner Schule, die mit mir Abi gemacht hatten und zum Teil auch mit mir ihren Wehrdienst ableisteten, waren inzwischen schon auf Fähnrichlehrgang, wollten also weiterhin bei den Wichtigtuern bleiben. Mir war der ganze Bundeswehrhaufen zu stumpfsinnig. Was ich bisher getan hatte, das machte keinen Sinn, und was noch vor mir lag, versprach, kaum mehr Sinn zu machen. Also zog ich die Notbremse, auch wenn ich dafür einen um drei Monate längeren ›Ersatzdienst‹ in Kauf nehmen musste.

Warum um drei Monate länger? Ich glaube, die Gesetzgeber ermittelten diese drei Monate Verlängerung rein rechnerisch durch einen Vergleich zwischen effektiver Arbeitszeit und Nichtstun. Und weil beim Nichtstun der Ersatzdienst so schlecht wegkam, deshalb musste er länger dauern, damit sich das wieder ausglich. Eigentlich ganz logisch!

Für meinen Ersatzdienst habe ich mehrere Stellen zur Auswahl gehabt, Pflegedienst in einem Altenheim oder in einer Klinik oder Sanitäter beim BRK (Bayerisches Rotes Kreuz) oder halt sonst wo im Rahmen einer sozialen Einrichtung, einfach die ganze Palette. Entschieden hab' ich mich fürs BRK, weil so ein Sanitäter, der macht wenigstens was, was du später im Leben auch wieder brauchen kannst, zumindest ein bisschen was davon.

Ich meine, jemandem erste Hilfe zu leisten, der sich verletzt hat oder der womöglich einen Unfall hatte, so etwas ist von dir im Leben vielleicht öfter mal gefragt. Für einen gebrechlichen Menschen da zu sein, das kann echt nicht jeder. Und eines ist sicher, ich gehöre nicht zu denen, die es unbedingt können, auch wenn mir das keine Sympathie von dir einbringt.

Ersatzdienst beim BRK ist was Aufregendes. Da lernst du als Allererstes erst mal, wie man perfekt einen Sanka (Sanitätswagen) wäscht. Der wäscht sich ganz anders als das Auto vom Vater zu Hause, weil der ist ein VW-Bus und immer schmutzig, auch wenn er sauber ist. Das siehst du bald selbst auch so, weil sonst könntest du der Tatsache ja keinen Sinn abringen, dass du jeden Abend vor oder manchmal auch erst nach Dienstschluss den Wagen penibel reinigen sollst. Es liegt dann auch ganz an dir, ob du rechtzeitig zum Dienstende nach Hause kommst oder ob du Überstunden machen musst, weil du hast es schließlich selbst im Griff, ob du trödelst bei der Arbeit oder Gas gibst. Und wenn du meinst, du kannst schnell schnell machen und die Sauberkeit dabei vernachlässigen, dann hast du dabei deinen Vorgesetzten vergessen, der die getane Arbeit noch mal begutachtet, bevor er dich gehen lässt. Ihm macht es nicht so viel aus, noch mal nachzuschauen, weil er wohnte mit seiner Familie im Rettungszentrum des BRK und machte gern am Abend noch mal seine Runde, da er ja ohnehin nach dem Essen noch mal raus wollte, bevor er sich faul zum Fernsehen aufs Sofa legte.

Einmal im Monat muss so ein Sanka zusätzlich auf kleine optische Mängel untersucht werden und die entsprechenden Roststellen, die dabei entdeckt werden, müssen verschwinden. Das kann auf verschiedene Art und Weisen passieren. Du kannst den Rost mühsam herauskratzen, spachteln, grundieren und lackieren. Du kannst aber auch einfach nur die Stellen mit superfeinem Schleifpapier etwas glätten und gleich mit Lack drüber streichen. Letztere Methode ist weitaus weniger zeitaufwändig und immer dann zu empfehlen, wenn du die Roststelle selbst gefunden hast und dir bei der Arbeit niemand zusieht. Letztere Methode hatte ich beim Militär auch schon mit bewährtem Erfolg praktiziert.

Aber nicht, dass du jetzt meinst, beim BRK lernt man nur Sanka-Waschen. Diese Tätigkeit beansprucht nur einen ganz kleinen Bruchteil deiner Arbeitszeit. Die meiste Zeit bist du in einem Sanitätswagen als Beifahrer unterwegs. Selber fahren darfst du nicht, weil dazu brauchst du einen ganz speziellen Führerschein und den macht kein Ersatzdienstleistender, weil dann wäre er statt mit Arbeiten nur mit Führerscheinmachen beschäftigt. Und das ist eher wieder eine Art, seine Zeit rumzubringen, wie du das beim Militär machen kannst.

Beim BRK bist du hauptsächlich Beifahrer. Das klingt jetzt so, als ob du gar nichts zu tun hättest, außer neben dem Fahrer zu sitzen und mitzufahren. Wenn du so denkst, dann hast du keine Ahnung. Der eigentliche ausgebildete Rettungssanitäter ist der hauptberufliche Sani von euch beiden. Du bist zunächst einmal gar nichts, darfst dir das aber nicht anmerken lassen. Ich meine, der Sani am Steuer weiß das natürlich, aber der Schwerverletzte auf der Straße, der Herzinfarktverdächtige in einem Büro, die Schwangere auf dem Weg in die Klinik, keiner von denen ahnt auch nur im Geringsten, dass du von Tuten und Blasen keine Ahnung hast. Aber weil gerade zu der Zeit, wo du beim BRK mit deiner Arbeit begonnen hast, kein Sanilehrgang ist, in den du einsteigen könntest, und weil der nächste erst in frühestens fünf Wochen beginnt, musst du eben einstweilen so tun, als ob du ein Sani wärst.

Mein Freund, der Manfred, der auch mit mir beim BRK angefangen hat, der hat sich als erstes ein Stethoskop gekauft und das so in seinen weißen Kittel gesteckt, dass es immer noch gut zu sehen war. Beim Manfred fragte auch nie jemand dumm nach, ob er schon ein richtiger Sani ist, weil bei dem da überlegten die meisten, ob der nicht Arzt ist oder zumindest ein Medizinstudent im 10. Semester. Wie ich das dann dem Manfred nachmachen wollte, da hat mir das mein Fahrer nicht erlaubt, weil er wahrscheinlich Angst hatte, dass er dann kein Trinkgeld mehr bekommt. Weil wer gibt einem Arzt und seinem Fahrer schon ein Trinkgeld? Vielleicht hatte er damit gar nicht so unrecht.

Auf alle Fälle, eine Zumutung ist es schon, wenn von dir Fähigkeiten verlangt werden, die du gar nicht hast, und niemand soll's merken. Zum Glück war gleich mein erster Einsatz so einer, wo ich nichts falsch machen konnte und auch nicht das BRK, weil der Motorradfahrer, wegen dem wir gerufen worden sind, nicht mehr ganz war. Seinen Kopf habe ich mir nicht ansehen müssen, weil der ist im Feld auf der anderen Straßenseite gelegen, und wir gingen natürlich nicht ins Feld, um da rumzusuchen, sondern wir begutachteten das, was wir noch auf der Straße fanden. Und weil wir dafür nicht zuständig waren, mussten wir uns da auch nicht allzu lange aufhalten. Der Notarzt, der aber auch nur einen Totenschein ausstellen konnte, war schon verständigt und Tote zu transportieren, das war Gott sei Dank nicht unsere Aufgabe. Sonst passierte an diesem Tag ja nichts Aufregendes mehr, aber mir schmeckte das Abendessen nicht und schlecht war mir noch drei Tage später. Mein Fahrer hat mich nur ausgelacht, weil ich so zimperlich war. Zum Glück mussten wir nicht gleich wieder zu einem Unfall. Die nächsten Tage hatten wir nur Krankentransporte von einer Klinik zur anderen, von Privatadressen zu Kliniken und umgekehrt. Du glaubst gar nicht, wie dich das wieder beruhigt, wenn deine Patienten, die du hinten im Sanka begleitest und denen du eigentlich nur für alle Fälle zur Seite stehen sollst, wenn die ganz sind und keine größeren für dich sichtbaren Verletzungen haben. Außerdem hatten wir glücklicherweise erst einmal längere Zeit keinen schlimmen Transport zu machen, bei dem ich sowieso nicht gewusst hätte, was ich sagen und machen soll. Weil fragen konnte ich meinen echten Rettungssanitäter hinterm Steuer ja nicht. Wir waren durch eine Glasscheibe voneinander getrennt. Er hat nur immer wieder einen Blick nach hinten geworfen. Dass er das getan hat, um mir zu helfen, wenn ich Probleme bekommen hätte, das kannst du vergessen. Ich glaube, er wollte es nur nicht versäumen mitzukriegen, wenn ich ein Trinkgeld bekam, weil das musste ich immer mit ihm teilen.

    Schwerverletzte und Unfalltote gibt es zum Glück ja nicht gar so viele. Und wenn doch, dann war es ja nicht gerade immer ich, der zu diesem Einsatz abkommandiert worden ist.

    Noch weniger als Schwerverletzte und Unfalltote gibt es schwangere Frauen, die ihr Kind nicht mehr halten können und die es unterwegs zur

Entbindungsklinik im Sanka kriegen müssen. Dass mir das allerdings trotz der geringen Wahrscheinlichkeit gleich zweimal passieren musste und meinen anderen Ersatzdienstkollegen beim BRK nie, das hätte nicht sein müssen! Heutzutage hast du als junger Mann ja bestimmt schon die eine oder andere Geburt in irgendeiner medizinischen Sendung am Fernsehen, im Biounterricht in der Schule oder in einem realistisch dargestellten Spielfilm in groß gesehen. Die Frauen schreien da meistens recht rum, und der kleine Wurm lässt sich dramaturgisch genug Zeit, dass die Sendung mehr als nur Werbespotlänge bekommt. In Wirklichkeit dauert so was ja oft tatsächlich Stunden und noch länger. Das wäre für einen Film nun wieder viel zu lang, weil dann müssten sie so eine Art Fortsetzungsgeschichte draus machen. Und sei einmal ehrlich, wenn dich nur das Ende interessiert und du weißt, dass die Sendung mit vier Teilen angekündigt ist, dann verzichtest du doch auf die ersten drei Teile.

Aber bei mir im Sanka, das kannst du mir glauben, da hätte ich mir gerne die drei ersten Teile reingezogen und hätte auf den letzten Teil liebend gern verzichtet. Aber es war genau andersrum: Jede der beiden Frauen, mit denen ich es im Abstand von nur einer Woche zu tun bekam, hatte die ersten drei Teile ihrer ganz privaten Geburtsgeschichte schon hinter sich und lud mich nur zum vierten und letzten Teil zu sich hinten in den Sanka ein, damit ich in den zweifelhaften Genuss kam, eine Geburt mal ganz hautnah zu erleben.

Wenigstens stimmte die Reihenfolge! Die erste Frau hatte schon fünf Kinder geboren und das soeben sich anmeldende war Nummer Sechs. Mein Fahrer hatte sie schon liegend mit mir aus ihrer Wohnung auf einer ›*Trage*‹ in den Sanka verfrachtet. Ich durfte ja immer nur ›*Trage*‹ sagen, obwohl ich dieses Ding als ›*Bahre*‹ kannte und ›*Bahre*‹ in meinem Wortschatz auch der Begriff war, der sich als Bezeichnung für diese ›*Trage*‹ immer wieder aufdrängte.

»Auf einer ›*Bahre*‹ werden Tote aufgebahrt!«, erklärte mein Fahrer immer. »Wir transportieren, indem wir Patienten tragen, also heißt das Teil ›*Trage*‹ und nicht anders!«

Ob nun auf einer ›Bahre‹ oder auf einer ›Trage‹, auf alle Fälle musste die Frau, die meine Mutter hätte sein können, liegend in den Sanka getragen werden. Mein Fahrer, der viel erfahrener war, als ich lange Zeit geglaubt hatte, wusste schon, wie die Geschichte ausgehen würde. Quasi Teil vier ohne Vorspann! Also sprang er nach vorne hinter sein Steuer, schaltete Sirene und Blaulicht an und fuhr kavalierstartmäßig los. Wenn er nun immer wieder gehetzt nach hinten schaute, dann war nichts mehr von seiner bisherigen Geldgier in seinen Augen zu sehen. Dagegen war zwischen den Schenkeln der Frau ein schwarzes Schöpfchen zu sehen, das festzustecken schien. Da würdest du auch Blut und Wasser schwitzen, das kann ich dir sagen.

»Keine Angst!«, sagt da plötzlich die Frau mit einer beruhigenden Stimme zwischen zwei Wehen zu mir.

»Bitte greifen Sie einfach mit beiden Händen rein und helfen Sie nach! Das Kind erstickt mir sonst!«

Ich? Mit meinen Händen? Wann habe ich die heute zum letzten Mal gewaschen? Und da unten rein langen! Darf ich das überhaupt? Kann die da nicht von den Bakterien an meinen Händen wer weiß Gott was kriegen? Nein, das mach' ich nicht!

»Bitte!«, presst sie unter Schmerzen stöhnend hervor.

»Scheiße!«, denke ich und tu's.

So sanft, wie ich nur irgend kann, versuchen meine Hände, die glücklicherweise musisch und nicht schwielig rau sind, das Köpfchen zu umfassen und den Geburtsausgang etwas zu weiten. Ich bin noch nicht richtig drin, da scheint sich spontan was zu lösen und das ganze Baby, ein Mädchen, flutscht mir entgegen. Die Menge an Flüssigkeit, die das Kindchen auf dem Weg nach draußen begleitet, verunsichert mich noch mehr als das Geborene selbst.

In dem Augenblick erreichen wir die Klinik. Das Personal war schon informiert, empfängt uns und übernimmt Mutter und Kind.

An diesem Abend war mir nicht schlecht. Den dankbaren Blick der Mutter im Gedächtnis, konnte ich am Abend zufrieden einschlafen. So einen Tag hätte ich beim Militär sicher nie erlebt!

Wenn du glaubst, dass jetzt wieder einmal für einige Tage Sendepause für mich beim BRK war, ich von so größeren Ereignissen verschont geblieben wurde, dann täuscht du dich gewaltig. Gleich am Tag darauf, wir waren gerade unterwegs zu einem Krankentransport zum Evangelischen Krankenhaus, da erreichte uns eine Durchsage, dass der Wagen, der sich gerade am nächsten zum Domplatz befand, dort in einem Geschäfts- und Bürohaus zu einem Rechtsanwalt kommen soll. Wir würden unten vor dem Haus erwartet werden. Vermutlich Herzinfarkt! Notarzt stünde momentan keiner zur Verfügung, da auf der Autobahn bei Pentling sich ein größerer Verkehrsunfall ereignet hatte, der sämtliche einsatzklare Sankas und Notärzte benötige.

›Sämtliche Sankas‹, damit waren wir nicht gemeint, weil wir waren genau der Sanka, der sich auf dem Weg zum Evangelischen Krankenhaus und damit ganz in der Nähe vom Domplatz befand. In weniger als drei Minuten waren wir vor Ort und standen mit der ›Trage‹ vor der Kanzleitür, die uns eine Frau mittleren Alters öffnete. An der Tür stand eine großes Messingschild mit dem Namen Rechtsanwalt Dr. Ernst Markberg.

Mit Tränen im Gesicht klärte uns die Frau – vermutlich seine Frau – auf, dass Herr Dr. Markberg vor wenigen Minuten hinter seinem Schreibtisch zusammengebrochen sei, als er sich gerade erheben wollte. Sie hätte sofort das BRK und einen Arzt informiert. Wir seien die ersten, die gekommen sind.

Da wäre dir das Herz auch erst mal ganz schön in die Hose gerutscht, wenn du das gesehen hättest. Die Frau, eine sehr schöne, rassige Frau, stand tränenübergossen vor uns und deutete auf einen Koloss von Mann, der wohl beim Aufstehen von seinem Schreibtischstuhl spontan zusammengebrochen sein muss. Meinem Sankafahrerchef war der Mann als stadtbekannter Rechtsanwalt bekannt.

Was aber jetzt zu tun war, da war ich mir nicht so sicher, ob die vielleicht doch besser einen Möbelpacker an unserer Stelle anrufen hätten sollen. Wenigstens war das Treppenhaus großzügig bemessen!

Was wir da schon alles erlebt haben, das glaubst du nicht! Einmal war das Treppenhaus so schmal und die Frau so korpulent, dass wir selbst mit unserem Spezialtragegriff von Glück reden konnten, dass wir nicht alle drei, wir zwei Träger und die Frau zwischen uns auf unseren verzahnten Händen sitzend und sich mit ihren schlaffen Armen um unsere Schultern gelegt festhaltend, ausgerutscht und die Treppe hinabgestürzt sind. – Der Grundstein für meine Kreuzprobleme wurde damals vermutlich gelegt! –

Also, was das Treppenhaus betrifft, da war reichlich Platz vorhanden. Aber der Herr Markberg war ja nicht bei sich. Da mussten wir ihn schon ganz stabil festschnallen, damit der nicht von der Trage rutschte. Weil die Schwerkraft kannst du einfach nicht ausschalten. Falls er noch gelebt hat, jetzt ging ihm die Luft auf alle Fälle aus. Als er dann endlich im Eiltempo im Sanka verstaut war, da hatte ich nicht etwa Zeit, selber tief durchzuatmen. Da kam erst einmal der Herr Markberg dran, weil der sah schon recht hinüber aus, hatte ein blaues Gesicht, herausgequollene Augen und zuckte gerade noch so viel rum, dass ich davon ausgehen konnte, dass er noch ein bisschen lebte.

Ich hab' da ja als Bub schon so meine Erfahrungen gemacht, wenn unsere Nachbarsbäuerin Hühner geschlachtet hat. Die hat denen auf dem Hackstock den Kopf abgeschlagen, und die sind dann trotzdem noch wie auf der Olympiade ihre Runden gerannt. So sicher war das deshalb gar nicht, dass der Herr Markberg schon richtig tot war. Ich meine, rumgelaufen ist er zwar nicht, ganz im Gegenteil, aber weißt du, wie ein Mensch reagiert, wenn er einen Herzinfarkt hat? Womöglich geht es dem gerade andersrum als den Hühnern, und er bleibt einfach mucksmäuschenstill liegen, anstatt aufgeregt rumzurennen. Und wenn du dann nichts machst, was ihn wieder auf die Füße bringt, dann kriegen die dich nachher noch wegen unterlassener Hilfeleistung dran. Also hab ich schnell alles zusammengekratzt, was ich von meinem Erste-Hilfe-Kurs her, der für den Führerschein Pflicht gewesen war, noch wusste, und erst mal mit der Mund-zu-Mund-Beatmung angefangen.

Das und die Herzdruckmassage hatte ich in den letzten zwei Jahren nur ab und zu mal bei dem einem oder anderen Mädchen, das noch keinen Führerschein hatte, ausprobiert, um ihnen zu zeigen, wie so was geht. Quasi gratis Nachhilfestunde! Vor allem aber, damit ich nicht aus der Übung kam, weil alles, was du nicht regelmäßig machst, das hast du schnell wieder verlernt.

Das Problem war jetzt nur, dass das Medium, an dem ich meine Kenntnisse der Herzdruckmassage anwenden wollte, mindestens viermal so viel Gewicht hatte, als selbst das massivere der damaligen Mädchen im Vergleich. Mit einem leichten Streicheln der Brustgegend war da natürlich nichts getan. Also eins/zwei/drei, mit all der meinem damaligen Federgewicht zur Verfügung stehenden Kraft mit beiden Handballen übereinander gepresst aufs Herz gedrückt. Dann dreimal Mund-zu-Mund-Beatmung.

»Bist du verrückt!«, rief mir mein Fahrerchef von vorne zu, als er gerade mal einen prüfenden Blick durch die Öffnung der diesmal zurückgeschobenen Glasscheibe nach hinten warf.

»Leg' doch wenigstens ein steriles Tuch zwischen deinem und seinen Mund. Wer weiß, was der hat, und womit du dich da ansteckst!«

Natürlich sind in jedem Sanka ausreichend sterile Tücher auf Lager, aber in der Aufregung fand ich schnell genug keines griffbereit. Da musste notgedrungen mein Taschentuch herhalten, nicht mehr ganz frisch, aber auch noch nicht wirklich gebraucht. Die erste Beatmung hatte ich ja schon ungeschützt hinter mir. Der jetzt zwischen unsere Lippen gelegte Taschentuchschutz, der würde vielleicht noch eine ähnlich wirksame Schutzfunktion vor eventuellen Ansteckungen haben, wie ein Kondom, der erst beim zweiten Sex innerhalb weniger Stunden mit derselben Person erfolgt. Quasi russisches Roulette!

Mir ekelte vor dem Schleim, der aus dem Mund des feisten Mannes rann und vor der Vorstellung, dass er vielleicht gar schon tot sein könnte. Trotzdem machte ich eifrig weiter: Dreimal Herzdruckmassage, dreimal Beatmung. Eigentlich waren wir ja gut ausgerüstet und irgendwo hätte ja auch ein Beatmungsbeutel sein müssen. Aber leider hatte meine Ausbildung zum Sanitäter ja noch nicht begonnen, und so war ich momentan noch mehr ›Sanitöter‹ als Sanitäter. Bis zum Krankenhaus waren es nur wenige Minuten, weil mein Fahrer mit Vollgas fuhr, und eine Straßenbahn, die uns den Weg hätte versperren können, war gerade nicht auf unserer Strecke unterwegs. So erreichten wir nach kaum mehr als vier Minuten das nächstliegende Krankenhaus. Weil der Fahrer über Funk dort Bescheid gegeben hatte, wartete schon das wichtige Personal auf uns. Bestimmt hätten die bei jedem, der mit Verdacht auf einen Herzinfarkt angeliefert wird, so ein Tam Tam gemacht. Aber beim stadtbekannten Staranwalt Dr. Ernst Markberg, da waren sie einfach noch eine Idee mehr auf Zack. Zumindest hatte ich diesen Eindruck.

Bei dem Verletzten, der einige Monate später in der Weißenburgstraße in seiner Isetta bei einem Auffahrunfall hinter seinem Steuerrad eingeklemmt worden war und den wir erst, weil er sich nicht mehr rühren konnte, auf einer Vakuummatratze, nachdem er von der Feuerwehr aus seiner Sardinenbüchse herausgeschnitten worden war, ins Krankenhaus fahren konnten, bei dem rollten sie jedenfalls keinen roten Teppich aus. Bis den einer anschaute und dann feststellte, dass er querschnittsgelähmt war, das dauerte fast so lange, wie ein Hubschrauberflug in die Spezialklinik gedauert hätte. Den bekam er dann zwar immer noch, aber da war's für eine ausreichende Therapie bezüglich seiner Lähmung wahrscheinlich schon recht spät. Weil der damals schon am Vormittag nach Alkohol gerochen hat, hat sich das Mitleid für ihn vermutlich in Grenzen gehalten, obgleich der Alkohol am Steuer eigentlich nur für die Schuldfrage maßgeblich sein sollte.

Der Herr Dr. Ernst Markberg hat auch eine Alkoholfahne gehabt. Zwar hat der seinen Herzinfarkt nicht im Auto, sondern in seinem Büro gehabt, aber es war auch am Vormittag, sogar schon am frühen Vormittag, vielleicht so gegen 8.30 Uhr. Da muss er sich natürlich nicht schon zum Frühstück einen hinter die Binde gegossen haben. Vielleicht hat er die Fahne ja noch von der vorangegangenen Nacht her mit sich rumgetragen. Beim Mund-zu-Mund-Beatmen habe ich sie aber auf alle Fälle deutlich gerochen. Aber gesagt habe ich das niemandem, weil der Herr Dr. Ernst Markberg dann ja verstorben ist und man über einen Verstorbenen nicht schlecht reden soll. Das ganze Tam Tam, der symbolische rote Teppich, die haufenweise herbeiwuselnden Götter in Weiß, die sofort eingesetzten Elektroschocks zur Reanimierung des Herzens, die Spritze direkt ins Herz und alles, was sie sonst noch versucht haben, dem Herrn Dr. Ernst Markberg hat's nichts mehr gebracht, weil der hatte sich schon endgültig von seinem Körper verabschiedet und dem ganzen Zinnober um ihn von oben zugeschaut. Weil der Herr Dr. Ernst Markberg sein Leben lang ein rechter Pfennigfuchser war und es sonst wohl auch nie zu so viel Wohlstand gebracht hätte, hat er sicher gedacht, dass das ganze Getue um seinen toten Körper eine schreckliche Geldverschwendung ist. Bestimmt hat es ihn auch gewurmt, dass mir seine Witwe 50 DM Trinkgeld in die Hand gedrückt hat, obwohl ihm meine Beatmung nichts mehr gebracht hat und ich ihm vor lauter Übereifer bei der Herzdruckmassage noch ein paar Rippen gebrochen habe. Das haben mir die vom Personal bei einem unserer nächsten Anfahrten zu diesem Krankenhaus mit einem hämischen Grinsen aufs Butterbrot geschmiert, weil nichts ist einfach schöner, als einem Anfänger klar zu machen, wie dumm sich der angestellt hat. Ob die Witwe Markberg schon gewusst hat, dass ihr Mann tot ist, als sie mir die 50 DM gegeben hat, das weiß ich nicht sicher. Falls ja, dann müsste ich mir Gedanken darüber machen, warum eine Witwe 50 DM für eine Hilfeleistung als Trinkgeld rüber rückt, wenn sie erfolglos war. Weil ich mir aber solche tiefsinnigen Gedanken lieber nicht machen möchte, steckte ich das satte Trinkgeld einfach ein und teilte es später mit meinem Fahrer. Weil der so viel Trinkgeld auf einmal auch nicht so oft bekam, begann er, mich nun langsam zu mögen, da ich offensichtlich doch keinen Hemmschuh für ihn darstellte. Das allabendliche Autowaschen wurde jedenfalls diesmal auch nicht gar so akribisch von ihm begutachtet und zum Schluss gab's dann sogar noch ein Lob: »Also dann bis morgen!«

Ich meine, das war kein wirkliches Lob! Aber praktisch nicht getadelt, entsprach an diesem Abend einem gewaltigen Lob von ihm.

Wenn man von seinen kurzen dienstlichen Anweisungen, die er mir sonst gab, mal absieht, dann war das schon fast eine private Rede, die er da gehalten hat. Später hat er mir einmal gestanden, dass er diese Ersatzdienstleistenden hasst, weil die alle nur ihre Zeit auf einer Arschbacke absitzen wollen und nur Drückeberger wären. So sehr er mich in dieses Vorurteil anfangs einbezogen hatte, ebenso sehr wurden wir im Laufe des Jahres, das wir zusammen in hunderterlei Einsätzen verbrachten, nicht nur gute Arbeitskollegen, sondern sogar so etwas wie Freunde, die allenfalls ein Altersunterschied von fast 30 Jahren noch ernsthaft trennte.

Dass sich zunächst einmal eine gute Kollegialität entwickelte, da war bestimmt dieses 18-jährige Mädchen schuld, das wir aus dem vorderen Bayerischen Wald abholen mussten, weil es ihr erstes Kind zur Welt bringen sollte und das trotz Hebamme und Arzt nicht kommen wollte. Wenn du mich jetzt fragst, wie das Mädel ausgesehen hat, ob sie hübsch war, blond, brünett oder schwarz, ich könnt' es dir beim besten Willen nicht mehr sagen. Aber ich erinnere mich noch, dass es ein Bauernhof war, wo wir sie abholten, und dass alle, die zugesehen haben, wie wir sie auf der ›Trage‹ in den Sanka schoben, nicht gerade freundlich geschaut haben. Ein Mann, der ihr vielleicht noch einmal ein Händchen gehalten hätte, ihr mit einer Hand übers Gesicht gestrichen hätte oder sie gar noch zum Abschied zärtlich geküsst hätte, so was fehlte ganz. Da hab' ich mir schon so meine Gedanken gemacht, woran das liegen könnte. Unterwegs hat mir das Mädel dann erzählt, dass sie vergewaltigt worden war und, obwohl sie doch nichts dafür konnte, jetzt keiner was mit ihr zu tun haben wollte, weil sie ein Kind kriegt und das aus der Sicht der Leute am Hof und vor allem aus der Sicht ihrer Eltern ein Bastard sein würde. Sie kennt zwar den Vater, aber sie kann ihn nicht nennen, und das macht alles nur noch viel schlimmer.

Ich hab' dem Mädel gar nicht in die Augen schauen können, so beschämt war ich, weil sie mir das alles erzählt hat, aber vermutlich hatte sie bisher niemanden, mit dem sie über ihr Schicksal hätte reden können.

»Ich hab' so viel Angst, dass dem Kind was passiert, weil's nicht rauskommt!«, hat sie noch gesagt und dann wegen ihrer Wehen, die immer wieder einsetzten, zu hecheln begonnen, wie es ihr die Hebamme erklärt hatte.

Wenn du dir jetzt denkst, warum ich nicht einfach das getan habe, was mir die erste Frau, der ich im Sanka beim Gebären helfen musste, zu tun geraten hat, dann kann ich dir darauf schon eine Antwort geben, auch wenns nur ein blöder Vergleich ist: Wenn du vor einem Flaschenautomaten stehst und Leergut, also Pfandflaschen, reinstecken sollst, dann sagt dir der Automat, zwar nicht mit Worten, aber mit einem Bild und der entsprechenden Anweisung dazu, dass du die Flasche z. B. verkehrt herum reingesteckt hast, wenn du sie mit dem Hals voraus reinsteckst, aber es mit dem Boden voraus tun solltest. Tust du nicht, was der Automaten von dir will, dann nimmt der die Flasche nicht an und drückt sie dir sogar wieder entgegen.

Damals gab es so einen Automaten noch nicht, aber das mit dem Mädel war wie bei einem solchen Automaten. Sie hatte zwar keine Flasche verkehrt herum drinstecken, aber ein Baby, das verkehrt herum drinsteckte. Irgendjemand, und wenn es der liebe Gott persönlich gewesen ist, wollte von innen das Baby auf die Erde pressen. Weil es aber verkehrt herum gedrückt wurde, funktionierte das nicht. Vielleicht hat das Baby aber auch ganz einfach geahnt, dass da keiner da ist, der es so richtig will und hat sich deshalb verkehrt herum hingelegt, um in diese Welt erst gar nicht kommen zu müssen.

Auf alle Fälle ist so ein kleines Baby noch nicht volljährig und solche Entscheidungen darf es von sich aus noch gar nicht treffen. Außerdem setzt es mit so einer Entscheidung, einfach drinbleiben zu wollen, ja auch das Leben der Mutter aufs Spiel.

15 Jahre später, da hat sich bei meiner lieben Edeltraud unser Lukas angemeldet. Du glaubst es nicht, was der für Zicken gemacht hat, sein warmes Nest zu verlassen. Sogar als er gar kein Wasser mehr hatte, in dem er schwimmen konnte, weil die Fruchtblase längst geplatzt war, ließ er sich

durch nichts und niemanden dazu bewegen, seinen Aufenthaltsort von drinnen nach draußen zu verlagern. Erst durch die Gewalteinwirkung eines Chirurgen, der für solche Spezialfälle gerüstet und bestens ausgebildet war, konnten wir auf den Lukas seine Entscheidung, noch ein wenig bleiben zu wollen, erfolgreich Einfluss nehmen. Dass sein ewiges Zögern nicht nur für ihn, sondern auch für die Edeltraud eine Riesengefahr darstellte, soweit konnte er ja noch nicht denken.

Ohne lange zu überlegen, griff ich wieder mal, ohne die nötigen Händewaschungen und ohne Einmalhandschuhe aus Latex, die damals ja noch keiner trug, weil AIDS kein wirklich bekanntes Problem war, vorsichtig mit beiden Händen in den Geburtskanal, nur dass ich diesmal nicht das Köpfchen, sondern mit einer Hand die Beine umfasste, mit der anderen bis zum Becken des Kindchens weiter glitt, um es dann vorsichtig rauszuziehen.

Wie 15 Jahre später bei unserem Lukas, war das Fruchtwasser schon abgegangen und eine akute Erstickungsgefahr des Babys drohte. Noch nie vorher und auch nachher in meinem Leben hatte ich eine derartige Angst, weil ich aufgrund meiner Unerfahrenheit befürchtete, dass ich das Kind beim Herausziehen in zwei Stücke zerreißen würde.

Nicht zu glauben, aber alles ging perfekt! Ohne mich um die Nabelschnur zu kümmern, weil was ich mit der anstellen sollte, das wusste ich zu diesem Zeitpunkt immer noch nicht, legte ich das gesunde Baby, in ein paar saugfähige Mulltücher gewickelt, der jungen Mutter an die Seite. Ob sie über ihr Kind glücklich war, das weiß ich nicht, aber offensichtlich war sie glücklich, die Geburt hinter sich zu haben.

Außer dass es den beiden gut ging und sie trotz der ungewöhnlichen Geburt keinen Schaden davon trugen, hab' ich nie mehr was von ihnen gehört. War vielleicht auch besser so, denn oft ist's ja gar nicht so toll, wenn du was gut auf den Weg gebracht hast und hinterher stellt sich vielleicht heraus, dass du damit auch nur einer Menge an Problemen den Weg geöffnet hast.

Auf alle Fälle war ich als ›*Geburtshelfer*‹ wieder einmal mit mir und dem Rest der Welt zufrieden. Das hat gegenüber so manchem Verkehrsunfall, bei dem wir nur noch Tote oder Schwerstverletzte vorfanden, wieder eine Zeitlang als positives Gegengewicht dienen können.

Aber jetzt, nachdem eigentlich mehr oder minder alles schon geschehen war, was dir als Ersatzdienstleistender beim BRK so passieren kann, jetzt endlich haben sie einen Platz für mich in einer Klinik gefunden, wo ich einige Wochen lang einen Intensivlehrgang zum Rettungssanitäter bekam, damit ich nicht mehr nur ein Beifahrer im Sanka mit Sanitäteruniform blieb. Zur selben Zeit haben die beim BRK aber auch die richtigen Notärzte eingeführt, die mit einem schnellen Auto mit Blaulicht und Sirene oder mit dem Hubschrauber oft schneller dort waren, wo sie gebraucht wurden, sodass es gar nicht mehr so wichtig war, dass du als Rettungssanitäter fit wie ein Arzt sein musstest, weil der zum einen schneller da war als du, und weil der außerdem auch wirklich alles machen durfte, was du zwar gelernt hast, was dir zu tun aber verboten war.

Das ist in Deutschland einfach so: Du musst Sachen lernen, darfst sie aber nicht tun. Dafür tut der, der sie tun darf, auch ganz gewiss nichts von dem, was er nicht gelernt hat. Darum putzt z. B. ein Notarzt auch nie seinen roten Porsche, den er dienstlich zur Verfügung gestellt bekommen hat.

Das Beste am Ersatzdienst beim BRK waren die Nachtdienste, weil die hast du in Aufenthaltsräumen verbracht, wo du einfach warten musstest, bis was passiert ist, weil normale Krankentransporte fanden in der Nacht ja nicht statt. Und wenn da vier Teams Nachtschicht hatten, kam es schon öfter auch mal vor, dass alle vier Teams keinen Einsatz hatten und mindestens eine Schafkopfrunde zusammenging. Wenn dann doch mal ein Team zu einer Schlägerei oder einem Unfall raus musste, waren immer noch genügend Ersatzleute da. Und am Morgen, nach dem Nachtdienst, da verlangte auch keiner von dir, dass du noch eine Stunde mit Sankawaschen verbringst. Das durften dann die Neuankömmlinge für dich erledigen.

Echt spannende Nachtdienste gab's auch, weil auf dem Straßenstrich und in den Bordellen, da ist am Tag ja nichts los. Die haben die Zeit ja praktisch umgedreht und machen die Nacht zum Tag. Und mit so einer vermöbelten Straßendirne auf dem Weg zur Ambulanz eines naheliegenden

Krankenhauses zu fahren, das ist für einen jungen Mann viel spannender, als einen alten, inkontinenten Mann zum routinemäßigen Blasenkathederwechsel in die Urologie zu bringen, weil der liegend transportiert werden muss und daher kein Taxi nehmen kann. Allerdings kann es dir in der Nacht auch passieren, dass dir ein Betrunkener, der sich bei einer Schlägerei eine Platzwunde an seinem versoffenen Schädel zugezogen hat, auf dem Weg in die Klinik seinen Mageninhalt ungeniert in den Sanka entleert. Und wer das dann putzen muss, das kannst du dir ja denken! Hier wirst du zum echten ›Ersatzdienstleistenden‹, weil jetzt darfst du sogar eine Putzfrau ersetzen.

Paul Fenzl

Ausgebrannt

Kommissar Köstlbachers 7. Fall

als e-Book erhältlich

1. Auflage 2015, ca. 200 Seiten,
Format 13,5 x 20,5 cm, Hardcover
ISBN 978-3-86646-721-7
Preis: 14,90 EUR

Waffenhandel, Rechtsextremismus, Wirtschaftskriminalität und Mord bestimmen das Geschehen. Und immer wieder tauchen Verknüpfungen zur Dirndl Couture der Modedesignerin Astrid Söll aus Regensburg auf.
Wegen seiner Verstrickungen absolut kein einfacher Fall, zumal es durchaus sein könnte, dass die einzelnen Verbrechen nichts miteinander zu tun haben. Trotz vieler Sackgassen, in die die eine oder andere polizeiliche Ermittlung führt, behält der Hauptkommissar Köstlbacher den Überblick, erkennt scharfsinnig Zusammenhänge und bietet den auch im historischen Regensburg immer wieder brutal verübten Kapitalverbrechen erfolgreich Paroli.
Mit diesem siebten Regensburg-Krimi, dem es in gewohnter Weise nicht an Humor, Skurrilität und Zynismus fehlt, hat der Autor seine Köstlbacher-Reihe zu einem vorläufigen spannenden Abschluss gebracht.
Noch umfangreicher als bisher involviert Paul Fenzl real in Regensburg lebende Bürgerinnen und Bürger in das Geschehen und ergänzt so liebevoll detaillierte Altstadtbeschreibungen, die jedem Regensburg-Kenner das Herz aufgehen lassen, mit einem Personenkreis, dessen Publizität sich in Astrid Söll gipfelt.
Wie in allen Krimis dieser Reihe, führen die Ermittlungen auch aus Regensburg hinaus. Besonders angetan hat es dem Autor diesmal der Sarchinger Weiher, seinem Lieblingsweiher, dem er damit ein literarisches Denkmal setzen wollte.
Ein Regionalkrimi, der all die Leserinnen und Leser nicht enttäuschen wird, die diesmal geduldig ein ganzes Jahr auf das Erscheinen warten mussten. Aber auch Köstlbacher-Neueinsteiger werden das Buch erst wieder weglegen können, wenn es ausgelesen ist.

POSTFACH 166 · 93122 REGENSTAUF
TEL. 09402/9337-0 · FAX 09402/9337-24
INTERNET: www.gietl-verlag.de
E-MAIL: info@gietl-verlag.de

Erhältlich im Buchhandel oder direkt beim Verlag.